哈姆奈特

〔英〕玛姬·欧法洛 著
Maggie O'Farrell

李运兴 译

Hamnet

人民文学出版社

著作权合同登记号　图字01-2021-2615

HAMNET

Copyright © 2020, Maggie O'Farrell
This edition arranged with A. M. Heath & Co. Ltd.
Through Andrew Nurnberg Associates International Limited.
Simplified Chinese translation copyright © People's Literature Publishing House, 2023.
All rights reserved.

图书在版编目（CIP）数据

哈姆奈特 ／（英）玛姬·欧法洛著；李运兴译 .—北京：人民文学出版社，2023
ISBN 978-7-02-017589-5

Ⅰ．①哈⋯　Ⅱ．①玛⋯　②李⋯　Ⅲ．①长篇历史小说—英国—现代　Ⅳ．① I561.45

中国版本图书馆 CIP 数据核字（2022）第 218637 号

责任编辑　张海香
装帧设计　李思安
责任印制　宋佳月

出版发行　人民文学出版社
社　　址　北京市朝内大街166号
邮政编码　100705

印　　刷　北京盛通印刷股份有限公司
经　　销　全国新华书店等

字　　数　228千字
开　　本　850毫米×1168毫米　1/32
印　　张　12.625　插页1
印　　数　1—8000
版　　次　2023年5月北京第1版
印　　次　2023年5月第1次印刷

书　　号　978-7-02-017589-5
定　　价　79.00元

如有印装质量问题，请与本社图书销售中心调换。电话：010-65233595

献给威廉

史　料

　　十六世纪八十年代，一对夫妇曾生活在斯特拉特福镇的亨利大街上。他们有三个孩子：长女苏珊娜以及双胞兄妹哈姆奈特和朱迪丝。

　　哈姆奈特死于1596年，时年十一岁。

　　大约四年后，他的父亲创作出悲剧《哈姆莱特》。

姑娘，姑娘，他死了，
一去不复来；
头上盖着青青草，
脚下石生苔。

——《哈姆莱特》第四幕第五场

（朱生豪 译）

哈姆奈特和哈姆莱特实际上是同一个名字，在十六世纪末和十七世纪初斯特拉特福镇地方志中是完全可以互换的。

—— 斯蒂芬·格林布拉特，
《哈姆奈特之死与〈哈姆莱特〉之生》，
《纽约书评》（2004年10月21日）

壹

男孩走下一段楼梯。

楼梯过道很窄，还向后折回。他一步步沿着板壁慢慢走下来，靴子踩在阶梯上发出咚咚的声响。

快到楼梯口了，他停了停，回头看看来路，然后一定神，习惯性地大步跳下最后三级台阶。落地时一个踉跄，跪在了石板地上。

这是夏末一个闷热无风的日子，楼下的房间被一道道长长的光线分割着。阳光照在他身上，嵌在墙壁里的花格窗被阳光染成一个个金黄的小格子。

他站起身，揉揉腿，朝楼梯上看看，又看看前面，不知往哪边走才好。

房间空空的，壁炉里的火慢慢烧着，橘红色的火苗暖暖的，冒出一圈圈青烟。他受伤的膝盖随着心跳一阵阵地刺痛。他站在那儿，一只手扶着通向楼梯的门闩。脚上磨秃了皮头的靴子，一只已经抬了起来，准备要起飞的样子。那遮在前额上差不多是金黄色的浅色柔发，一绺绺地向上扬起。

一个人也没有。

他叹口气，吸了一口暖乎乎又充满灰尘的空气，穿过房间，出了前门，来到街上。外面，手推车、马匹、小贩，一片嘈杂，人们互相喊叫着，一个人从上面一层的窗口嗖地扔下一个袋子，不过这些哈姆奈特都没理会。他沿着房子的前脸一直走到相邻的大房子的门口。

他祖父母家一向是这种气味，有烧木头的烟气，还有上光剂、皮革、羊毛的混合味道。比起毗邻的他与母亲及姐妹们居住的两室住宅（那是祖父在大房子旁边一块狭长的空地上盖起来的），既相似，又有着说不出的不同。有时候，他无法理解为什么会这样。这两所房子毕竟只是一篱笆墙之隔，但两处的空气可是截然不同，不同的气味，不同的温度。

房子里小风呼呼吹着，打着旋，祖父的作坊里又敲又打，叮叮咚咚，售货窗口上顾客们敲着窗玻璃，叫唤着，后院里也是嘈嘈杂杂，一堆堆的杂物，几个叔叔你来我往忙个不停。

不过，今天可不是这样。男孩站在过道里，真想听到点人们活动的声响。但他看到，右边的作坊是空的，工作台前的凳子上没人，台子上的工具静静地躺着，托盘上放着丢弃的手套，像按的手印似的，一目了然。售货窗口锁得紧紧的。左边饭堂里空空如也。长桌上放着一沓餐巾，一支没点着的蜡烛，一堆羽毛。别的就没什么了。

他喊了一声，是问候，也是发问。一声，两声，他叫着。然后他仰起头，听有没有人回答。

没有。只有一条条横梁在太阳下晒得发胀，吱吱作响；风在门底下、房屋间叹着气，亚麻布帘被刮得沙沙响，壁炉里火烧得毕毕剥剥；是空荡荡的大房子里那种说不出来的嘈杂之声。

他的手指紧紧抓在铁制的门把手上。白日的热气，尽管时间已晚，还是叫他额头、后颈都是汗。双膝的疼痛再次袭来，一阵阵的，然后又消失了。

男孩张开嘴，呼叫着一个个的名字，所有住在这里的人他都喊。祖母。女佣。叔叔。阿姨。学徒。还有祖父。他一个个地呼唤着。有那么一瞬间，他真想叫父亲的名字，呼唤他，可是父亲是在百英里之外的伦敦啊，要走几天几小时呢，他还从来没去过。

但是，他确实想知道母亲、姐姐、祖母和叔叔都去哪儿了。女佣呢？祖父呢？那老人家白天是从不离开的，常常见他待在作坊里，要么吆喝着徒弟们干活，要么就是埋头在账本里算计着赚了多少。人都去哪儿了？怎么两座房子都空无一人？

他沿着过道走着。在作坊门口，他停住了。他回头扫了一眼，确信没人，这才走进去。

祖父的手套作坊，一般不让他进去，连在门口站一下都不行。祖父会大吼，别没事在那杵着。人家在这踏踏实实干活，就非得来个人傻乎乎地盯着看吗？闲得没事干，在那儿抓苍蝇哪？

哈姆奈特脑子快：老师讲的他一听就懂。教什么都能心领神会，过目不忘。动词、语法、时态、修辞，加上数字和计算，样样记得清、不费力，有时还真惹得其他男孩嫉妒不已。不过，这个小脑瓜也挺容易走神。正上着希腊语课，一辆马车从街上走过，他的心立马就会被吸引出去，琢磨着这车是往哪儿去，拉的什么货，还想起叔叔曾让他和姐姐、妹妹坐在拉干草的车上，那可是太爽了，刚切过的干草闻着挺香，摸着扎手，疲惫不堪的母马蹄声嗒嗒，车轮随之有节奏地向前滚动。这几周，就是因为上课注意力不集中，不止两次挨了老师的鞭子。（他祖母说了，下不为例，只要再犯，就一定告诉他父亲。）老师们搞不懂是为什么，哈姆奈特学得很快，能记善背，就是心思不集中。

天上有鸟叫，哪怕是正说着话，他也会戛然而止，就好像老天爷一下子把他打成了哑巴。有人走进来，哪怕只是用眼角瞥见，他也会立即停止正在做的事情，不管是在吃饭、看书，还是抄写作业，然后死盯着人家看，好像那人独独给他带来了什么重要消息似的。他有一种倾向：思绪总是溜出身边有形的现实世界，进入另一个天地。人坐在屋子里，可心早到了别处，成了另一个人，待在一个只有他自己才了解的地方。醒醒啊，孩子！他祖母这么叫着，向他打着响指。又走神啦，姐姐苏珊娜向他发出嘘声，用手弹他耳朵。集中精力，老师们高声叫道。你上哪儿去啦？妹妹朱迪丝悄声问他。此时，哈姆奈特已回到现实世界，心神收回来了，他环顾四周，知道已经回来了，在自己的房子里，坐在自家桌前，周围是自己的亲人。母亲上下打量着他，似笑非笑，就像知道他刚才去过什么地方似的。

现在，情况有些类似。走进手套作坊这块禁地，哈姆奈特记不得是来干什么的了。他又暂时脱离了现实，忘了是朱迪丝不舒服，得找个人关照一下，而他就是来找母亲、祖母或其他什么人，看看该怎么办的。

一个架子上挂着各种兽皮。哈姆奈特可知道不少，认得出那锈红色带斑点的是鹿皮，又嫩又软的是小山羊皮，松鼠皮要小一点，而野猪皮则又粗又硬。当他走近的时候，这一张张兽皮开始在架子上唰唰地抖动起来，就好像还残留着某种生命力，就那么一点点，但足以让它们听见他的脚步声。哈姆奈特伸出一个指头，触了触山羊皮，怎么那么柔软，就像夏天在河里游泳水草滑在腿上。山羊皮轻轻摆动着，四腿分开，展得平平的，要飞起来，像鸟，像传说中的食尸鬼。

哈姆奈特转过身，看着工作台边的两个座位：一个有皮垫，已被祖父的马裤磨得发亮，另一个硬硬的木凳是徒弟内德的。工作台上方墙壁的钩子上挂着各式工具。他能分得出哪些是切割或拉伸用的，哪些又是用来固定和缝合的。他看到有个稍小一些的手套撑子——用来做女式手套的——没放回钩子上,而是丢在了内德的工作台上。这个小学徒,干起活来低着头,弓着肩,十个手指又灵巧又麻利。哈姆奈特知道,他祖父对徒弟可是沾火就着,大呼大叫,有时还更过分。于是他拿起那个撑子,掂了掂,暖乎乎、沉甸甸的,顺手把它挂回钩子上。

他正要拉开装着线团和一盒盒扣子的抽屉——轻轻地,轻轻地,因为他知道会吱吱响,这时一种什么东西被人拉动或摩擦的细小声音,传进他耳朵。

眨眼间,哈姆奈特就穿过过道冲到院子里。他又记起他来这儿的目的了。可现在自己在干些什么呢?在作坊里闲逛吗?妹妹不舒服,他是来找人帮忙的。

他一间一间砰砰地推开房门,厨房、酿酒间、洗衣房。都是空的,屋内又黑又凉。他又呼叫起来,这回有点哑,嗓子都喊破了。他靠在厨房墙上,朝着一个什么果壳就是一脚,那东西咕噜咕噜滚到院子那头。怎么就他一个人,他完全搞不懂。应该有人在呀。这儿总是有人的。现在都去哪儿了?怎么办?怎么都出去了?怎么母亲和祖母也不在,照往常应该正拉开灶门在火上炒菜呢。他站在院子里,四下张望,看看通向过道的门,又看看去酿酒间的门,去他自己住房的门。应该去哪里?叫谁帮忙?人呢?

每个生命都有其核心、中心,或聚焦点,万端由此发出,又复归于此。此时此刻属于那个不在场的母亲：男孩，空荡荡的房子，还有寂静无人的院子，没人应答的呼唤声。他站在这里，站在房子的后边，呼叫着他的亲人——那些人曾给他喂饭，把他抱在襁褓里，摇他入睡，手把手教他学步，教他用勺子，喝汤时为他吹凉，过马路时牵着他的手，告诉他别去惹睡着的狗，喝水前把杯子涮干净，还告诫他远离深水。

这一刻将成为这位母亲生命的核心，终生如此。

哈姆奈特拖着脚步在院子的沙砾地上走着。记得不久前他还和朱迪丝在这逗猫玩，厨房那只大猫下了一窝崽，他们把松果拴上绳子，摇来晃去逗它们。那些可爱的小东西，脸像蝴蝶花，爪子上长着软软的肉垫。母猫躲进储藏室的一只大桶里下了崽，一直在那儿藏了三个星期。哈姆奈特的祖母到处找，想把它们都淹死算了，她过去常这么做。可猫儿挫败了她，把猫崽藏得严严实实，现在都长成小半大猫了。有两只四处撒着欢，在麻袋上蹿上跳下，看见飘动的羽毛、羊毛碎屑、落叶就追着扑打。朱迪丝一会儿也离不开它们，常弄一只放在围裙的口袋里，口袋就会鼓鼓囊囊的，还露出两只尖尖的耳朵，一看就知道。祖母喊着要把它扔进接雨水用的木桶里。不过母亲悄声告诉他们，猫崽已经这么大，祖母淹不死它们了。"她干不成啦，"她私下对兄妹俩说着，伸手抹去朱迪丝脸上惊恐的泪水,"她没那个能耐啦,小猫会挣扎,会反抗的。"

哈姆奈特慢慢走到他们丢在那儿的那些松果前,系松果的绳子已经踩进土里。那群猫一个也不见。他用脚尖朝一颗松果轻轻一踢,松果画着一道不规则的弧线飞出去。

他抬头看看眼前的两座房子,看看大房子的那一扇扇窗户,和他自己小房子那黑乎乎的门洞。一般来说,他和妹妹巴不得有机会单独待在一起。他会撺掇妹妹跟他爬上厨房屋顶,去够邻居院墙里那棵李子树上的果子。李子,由他们吃够、拿够,他们金红两色的上衣都快被成熟的李子撑爆了。哈姆奈特早就在祖父母家楼上的窗子里观察过这棵树。一般情况下,他一准儿会鼓励妹妹爬上屋顶把衣袋塞得满满的,尽管她顾虑重重,反复说她可不敢。她从不愿做不诚实或大人们不让做的事。她生性老实,但往往是哈姆奈特几句话,她也就听了。

可是今天,他们正逗着那几只死里逃生的小猫咪玩,妹妹突然说她头疼,嗓子也疼,先感到冷,然后又发热,现在已回房间躺下了。

哈姆奈特走出房门,来到大房子的过道上,正要走到外面街上,突然听到有响动,咔嗒一声,或是挪动什么东西的声音,很微弱,但肯定是有什么人在那儿。

"什么人?"哈姆奈特叫了一声。等了会儿,没回答。饭厅和再远一点的客厅里仍是一片寂静。"谁在那儿呢？"

有那么一会儿，也就那么一会儿，他真希望是父亲从伦敦回来了，给他们一个惊喜，这事过去就发生过。父亲会藏在门后，像是玩游戏，或是故意作弄人。等哈姆奈特一进屋，父亲就会跳出来。他的大袋子和手提包里装满了礼物，身上透着马匹的味道，干草的味道，还有就是几天来赶路的那种风尘仆仆的气味。他会一把把儿子搂进怀里，而哈姆奈特则紧紧贴到父亲身上，脸颊在那粗糙的衣襟和纽扣上蹭着。

他知道那不是父亲。他知道，他明白得很。他这么喊叫，要是父亲早就回答了，而且也不会在空空的大房子里藏起来。即便这样，当哈姆奈特走进客厅，看到是祖父站在矮桌旁边，还是感到心里忽悠往下一沉，很失望。

客厅大部分窗帘都拉上了，很昏暗。祖父背对着他，弓着身，正在翻动着什么，有几张文件，一个布袋子，还有像筹码一类的什么东西。桌上放着一把水壶和一只杯子。祖父的手在这些物件间摸索着，低着头，呼哧呼哧喘着气。

哈姆奈特得体地咳了一声。

祖父忽地转过身，满脸怒气，双臂在空中一挥，似乎在挡开什么东西。"是谁？"他叫道，"谁在那儿？"

"是我呀。"

"谁？"

"我呀。"哈姆奈特朝斜射进来的狭长的光带走了一步，

"哈姆奈特。"

祖父一屁股坐下去。"你吓死我了,孩子。"他喊道,"你这是干什么,偷偷摸摸的?"

"对不起。"哈姆奈特说,"我喊了好几遍,没人应啊。朱迪丝她——"

"他们都出去了。"祖父手腕一挥,转过头对他说。接着抓起壶颈,把瓶口对准杯子。壶里的液体——哈姆奈特想一定是啤酒——直泻而出,一些倒进杯子,另一些洒在了文件上。祖父骂了一声,赶紧用袖子去擦。哈姆奈特头一次意识到,祖父可能是喝醉了。

"您知道他们都去哪儿了吗?"哈姆奈特问。

"嗯?"祖父算是回了一声,仍在擦着文件上的液体。文件弄脏了,他憋了一肚子的火,就像一把出鞘的双刃剑向外冲刺出来。哈姆奈特能够感觉到那剑尖正在屋里乱晃,寻找敌手。一瞬间,他想起了母亲用榛树枝做的探水杆,以及用它探查水源的样子,只不过他并不是地下暗流,他祖父的怒气也不是那戳戳点点的树枝。①祖父的怒气如剑,剑锋冷冷,锋利无比,让人捉摸不透。哈姆奈特不知道接下来会发生什么,也不知道他该怎么做。

"别站那儿傻看着。"祖父气鼓鼓地低声说,"快帮帮我。"

---

① 当时,占水师用榛树枝探测地下水源。

哈姆奈特向前挪了一步，又是一步。他有些害怕，父亲的话在脑子里直转：祖父发脾气的时候躲他远点。别让他够到你。离得远远的，听见没？

父亲上次回来时就是这么嘱咐他的。当时皮革厂来了一辆马车，他们正帮忙卸货。约翰，他的祖父，把一捆皮子掉进了泥里，他一时火冒三丈，嗖一下把一把去皮刀扔到院墙上。父亲一把拽过哈姆奈特，护到身后，远远躲开。而约翰从他们身边走过冲进屋里，一句话都没有。父亲双手捧着哈姆奈特的脸，手指围在他脖子后面，目光镇定而警觉。他不会伤害你姐姐和妹妹，我就是担心你。父亲这么说着，眉头紧锁。你明白我说的脾气是什么意思，对吧？哈姆奈特点点头，他多希望父亲就这样搂着他多待一会儿，这让他感到轻松、安全，有被人理解和疼爱的感觉。而同时，他也觉察到一种不祥的感觉在凝聚，在周身搅动，就像吃了恶心的东西在反胃。他记得一次父亲和祖父母坐在桌前，父亲和祖父争论起来，唇枪舌剑，空气中顿时火花四冒，父亲不断用手松着领口。向我保证，当时站在院子里父亲曾这样对他说，声音都哑了。一定要保证啊。让我确信，我不在你身边，你也能自保。

哈姆奈特相信他做到了。他好好的。他在壁炉的这一边，祖父就是想够也够不着。

祖父一只手拿杯喝水，另一只手抖着文件上的水。"拿着这个。"他举着那份文件,命令道。

哈姆奈特原地未动,只是往前探了探身,用手指尖捏住那张纸。祖父眯起眼睛,注视着,舌头从嘴角露出来。他坐在椅子里,弓着身,宛然趴在石头上的一只又老又丑的癞蛤蟆。

"还有这个。"祖父又递过另一份文件。

哈姆奈特还是只欠欠身,保持着必要的距离。他想起父亲,他该为儿子感到骄傲,感到高兴吧。

突然,祖父像只狐狸那样,迅速地扑过来。事情发生得太快,以致事后回想起来,他都记不清先发生了什么后发生了什么:文件甩落到他和祖父间的地板上,祖父的大手先抓他手腕,再抓胳膊肘,最后向怀里一拽,于是父亲反复叮咛的那段安全距离就没有了。只见祖父另一只拿杯子的手向上猛一抬。哈姆奈特只感觉眼前红的、橘黄的,像火一样的各种颜色一条一条地流进自己的眼角——接着是一阵疼痛,那种像挨了一棒似的扎心的痛。杯口在眼眉下方划了个口子。

"教你长长记性。"祖父说,话音沉静,"谁叫你偷偷摸摸怪吓人的。"

眼泪从眼里淌出来,两只眼,不仅是那只受伤的。

"哭什么哭,像个小姑娘!跟你爸一样坏。"祖父说着,满脸的厌恶,慢慢松了手。哈姆奈特向后一跳,小腿啪地碰到客厅的床上。"整天哭哭啼啼,怨这怨那。"祖父小声嘟囔着,"没骨气。不懂事。他就这德行。干什么都不长久。"

哈姆奈特跑到屋外,来到街上,用手擦着脸,拿袖子蘸着血迹。他跑进自家的前门,爬上楼梯,来到楼上的房间。有个人正躺在父母那张挂了帘子的大床旁的床垫上,还穿戴得挺整齐——褐色的罩衫,白色的童帽,帽带没系,在脖子上耷拉着——整个人躺在床单上,鞋子踢落在身边,倒放在那儿,像一对空空的豆荚。

"朱迪丝,"男孩叫着,摸摸她的手,"现在好些吗?"

女孩抬了抬眼皮,盯着哥哥看了一会儿,好像离得很远似的,然后又合上眼。"我想睡会儿。"她有气无力地说。

妹妹有着和哥哥一样的心形脸庞,眉峰也是尖尖的,同样玉米色的眉毛向上翘着。向他投来一瞥的那双眼睛也是一样的颜色,暖暖的琥珀色,带着点点的金光——跟哥哥一模一样。这当然是有原因的:兄妹俩本是一个母亲生出来的双胞胎,只差几分钟而已。两人像得如同一个模子出来的。

他把手指扣在妹妹的手指上——俩人的指甲,包括关节都是一样的,只不过哥哥的要长些,宽些,还有点脏兮兮。妹妹的手指摸上去滑滑的,有点发烫,不过也许没什么要紧。

"怎么样?"他问,"好点吗?"

妹妹动了一下,手指让哥哥攥在手心里。她抬了抬下巴,又低下头。男孩看见,她脖子根上肿了一块,靠近脖子的肩膀上也有一块。他盯着看了看。就像两只鹌鹑蛋藏在皮肤下面,白白的,圆圆的,等着被孵出来。一个在脖子根上,一个在肩膀上。

她想要说什么,嘴唇张了张,舌头在嘴里动了动。

"你说什么?"他俯下身问。

"你的脸,"她说,"你脸怎么啦?"

他一只手摸了一下眼眉,肿了,还有湿乎乎的新血迹。"没什么。"他说。"不算什么。听着,"他愈发急切地说,"我这就去叫大夫。一会儿就回来。"

妹妹又说了些什么。

"妈妈?"他重复了一句,"她,她就回来。没走远的。"

实际上,母亲远在一英里之外呢。

艾格尼丝在休兰兹农场有块地,是从大弟弟那儿租来的,从她出生的那座房子一直延伸到那片森林。她在那儿养蜜蜂:用麻绳编成的蜂窝里,嗡嗡嗡,活跃着勤劳而专注的小生命。还有一排排各种香草、花卉和植物,藤藤蔓蔓攀爬在支撑它们的树枝上。继母称这里是艾格尼丝的魔法花园,说的时候还会翻白眼。

很多时候,艾格尼丝都会来这园子里忙碌一番,拔拔草,整一整蜂窝上的绳结,修剪一下这里那里的枝蔓,还摘些花、叶子、豆荚、花瓣和种子放进腰间的皮袋子里。

今天是大弟弟叫她来的,他派了个牧羊童去告诉她,蜜蜂有些不对劲，都离开蜂巢飞到树林里去了。

艾格尼丝围着蜂窝转悠，倾听着蜜蜂给她的信息。她观察着果园里的蜂群，树枝上黑压压的一团，在愤怒地嗡嗡地颤抖着。是受惊了。天气原因，气温的变化，或是有人惊扰了蜂巢？哪个调皮的孩子，哪只跑丢了的羊，或是她的继母？

她一只手伸进蜂窝，从蜂窝口摸到那一层层的蜜蜂。她穿着连衣裙，站在河水一样颜色的树荫下，很清爽。浓密的发辫在头顶上固定住，藏在一顶白色的包头帽下面。她脸上没有养蜂人戴的那种头纱，她从来不戴。如果你凑近点，就能看到她的嘴在动，正向围在头上、落在袖子上、撞到她脸上的小蜜蜂发出细微的啧啧声。

她从蜂窝里取出一块蜂巢，蹲下来仔细观察。看表面那是一层蠕蠕而动的整体，褐色中夹杂着金色条纹，小小的翅膀像一颗颗微型心脏。那是几百只蜜蜂，紧紧聚在一起，依附在那代表着它们的成果、它们的辛劳的蜂巢上。

她举起一束缓缓燃烧的迷迭香，在蜂巢上方轻轻晃动，八月的空气中拉出一道烟迹。蜜蜂齐刷刷飞起来，在她头顶打转，形成一片没有边际的云团，像在空中拉起一张网，一下一下地向外撒去。

把淡黄色的蜂蜡刮下，小心再小心地拿个篮子接着。蜂蜜从蜂巢里慢慢往下滴，那么小心翼翼，像是不情愿似的。

黏黏的蜜汁，金黄金黄的，带着百里香强烈的气味和薰衣草的花香，落进艾格尼丝端着的罐子里。一缕蜜汁从蜂巢跌落下来，不断变粗，旋转，缠绕。

蓦地，空气一阵搅动，像有只鸟刚从头顶悄然飞过，给人一种要发生什么事情的感觉。艾格尼丝仍蹲在那儿，抬头望了望。这一来，她的手颤动了一下，蜂蜜滴在了她手腕上，又顺着流到指头上，落到罐子边上。艾格尼丝皱皱眉，放下手中的蜂巢，站起身，舔了舔手指。

向右边望去，是休兰兹那典型的草铺的屋檐，头顶上白云斑斑块块如同一片散乱的碎石，左边，还有不宁静的树林和苹果树上成群的蜜蜂。再往远处看，她的小弟弟正赶着一群羊，沿着马道走来，手里拿根鞭子，那只狗一会儿跑向羊群，一会儿又跑开。一切都在常态。艾格尼丝盯着走走停停的那一长溜羊群看了一会儿，它们的蹄子轻快地迈动着，满身湿乎乎的，沾满泥土。一只蜜蜂落在她脸上，她一挥手，飞走了。

后来，乃至于她这一生，每每想起此时此刻，她都心生愧疚。如果她当即离开，如果她收起装着植物和蜂蜜的口袋，踏上回家的路，如果她对自己陡然而生的无名不安多加留意，那她就可能改变随后发生的一切。如果她不去费尽心机诱导那些蜜蜂重回蜂巢，就任它们去折腾，让它们自生自灭，那随后发生的事情就可能避免。

可是哪有那么多的如果啊！她擦了擦额头和脖子上的汗水，还埋怨自己净瞎想。她把装满了蜂蜜的罐子盖上盖，把蜂巢用叶子包起来，又把手伸进下一个蜂窝，去倾听里面的动静，读懂蜜蜂的信息。她紧靠在蜂窝上，感觉着里面嗡嗡震动的声音。她感受到蜂窝的力量，蜂窝的影响，就如同一场将至的暴风雨。

男孩哈姆奈特沿大街一路小跑，拐过街角，闪过正耐心站在车辕里的一匹马，又绕开行会大厅外聚集的表情严肃、面面相觑的一群人。他还看到：一个女人怀抱婴儿，正督促那个大点的孩子快点走，跟上她；一个男人正抽打一只驴的屁股；一只狗正吃着什么，抬头见哈姆奈特跑过来，狂吠一声，算是严厉警告，然后又去啃它的美味了。

哈姆奈特来到大夫住所——这是他从那个抱孩子的女人那儿打听来的——猛地敲敲门。他瞬间留意到自己的手指，那形状，那指甲，一看则更想起朱迪丝。他敲得更使劲了。他砰砰砰地敲着，吼着，叫着。

门呼的一声开了，闪出一张狭长的迷惑的脸。"你要干吗？"她叫道，手拿一块布向他挥舞着，就像要驱赶什么虫子，"死人都叫你吵醒啦！快走开。"

说着，她就要关门。哈姆奈特向前跨了一步。"别，别，"他说，"求您了，真对不起，夫人。我来求大夫，我们需要他。

我妹妹病了。他能去看看吗？现在就去行吗？"

女人紧紧拽住门，手都涨红了，但眼神中却有了爱心和关切，似乎读懂了男孩脸上写着的焦虑。"他不在呀。"她终于说，"去看一个病人了。"

哈姆奈特咽了口吐沫，很用力，"那他什么时候回来，能告诉我吗？"

拽门的手松了，哈姆奈特一只脚迈了进去，另一只脚还在门外。

"我说不准。"她上下打量着他，看着那只伸进门廊的脚，"你妹妹怎么了？"

"我也不知道。"男孩努力把思绪拉回到妹妹那儿，她躺在毯子上的样子，双眼闭着，脸色发红，但没血色。"她发烧了。在床上躺着呢。"

女人皱皱眉，"发烧？有淋巴结炎吗？"

"淋巴结炎？"

"就是小肿包。皮肤下面长的，脖子上，腋下。"

哈姆奈特眼睛盯着她，她双眉间细小的褶皱，她的帽子，她耳旁已经给帽檐磨得微微发红的皮肤，还有从帽子后面跑了出来的那几缕倔强的头发。他又想到"淋巴结炎"这个词，让人联想到某种植物，读起来那种爆破音，就好像在模仿着它所指的东西。只觉得一股寒气直下胸膛，瞬间裹住了整个心脏，冻冰结霜，吱吱作响。

女人的眉头皱得更紧了。她用手抵着哈姆奈特的胸口，往外推，逼他退出房间。

"走吧！"她叫道，脸色有些发白，"赶紧回家，快，马上走！"说着就要关门，不过还是透过窄窄的门缝不无善意地说了句，"我会让大夫去看看，我认识你，你是做手套那家的孩子，对吧？是那家的孙子。住亨利大街。大夫回来，我就让他到你家去。赶紧走吧。路上别耽搁。"随后好像又想起什么似的加了一句，"上帝保佑你快点吧。"

男孩一路跑回去。世界似乎更加耀眼，人们说话的声音也好像更响，街道变长了，天空闪烁着咄咄逼人的蓝色。那匹马还在车辕里站着，那条狗蜷缩在一家门口的台阶上。"淋巴结炎"，他又想起这个词。以前听说过。知道是什么意思，知道那意味着什么。

绝对不是，他想着，已经回到他家那条街上。不可能，决不可能。他不想叫出那个词，他不许那个词出现，想想也不行，这在镇上已经多年没人提起了。

他知道家里这会儿有人了，等他到了家门口，等他一开门，等他跨进门槛，等他呼喊随便哪个人的名字，一定会有回应。家里有人了。

他所不知道的是，刚才去找大夫的时候，其实他家的女佣、祖父、祖母，还有姐姐都在他经过的路上。

祖母玛丽正沿着一条小巷走向河边。她是来送货的。她举起手中的拐杖，阻挡着一只脾气乖戾的小公鸡。姐姐苏珊娜跟在后面，帮祖母拎着一大篮子手套——鹿皮的，小山羊皮的，松鼠皮衬里的，羊毛衬里的，绣花的，素款的，应有尽有。"这事我一辈子都弄不明白，"玛丽说着，当时哈姆奈特从巷子的那一头一闪而过，"有人跟你打招呼，你干吗就不能和他对视一下。这些人可是你爷爷的大买主，讲究点礼貌总没大错吧？现在我真的相信了……"苏珊娜跟在祖母后面，转了转眼珠，费劲地提着那一大篮子手套。这多像一只只截断了的手，她心里想着，叹了口气，声音好大，为的是压住祖母的唠叨声，又望了望房屋间露出的那一抹蓝天，好为自己分分心。

哈姆奈特的祖父约翰，当时正站在行会大厅门外的人群中。哈姆奈特在楼上关照妹妹的时候，他就算好账离开了客厅，而当男孩匆匆走过去找大夫的时候，他正背对着他。哈姆奈特要是回一下头，就会看到祖父正挤进人群，屈身拉住人家的胳膊，连哄带劝地拉他们跟他去一家酒馆，尽管那些人很是不愿意。

约翰并没受到邀请，但一听说，便赶来了，希望在散会前能见见这些人。他所要求的，不过是重新成为一个举足轻重的人，恢复以前的地位。他做得到，他相信自己。他所需要的就是让这些人倾听一下他的声音，这些人他认识多年了，了解他，知道他会为自己的小镇尽责尽力。或者，如果别的都不行，那至少要赢得行会和镇当局的谅解或宽容。怎么说他也曾当过执行法官，做过高级市政官，还曾身着紫色长袍，稳坐教堂前排。这些难道他们都忘了？怎么连个邀请都没有？他也曾权势一方，曾经管过这些人。他曾经也算个人物，现在却靠大儿子从伦敦寄钱过活（而那是个多么让人生气的孩子，整天在集市广场上瞎逛，白白浪费光阴。有谁相信这种孩子能成器么？）。

约翰的生意还算可以，人们毕竟得戴手套。即使这些人知道他在羊毛市场的秘密交易，知道他因为不参加教堂礼拜而被传唤，还因为当街倾倒垃圾被罚款，那又怎么样。任他们不赞成，任他们罚款，提种种苛求，还对他家庭的破败冷嘲热讽，行会开会也瞒着他，这些他都一笑置之。他家的房子是镇上最好的房子之一，历来如此。让约翰难以容忍的是，没人肯跟他喝杯酒，到他家吃顿饭，或者到他家的壁炉旁促膝取暖。出了行会大厅，人们总是躲着他的目光，自顾自地聊他们的天。他准备好的有关手套行业可靠性的讲话他们不听，对他的成功、业绩不屑一顾，邀请他们去酒馆，他们不去，请他们去家里吃饭也不理睬。他们老远冲他点下头，赶紧跑开。有一个拍拍他的胳膊，敷衍了一句，好啊，约翰，好啊。

所以他只好独自去了酒馆。稍息片刻。一个人待一会儿有什么不好。他坐在那儿,在昏昏烛光里,如薄暮般,一根残烛立在眼前的桌子上,只见几只无头苍蝇在那儿飞来绕去。

朱迪丝躺在床上,墙壁好像一会儿鼓出来,一会儿又缩回去。一鼓一缩,一鼓一缩。屋角,父母大床四周的立柱像蛇一样蠕动着,扭曲着;头顶上的天花板像湖水一样荡起了波纹;双手看上去一会儿远,一会儿近。白色的灰泥和深色的横梁交汇的那条直线也变得闪闪烁烁,屈折游移。她的脸和胸发烫,火烧火燎的,都是黏汗,可双脚却冰凉。她全身发抖,一下,两下,继而整个抽搐起来。眼前的墙壁倒向她,压过来,然后又缩了回去。什么墙啊,像蛇一样的床柱呀,晃动的天花板啦,都不要看,她闭上了眼睛。

闭上眼,一切都变了。顿时脑海中涌现出许多情景。她正走在草地上,紧紧拉着一只手,姐姐苏珊娜的手。手指长长的,无名指关节上一颗小小的痣。姐姐不愿让她拉手,手指僵硬地直伸着,根本没攥着她。朱迪丝不得不尽全力拉住姐姐的手,以免滑脱。苏珊娜在高高的草丛里大步走着,每迈一步手就在妹妹的小手里抽动一下。朱迪丝要是稍稍一松手,就会淹没在草丛中,可能就丢了,再也找不到了。抓住姐姐的手,这太重要了,太关键了。她绝不能松手。她知道,哥哥在她们前面,他的头在草丛中一会儿浮上来,一会儿又沉下去。他的头发是成熟的麦子的那种颜色。他在草地上蹦蹦跳跳的，就在他们前面，像只野兔，又像彗星划过。

情景变了：她在人群里。夜晚，很冷。灯笼的火光点缀着凄冷的夜。她想应该是圣烛节。她在人群中，也在人群上，在一副强有力的肩膀上。那是父亲。她的小腿夹着父亲的脖子，父亲则把住她的双膝。她双手埋进父亲头发里。那头发又浓又黑，像姐姐那样。她用小手指拨弄着父亲左耳上的银环，弄得他笑起来。她感觉到了银环的震动，像雷声，从父亲身上传到自己身上。父亲晃着头，让耳环打在她指甲上，嗒嗒作响。母亲也在那儿，还有哈姆奈特和苏珊娜，以及祖母。父亲只让她骑在肩上，别人可不行。

出现了一片火光。木头搭建的舞台周围摆着好多火盆，烧得又猛又亮。木头台子跟骑在父亲肩上的她一般高了。台上两个人，穿着金红两色的衣服，缀着流苏和彩带。头戴高帽，脸白如粉，乌眉红唇。其中一个尖叫一声，投出一个金球，另一个立马来个双手倒立，用双脚接住。父亲只管鼓掌，搂她膝盖的手松开了，她赶忙抱住父亲的头。她真怕自己向后一仰，从肩膀上跌进那鼎沸躁动的人群里，那些人身上什么味呀，像土豆皮，像湿漉漉的狗，还有汗味和栗子味。那个人的叫声把她吓到了。她不喜欢那些火盆，不喜欢台上那两个人锯齿一样的眉毛，这里的一切她都不喜欢。她不禁无声地抽泣起来，眼泪顺着脸颊往下流，像一粒粒珍珠落进父亲头发里。

苏珊娜和祖母玛丽还没回家。玛丽曾停下来和一个本教区的女人相互问候，交换着不同的看法，还拍着对方的胳膊。但苏珊娜可不傻，她知道这女人并不喜欢祖母。那女人不住地四下张望，生怕有人看见她正和这个声名扫地的手套商老婆说话。苏珊娜知道，这镇上有许多曾是她家朋友的人，现在路上碰见了竟会躲到马路对面去。这种情况已有多年，但自从祖父因拒不参加礼拜而被罚款之后，镇上好多人干脆抛开假面具，即使擦肩而过也理都不理。苏珊娜看到，祖母故意挡住这个女人的路，不让她过去，看她打不打招呼。这样的事她见多了，每回都怒火中烧，心灵灼伤，焦痕累累。

朱迪丝孤独地躺在床上，眼睛睁一会儿，再闭一会儿。她无法理解今天是怎么了。刚才她还好好的，跟哥哥拿绳子头逗小猫——同时还得防着祖母，因为按她的吩咐，哈姆奈特应该去做作业，而她要劈引火柴，还要擦桌子——可突然间，她觉得双臂酸软，后背疼痛，嗓子也如针刺一般。我有点不舒服，她对哥哥说。哥哥放开那些猫，抬头看看她，仔细打量着她的脸。现在她一个人躺在床上，既不知道自己是怎么跑到床上来的，也不知道哥哥到哪儿去了，母亲什么时候回来，为什么身边一个人也没有。

女佣在市场上花了好半天时间,一边挑选最后一拨挤出的牛奶,一边还不忘和摊位后面的小老板打情骂俏。好了,好了,他说着,却不松开手里的奶桶。噢,女佣应了一声就去夺桶提手。你不想给我啦?给什么?老板问,眉毛向上一挑。

艾格尼丝采好蜂蜜,拿上一只口袋,还有那把燃烧的迷迭香,朝蜂群走过去。她想把蜜蜂赶进口袋,然后放回蜂窝中,当然要轻轻地,越轻越好。

哈姆奈特的父亲远在伦敦,骑马要两天的路程。此时此刻,他正穿过主教门向河边走去,想去那儿的小摊上买一种用平底锅烙的死面小圆饼。他今天感觉饿得很,是饿醒的,早餐喝了啤酒和粥,午餐是馅饼,可还是感觉没吃饱。他对钱很是经心,钱不离身,从不多花。他的伙计们为此常拿他开涮。人们说他住处的地板下藏着一袋一袋的金子,他听了一笑置之。这当然不是真的,他赚的钱要么寄到家里,要么随身带着,要是出门,就包好放在马鞍的袋子里。除非确实必要,他是一个格罗特[①]也不肯花的。而今天下午买个烙饼吃,就属必花之类。

---

① 英国1351至1662年发行的银币,价值4便士。

跟他并肩而行的是他房东的女婿。从一出门这人就唠叨起来。哈姆奈特的父亲有一搭无一搭地听着，都是说那人岳父的不是，嫁妆没兑现啦，答应了的不算数啦，等等等等。而他关注的是别的事情：阳光像梯子一样穿过房屋间那狭窄的空隙斜射下来，照亮雨水打湿的街道；河边小摊上正等着他去品尝的小圆饼，头顶上挂着的随风飘动、带着肥皂味的衣物；有那么一瞬间，还想到妻子把秀发挽到头顶上时肩胛骨一张一弛的样子，还想到靴子大趾处的针脚似乎自己就磨秃了，得去找个鞋匠修修，可能要等吃了小圆饼再说吧，至少也要先摆脱了这个絮絮叨叨的房东女婿。

那么，哈姆奈特在哪儿呢？他回家了，正往那座建在狭长空地上的狭长的房子里走。他相信现在肯定有人已经回来了。他和朱迪丝再也不孤独。应该有人知道该怎么办了，有了主心骨，告诉他一切都不是问题。他进了屋，把门带上，喊着我回来了。他停了一下，看有没有人回应。但没有，仍是一片寂静。

如果你来到休兰兹农场，站在这座农舍窗前，扭头向两边看，就可以看到森林的边缘。

你会觉得眼前是一片纷纷扰扰、郁郁葱葱又变幻不定的景色：风轻轻抚摸着、翻动着、搅扰着茂密的树叶；与相邻的树相比，每棵树都以稍微不同的节奏回应着大自然的呵护，树枝弯曲着、抖动着、飞扬着，似乎想摆脱周围的空气和滋养了它们的大地。

从哈姆奈特跑去找大夫那一刻向前追溯大约十五年，一个初春的早晨，一位拉丁语教师就在这窗前站着，漫不经心地拨弄着穿在左耳上的银环。他在观察那些树木。它们一排排的，镶嵌在农场边缘上，这整个场景让他联想到舞台上的布景，那种画出来的风景，可以迅速展开，挂好，让观众知道现在所处的环境是森林，上一场的城市或街道的场景已经过去，现在已来到树木环绕、未加开垦、也许还变幻莫测的一片土地上。

他轻轻皱了一下眉，仍伫立在窗前，一只手的指尖压在玻璃上，白白的没了血色。身后是他的学生，正背诵动词的变化形式。不过他们的老师可暂时没空去听，他现在关注的是春天湛蓝色的天空与树林刚刚绽出的绿叶间那强烈的色彩对比。不同的颜色似乎在进行一场竞争,倒要看看谁更强,更有活力。碧绿对湛蓝,互不相让。至于学生们背诵拉丁语动词,那声音就像穿林而过的风,既不入耳也不入心。农舍里不知从哪儿传来一阵铃声,先是短短的,然后就持续响起来。走道里传来脚步声,还有一扇门砰的一下被关进门框。有一个男孩——那个比较小的,叫詹姆斯的,老师不回头也知道——叹口气,咳了一声,又清清嗓子,然后又加入诵读的行列。老师整整衣领,又理了理头发。

拉丁语动词背呀念呀,那声音就像沼泽地的雾气,从他脚边升起,爬上他的肩膀,从耳边穿过,最后从窗户缝里渗出去。他任凭孩子们的吟诵声乱成一团,充满房间,再直冲高高的黑乎乎的屋梁。声音在那儿聚集,再和从没有烟道的壁炉里升起的缕缕烟雾汇合。他指示孩子们背诵"incarcerare"这个词的形态变化:其中重复出现的"c"这个字母的硬硬的辅音听上去就像在刮墙皮,好像这些拉丁词也都想钻空逃出房间。

到这儿做家教,一周两次,都是他的父亲逼来的。这农场原来的主人是个自耕农,和他父亲在生意上发生纠纷,到头来父亲就欠了农场的账。这位自耕农是个虎背熊腰的汉子,腰带上总挂着根牧羊杖,像打仗时用的短棒。一张忠厚朴实的脸,让这位老师挺喜欢。但这汉子去年突然死去,撇下耕地、羊群，还有老婆带着八个还是九个孩子（老师也不知道究竟是几个）。对这一变故，老师的父亲却明里暗里幸灾乐祸，因为只有这个农夫明白那笔债是怎么回事。这位家教就听父亲在一个夜深人静的晚上自鸣得意地念叨（他以为没人听到，可家教可是偷听的好手）：你难道看不出来，这寡妇根本不知道，即使知道了也不敢找我来讨账。她那个只长个儿不长心的大儿子也不敢。

但事实上，那位寡妇和她的儿子什么都敢做。当前这种安排源自父亲与那个自耕农的一次羊皮交易（这是家庭教师通过偷听父母在房中对话而了解到的）。他父亲告诉自耕农，那批羊皮要拉去进行鞣制，而后者就信了。但父亲坚持不能把羊毛去掉，这引得自耕农疑心重重，一来二去就导致了眼下的麻烦。至于具体情况，家教就不得而知了，因为母亲正和父亲密谈着，最小的一个孩子埃德蒙又哭又闹，母亲只好去照看。

当时，这位教师的手套商父亲做了一桩新鲜、冒险的买卖，还有点违法，是不让孩子们知道的，教师也只能知道这么多。父母告诉他们，不管谁问，就说那些羊皮是做手套用的。他和兄弟姐妹们都挺纳闷，难道羊皮还能干别的用。他们这位在镇上颇为成功的手套商父亲，还能用它们干什么？

反正是有一笔债或是罚款，他们的父亲不能——或许是不愿？——去支付，而那位自耕农的遗孀和儿子又不肯善罢甘休，一来二去这位教师就被用来偿付债务了。用他的时间，他的拉丁语语法，他的脑子。父亲告诉他，每周两次，他必须步行出城，沿着小河，到这座被羊群包围的矮矮的农舍里，带几个小男孩学拉丁语。

这个还债安排，事先毫无预警，就像编了一只大网，他是不知不觉中被缠住的。一天晚上，在家人都准备上床睡觉的时候，父亲把他叫到作坊里，要他准备一下，去休兰兹农场给"几个男孩上上课"。他呆立在门口，眼睛紧盯着父亲。他问，这事就这么定了吗？他的父亲、母亲只顾擦拭着工具为第二天的工作做准备。别管那么多，父亲甩了一句。你要知道的就是得去上课。我要是不愿去呢？儿子回问道。父亲把一把长刀插回皮套，似乎根本没听见。母亲瞥了一眼丈夫，又看看儿子，冲他微微摇了下头。你必须去，父亲断然说了一句，把手中的抹布一丢，这事就敲定了。

赶紧离开这两个人，大步冲出房间，拧开前门，逃到街上去——这念头在儿子心里陡然而生，就像树干里升起的树液。而且，对了，还要揍这老头子一顿，让那把老骨头也尝点苦头，用拳头、胳膊和手指头将他曾经给予自己的一切还回去。他们六个子女时不时就得领受一下由父亲的坏脾气所激发的拳打、手抓、扇耳光，不过这个大儿子总是挨揍最多，也最狠。他弄不懂这是为什么，反正他身上有一种什么东西，像马掌吸引磁铁一样，总是招惹到父亲的火气和不满。

他总在担心，不知什么时候父亲就会用一只长满老茧的大手抓住他稚嫩的小胳膊，叫他动弹不得，而另一只更为有力的手就会由上而下，噼噼啪啪，又狠又猛地打下来；还有落在屁股上的一个什么木头家伙带来的剥皮似的刺痛。一个大人的手掌骨有多硬，而孩子的皮肉又何其绵软，这尚未长成的稚嫩骨架不是太容易折裂，太容易受伤了吗！愤怒、屈辱而又无力反抗，只能忍着，打多久就忍多久，像用水浇熄燃烧的干柴。

父亲的怒气不知从何而来，像一阵飓风，一扫而过。没有固定的程式，没有预警，也没有起因。每次把他打趴在地，用的招数各不相同，从不重样。儿子很小就懂得捕捉父亲要大发雷霆的各种兆头，还学会了各种闪展腾挪的技巧以避开那俩大拳头。天文学家预知将要发生什么，靠的是观测行星及其他星体在排列上的微妙位移和变化，而这位大儿子靠的则是对父亲心情和表情变化的观察。凭借父亲从街上走进前门的响动，以及脚踏石板的节奏，他就能判断出父亲是否又要揍人了。一勺水洒了，地板上一只靴子放错了地方，有谁的表情不够恭敬了，都可能是父亲找茬发泄的借口。

这两年，儿子长高了，比父亲都高，而且更壮实，更年轻，更机敏。他奔走于各个市场，周围的农场，往返于制革厂，背着一袋一袋的皮革和做好的手套徒步而行，练就了一副粗壮有力的臂膀。他注意到，父亲最近揍人揍得不那么起劲了。就在几个月前的一个傍晚，父亲从作坊里出来，看到儿子站在过道里，不由分说冲将过来，抡起手里的一个盛酒的皮袋子，就打到儿子脸上。那是一种针刺般的疼痛，不是持续的疼，不是肿胀的疼，也不是压痛，而是鞭子抽或刀子割一样的那种尖利的痛。他知道，脸一准儿给划破了，现了血色。看到这伤痕，父亲似乎火气更大了，挥起胳膊就要打第二下。这一回，儿子还手了。他抬手抓住父亲的胳膊，用尽全力一推。让他吃惊的是，父亲的身体扛不住了，他竟能够把这个儿提时代怪兽般的庞然大物推到墙上，而且不怎么费力。他做到了。他用胳膊肘把父亲顶在墙上，摇晃着他的胳膊，就像玩木偶，酒袋也掉在地上。他把脸对着他的脸，发现父亲也在盯着他看。他告诉他，你打我这是最后一次。

现在他站在休兰兹农场农舍的窗前，离开、反叛、逃离的欲望在全身激荡。农场女主人为他准备的一盘子东西，他一口也吃不下，因为他心里只充斥着一个念头：赶紧离开，逃到别的地方，越远越好。

孩子们还在背拉丁语动词，从过去完成时到现在时。他正要回头看看他的学生们，忽然瞥见从树林那边闪出一个身影。

一开始他以为那是个小伙子。头戴便帽，身穿皮坎肩，手戴皮手套。从树林里走出来，有着男人的悠闲和自在，大靴子坚实地踏在地上。伸出来的拳头上好像立着一只什么鸟，栗色羽毛，白胸脯，翅膀有黑点。那鸟弓背而踞，很驯服的样子，身体随着它的伙伴、它的老熟人的脚步晃动着。

这个训鹰青年究竟是什么人，教师想象着，可能是农场的某个管事，或者是这家人的亲戚，来串门的表兄什么的。随后他又注意到，那人留着一条长辫，从肩头垂落，直至腰下。坎肩紧紧扎在腰间，形成不可思议的曲线。他还留意到，那长裙的下摆本来是收拢起来的，现在却匆匆放下来盖到长袜上。便帽下是一张白皙的鸭蛋脸，弯弯的眉毛，丰满的红唇。

他凑近窗玻璃，靠在窗台上，看着这个女人从右至左走过窗口，手上还是那只鸟，裙子的下摆蹭在皮靴上沙沙作响。眼见她进了院子，穿过鸡群和鹅群，绕过房子，不见了。

他直起身，眉头舒展开来，一抹微笑出现在挂着稀稀拉拉胡须的脸上。他身后，教室里已经静下来。他这才回过神来：他在上课，背后是他的学生，正背诵拉丁语动词变位。

他回转身，把双手的指头相互插握在一起，想象中当教师的就应该是这个姿势，不久前他还在上学的时候，他的老师们就是这个样子。

"很好。"他对孩子们说。

他们转脸看着他，像葵花对准太阳。孩子们尚未成熟的稚嫩脸庞，在窗外照进的光线中白得像生面团。他微笑地看着他们，课桌底下一根剥了皮的树枝正在往那个小点的孩子身上捅，而那个大点的在石板上画满了一个又一个的圆圈，他都假装没看见。

"好了，"他对学生们说，"现在请把下面这个句子翻译一下：'先生，谢谢你的来信。'"

孩子们开始在石板上写起来，那个大点的（老师知道，是最笨的一个）用嘴喘着气，小一点的把头伏在胳膊上。说真的，教孩子们这些东西有什么用？他们命中注定要像他们的父亲和哥哥一样成为农民，不是吗？话说回来，他自己学了这些又有什么用？自己在文法学校学了那么多年，有用吗，到头来还不是到这座烟熏火燎的房子里，哄一个农场主的儿子们学习动词变化形式和词序！

等孩子们差不多写完了，他才问："那个给你们干活的女孩儿叫什么？架着只大鸟的那个？"

年纪小点的孩子率直地看看老师。老师回了一个微笑。让这位老师常常引以为豪的是，他善于解读他人的想法，善于猜测你的意图，知道你下一步要干什么，但又精于掩饰自己的真实想法。因为有个脾气暴躁的父亲，他在很小的时候就练就此道。他知道，年龄较大的这个学生猜不到他提出这个问题的意图，但这个小点的，虽然才九岁，却猜得到。

"什么鸟？"大点的那个说，"她哪有什么鸟哇。"他瞅瞅弟弟，"她有吗？"

"没有吗？"老师看孩子们一脸的茫然，就明白了。他脑子里一时间又浮现出那只棕羽黑斑大鹰，"或许，我弄错了。"

那个弟弟突然又说："那是赫蒂，帮我们养猪、养鸡的。"说着皱了一下眉，"鸡也算鸟，不是吗？"

老师冲他点点头，"可不是嘛。"

老师又转过身，向窗外望去。一切都像刚才一样。风还在吹，树还在摇，还是那群脏兮兮的母羊，一片精心打理的耕地一直伸展到森林的边缘。唯独不见那个姑娘。他手上架的莫非真是只母鸡？他说不准。

那天晚些时候，课上完了，老师走到房子后面。本应沿着通向镇里的小路走回家，可他想再看那姑娘一眼，仔细观察一番，也许还能聊几句。他有一种欲望，想凑近看看那只鸟，听听那姑娘说话的声音。想用手掂掂那粗实的辫子，用手指轻轻抚摸一下那柔滑的编在一起的一股股的柔发。他一边沿着围墙走，一边抬头朝一个个的窗口张望。当然，他这样逗留在农场里是没什么正当理由的。孩子们的母亲随时都会看穿他的意图，把他赶走。那他在这里的职位就完了，他父亲和这个女人所达成的脆弱的协议也就毁了。这些他都明白，但还是不死心。

他在院子里走着，尽量躲着水洼和羊粪。刚才下了雨，当时正在讲虚拟语气。他听见高高的茅草房顶上有滴滴答答的雨声。天空渐渐暗下来。太阳也要落下去了。依然是春寒料峭。一只小鸡在地上辛勤地刨着食,自顾自咯咯叫着。

他还在想那个姑娘,那根发辫,那只大鹰。本来到这儿来教课实在是个负担,现在好了,他的工作,他的这俩学生,这个枯燥而恶劣的地方,一起都变得可以容忍。他想象着课后能和她邂逅,在林子里走走,在农场的哪个棚子里、小屋子里聊一聊。

他做梦也想不到,他寻寻觅觅的这位姑娘竟是这家人的大女儿。

她在这一带可是名声不大好。据说,她有点怪,有点神经质,不通常理,或许是脑子不正常了。听说她在僻静的小路上,在树林里到处跑,就她一个人,目的是采集植物做一种令人起疑的魔液。最好别惹她,人们说她向一个丑婆子学过法术,那婆子会做药,会纺线,只要冲哪个婴儿瞥一眼,那孩子就完了。人们还说,她的继母,也就是现在农场的女主人,害怕她用魔法加害自己,尤其是原来那个农场主,也就是那个自耕农已经不在人世了。当初她父亲一定很疼爱女儿,因为他在遗嘱里给她留了相当丰厚的嫁妆。当然,不是谁都敢娶她,都说这姑娘太野,没哪个男人驾驭得了。她的生母——愿上帝让她的灵魂安息——据说是个吉卜赛,或是个巫婆,或丛林小妖之类。反正,教师听过不少关于她的奇妙故事。他自己的母亲聊天时提起这位姑娘,也总是连连摇头,喷声不断。

教师从未见到过姑娘,但脑子里勾勒的是一个半男半女、半人半兽的形象:眉毛粗而密,走路一瘸一拐,头发里夹杂着一缕一缕的灰发,衣服上沾满泥巴和树叶。俨然一个已经死去的丛林女巫女儿的形象。她步履蹒跚,嘟嘟囔囔,自言自语,手往随身的口袋里一探,摸索着咒语和灵药。

他环视四周,目光扫过猪圈背风一面的阴影,还有院子四周篱笆墙上垂下的光秃秃的苹果树枝。他不想毫无准备地就撞见那个姑娘。他穿过篱笆门,走上外面的小路,回头看着农舍的窗户、粮仓和牲口棚的门,牛在棚里吃草,摇头晃脑的。那姑娘跑到哪儿去了?

他正想着那个女巫般的疯癫女孩,思绪突然被左边传来的响动打断了:一扇门开了,接着裙衣下摆一闪,最后是合页的吱吱声。正是架鹰女孩!就是她。从一间草草搭成的小房子里走出来,随手关了门。现在就站在他眼前,好像他只是动了一下念头就把她召来了。

他朝自己虚握的拳头里咳嗽了一声。

"你好哇。"他说。

她转过身,打量了他一会儿,微微抬了下眉毛,似乎看透了他的心思,他的脑袋对她来说就像水一样明澈,一眼看穿。她把他从头看到脚,又从脚看到头。

"先生好!"她迟疑了一下才说,算是回了个不易察觉的屈膝礼,"您来休兰兹农场有何贵干?"

她话音清脆明快,不紧不慢。他立刻有了反应:心跳加快,胸口发热。

"给孩子们当家教。"他说,"教拉丁语。"

他本指望那姑娘会虔敬地点点头,说倍感荣幸。毕竟是个有学问的人嘛,文化人,有教养。这位女士,你面前站的不是乡巴佬,他真想对她直言,我不是土包子农夫。

然而,姑娘的表情一点没变。"噢,"她说,"拉丁语老师。知道。"

她的反应如此淡然,让他十分不解。真是个捉摸不透的人物:她多大了,难猜;在家里的地位如何,不知道。她或许比自己大点,穿得像佣人,粗布衣,邋邋遢遢,可说起话来却像贵妇。她身姿亭亭,差不多和自己一样高,头发乌黑,也像自己。她与自己对视,目光像男人,可坎肩衬托出的身材却分明只属于女性。

教师觉得,应对这个女人的最佳策略莫过于把胆子放大点,"我能看看你那只……那只大鸟吗?"

她皱皱眉头,"我的大鸟?"

"我刚才看见你从树林里出来,这还有错?手上不是架着一只大鸟吗?是只鹰。一只非同寻常的鹰——"

他这才察觉到她脸上第一次流露出某种感情:焦虑,担心,还有点害怕。"你可别告诉他们。"她示意了一下农场的方向,"今天他们是不准我把它带出来的,知道吗,可是它烦躁不安,饥饿难耐,我不忍心一下午都关着它。你不要说你看见我了,看见我出来了,行吗?"

教师笑了。他冲她迈了一步。"我决不会说的。"他大度地安慰着,把手放在姑娘胳膊上,"别担心。"

她倏地抬起眼来。俩人近距离对视着。他看到一双秀目,近乎金黄,瞳仁周围呈深深的琥珀色,绿斑隐隐。黑睫毛长长的,皮肤白白的,鼻子和颧骨上雀斑点点。她突然做出一个奇怪的举动:把手伸向教师握在她手臂上的手,往大拇指和食指之间的皮肉上一掐。这一掐劲可不小,而且掐住不放,怪怪的有点亲昵,可以说挺疼的。教师不禁吸了口气,头都有点晕。真难以置信。他不记得有什么人曾这样掐住他的虎口。不用点力气手根本拽不回来。这姑娘力气不小,令人吃惊,而且他发现,特别撩人。

"我……"他开了口,却不知往下要说什么,"你……"

突然,她松开了他的手,把胳膊也抽回去。他刚刚被姑娘掐过的地方热乎乎的,觉得倒没了着落。他用这只手搓搓额头,似乎这样就能让它恢复正常。

"想看我的鸟。"她说,一本正经地,很专业的样子。她从裙子里掏出一把钥匙,开了锁,把门推开。她走进去,教师愣了一下,也跟进去。

一间窄小、昏暗的小屋子,一股干巴巴的熟悉的气味。

他吸了口气：有木头、石灰，还有某种甜丝丝的、多纤维的什么东西的气味，挺好闻。让人想起石灰粉般的麝香味道。而身边这个女人，不知是头发上还是皮肤上，散发出一种淡淡的迷迭香的气息。他真想伸过手去——她的肩膀，她的腰，离自己那么近；而且她把自己带到这里来干吗，除非也想着——

"就在这儿。"她小声说，声音急切、低沉，"看见它了吗？"

"谁呀？"他问，心里还想着那腰身，那迷迭香的味道。他注意到四周摆着些架子，眼睛适应了昏暗的光线后，都变得清晰起来。"什么？"

"我的隼。"她说着往前走了一步。教师看见屋子另一头一根高高的木桩上立着一只猛禽。

那鸟头上罩了一个小套子，双翅向后收拢，土黄色的鳞爪紧抓在木桩上。它弓身缩头而立，似乎在对抗一场暴风雨。翅膀上的羽毛颜色发暗，胸脯倒是挺白，像树皮那样皱皱巴巴的。和这样一个显然是来自另一个世界，来自长风，来自苍穹，抑或出自神话的动物如此近距离相见，他觉得简直有点不可思议。

"我的天！"他脱口而出。那姑娘转过身，给了他第一个微笑。

"这是只红隼，"她低声说，"我爸爸的一位朋友，一位牧师，把它当作小鸡送给我做礼物。我几乎天天带它出去翱翔。现在我不用给它摘头套，它就能知道你来了。还会记住你。"

这一点，教师不怀疑。这只大鸟虽然眼睛和喙都给小套子罩着，套子是皮质的 —— 他暗忖，不是羊皮就是小山羊皮，发现自己这样想他有点恼火 —— 可它的头随着他们说的每一句话，做的每一个动作，在伸缩，在转动。他很想看看这鸟的头，看看那眼睛，看看套子里面究竟藏着什么。

"它今天逮到两只老鼠。"女孩说。"外加一只田鼠。它飞起来，"她说着转身面向他，"一点声响都没有。那些小动物根本听不见它飞过来。"

教师从姑娘注视的目光里获得了勇气，伸出一只手来。摸到她的袖子、坎肩，最后是腰。用手挽住，就像姑娘掐他时那么用力，想把她拉近点。

"你叫什么？"他问。

她想挣脱，但他搂得更紧了。

"我不告诉你。"

"说嘛。"

"放开我。"

"你先说。"

"说了就放？"

"对。"

"我怎么知道你守不守信用，家教先生？"

"我一向守信。是个诚信男人。"

"还是个手腕男人。放开我,我就说。"

"先说后放。"

"说了就放?"

"没错。"

"那好。"

"答应告诉我啦?"

"是的。我叫……"

"叫什么?"

"安妮。"她说,或许好像是这么说,因为与此同时,教师也在说话,"我必须得知道。"

"安妮?"他重复着,心里动了一下。这名字从他嘴里说出来,既熟悉又有点怪怪的。他妹妹就叫安妮,死了快两年了。他意识到,自从妹妹下葬后,他就不说这个名字了。一时间,他又记起了那湿乎乎的教堂墓地,滴水的紫杉,地上一个黑乎乎的坑,张着大嘴要吞噬那白布包裹的尸体——那么轻,那么小。太小了,怎么能就这样孤零零地放进土里呢。

女孩利用他回忆往事的当儿,把他推开。他一个趔趄碰到周围靠墙的架子上,发出一种奇怪的回音,像棋盘上有一千个棋子或小球在落定自己的位置。他伸手四下摸了摸,有好几个圆圆的东西,紧巴巴的皮,凉凉的,中间还竖着个尖尖的梗。突然他醒悟到这熟悉的气味是什么了。

"是苹果啊。"他叫道。

隔空传来呵呵一笑,姑娘双手撑在身后的架子上,红隼护立身旁。"这是放苹果的仓库。"

他伸手拿起一个,凑在鼻子上闻了闻,味道很冲,酸酸的,挺独特。这让他想起一系列遥远的画面:落叶,湿漉漉的草地,木柴燃烧时的烟雾,还有母亲的厨房。

"安妮。"他说着往苹果上咬了一口。

她笑了,嘴唇弯弯的,那样子让他疯狂,又让他兴奋。"这不是我的名字。"她说。

他把苹果从嘴边拿开,假装生气,又如释重负,"你亲口说的。"

"我没说。"

"说了。"

"你刚才根本没听。"

他把吃了一半的苹果扔在一边,往前凑了凑,"现在告诉我吧。"

"不行。"

"怎么不行。"

他把双手放在姑娘肩头,又顺势沿双臂而下,看着指尖轻抚下姑娘在微微颤抖。

"你会告诉我的,"他说,"当我们接吻的时候。"

姑娘把头一歪。"还挺自信啊,"她说,"我们要是永远不接吻呢?"

"我们会的。"

姑娘又一次抓起他的手,指头在他大拇指和食指间一掐。他抬头直视她的脸。她的表情就像一个女人正在读一篇特别难懂的文章,绞尽脑汁,努力解读,非要看出点什么。

"呣。"她在思索。

"你这是干什么?"教师问,"干吗掐我的虎口?"

姑娘皱皱眉,直视着他,在探察着什么。

"要干吗?"他问道,突然被姑娘弄得不知所措,她的沉默,她凝视的目光,她掐在自己虎口上的手,这些都让他不安起来。四周是摆在沟槽里的苹果,木桩上是一只一动不动、正在监听的鸟。

女孩向他倾了一下身子,把他的手放开了。他的手又是一阵酸痛,像脱了皮,受了伤。毫无预示地,她突然把嘴唇压在他的嘴上。他感觉到了她双唇的丰柔,牙齿的坚实,以及双颊那不可思议的滑润。然后,她缩回了身体。

"我叫艾格尼丝。"她说。这个名字他也耳熟,尽管还没遇见过叫这个名字的人。这名字叫起来和写在纸上有点不一样,那个神秘的"g"的发音几乎听不到。你舌头一卷要发这个音,但又发不出来。你必须把重音放在第一个音节上,而下一个音节则一掠而过。

艾格尼丝从他与架子间的空隙中溜过去，打开门。外面一片白光，太耀眼了。门砰地关上，屋里就剩他一个，还有那只隼，那些苹果，一股木头和秋天的气味，还有那只大鸟羽毛上干燥而带有肉香的味道。

她突然的一吻，眼下这间苹果仓库，刚才抚摸姑娘肩膀的感觉，都弄得他心烦意乱；想着下次派他再来休兰兹农场时该怎么做，用什么计策才能在姑娘落单的时候把她搞定，又不禁觉得茫然不知所措。不过回家走到半路的时候，突然想起：人们不是说那家的大女儿就养了一只鹰吗？

这一带流传着一个故事，说的是住在大森林边上的一个姑娘。

每当晚上坐在火炉旁，每当揉着面团或梳理羊毛准备纺线的时候，人们都会问：你听说过那个住在森林边上的姑娘吗？讲讲这个姑娘的故事，自然会使晚上的时间过得快些，让爱淘气的孩子静下来，还能帮人们忘却烦恼。

森林边上，住着一位姑娘。

这故事这么一开头，说者和听者间就有了一种默契，就像衣袋里都装着个字条似的，大家知道神奇的事就要发生了。周围的人都会扭过头，竖起耳朵，脑子里已然出现了姑娘的形象：或在林间择路而行，或站立在像一面绿墙一样的森林边。

那是多大的一片森林啊。密密匝匝，郁郁葱葱，灌木丛和常春藤缠缠绕绕，肆意蔓延。树木长得十分密集，以致一大片一大片的地区太阳根本照不进。千万别在那里迷路。那些路，有的弯来绕去，又回到原地，有的引人偏离方向，无法实现原定意图。时不时，不知从哪儿就会冒出一股风。这类林间空地上，你可能听到音乐声，或有人呼叫你的名字，说，来呀，到这儿来，朝这儿走。

住在森林附近的孩子们还在摇篮里的时候就被叮嘱，千万不要单独进入森林。小姑娘们被告诫要远离森林，说灌木丛生、幽深莫测的绿色中潜伏着种种的怪物。有些就像人一样——被称为丛林居者——会直立行走，会说话交流，但从未走出过森林，终生生活在树影绰绰、枝权环绕、阴冷潮湿、藤蔓纠缠的森林腹地。据说有一只猎犬，是犬中之佼佼者，周身溜滑，牙齿尖利，曾追赶一只小鹿进入丛林，就再也没有出来。它追逐着那只小鹿的白光，后被大树团团锁住，未能脱身。

人们想要穿过森林，就得先停下脚步祈祷一番。那里设有祭坛、十字架，供人们驻足祈祷，把身家性命交由上帝，期盼主听见你的声音，相信主能佑护你，保佑你不会遇到那些丛林居者，或丛林精怪，抑或林中的其他动物。有人说，十字架上布满常春藤的枝条，给盖得严严实实。另一些人则寄希望于其他鬼神的力量：森林四周，建了不少神坛，人们把自己衣服的碎片系在树枝上，摆上一杯杯啤酒，一块块面包，一片片烤肉皮，一串串明亮的珠子，期盼能借以抚慰林中诸神，保佑他们安全通过。

传说中的这位姑娘，还有她的小弟弟，就住在森林边上的一座房子里。从后窗望出去都是树，有风的日子里，树冠不安地摇来晃去，冬天，树叶褪光，缠来绕去的枝杈摇得像人的拳头。姑娘和弟弟生来就体会到森林的魅力，那种时时向他们召唤的力量。

长期住在村子里的人都相信，这姑娘的母亲是从这片树林里走出来的。具体从哪儿，没人知道。她也许是个迷失方向、脱离了她所在群体的丛林居者，也许是别的什么。

这谁也不清楚。据说某一天，她拨开荆棘，迈步出了那个郁郁葱葱、昏昏蒙蒙的世界，就这么出现了。而农场主正在那儿放羊，从此一见钟情，恋恋不舍。他用手指把她头上的树叶和裙子上的蜗牛捏下来，拂去她袖子上的小树枝和苔藓，洗干净她脚上的泥巴。他把她拉进屋里，给她吃，给她穿，和她结了婚。不久一个女婴出世了。

说到这里，讲故事的人往往要强调，没哪家的女人会像她那样带孩子的。她把孩子绑在背上，想去哪儿去哪儿，光着脚在农舍里走，冬天再冷的天也照样。她不把孩子放在摇篮里，即使到了晚上也不放，而是贴身搂着，就像动物那样。她钻进森林，一去几个小时，背着孩子，天黑了才回来，用裙子兜着没剥皮的栗子。她的屋子既没火,也没食物,从不给丈夫准备吃的。邻居家的主妇们开始私下议论,她男人是怎么忍受的。当得知这个初为人母的女人没有母亲,或许好像如此,这些女人又纷纷跑到农场来,教给她怎样收拾房间,怎样给孩子断奶,怎么才能不生病,怎么样缝衣服,还告诉她女人结了婚就得弄个包头帽戴在脑袋上。

这女人一律点头答应,冷冷地笑笑。人们还是常看见她在路上什么也不戴,头发散落,直垂肩头。她在屋外开了一块地,尽种些稀奇古怪的植物——林地蕨类、到处蔓延的野菜、带有辣味的什么花,还有长得又矮又丑的灌木之类。唯一一个她找上门去攀谈的是住在村子另一头的一个寡妇。人们常看见她俩在寡妇那用围墙圈起来的小花园里交谈,老的撑着拐杖,小的背上背着孩子,仍是赤着脚,仍是披散着头发,俯身看着寡妇种的各种香草。

没多久,这女人又临盆了,这回生的是男孩,一出生就十分强壮。孩子个头好大,宽手掌,两只脚大得像能走路似的。女人依然故我,孩子绑在身后,出生没一两天,就让母亲带着进了森林,大点的女孩在身旁跟着。

当女人的肚子第三次大起来的时候,好运到头了。她卧床生产,可这一回再也没能站起来。村里的女人们跑来给她净身,准备下葬,送到另一个世界去。她们一边忙碌一边哭泣,这倒不是说她们多喜欢这个女人——这个从丛林里跑出来和她们同类中的一员结了婚，有着一个和树名一样的名字，跟大家极少交谈，又不愿与大家为伴的女人——而是她的死让她们担心自己也会遭到同样的厄运。她们一边痛哭，一边冲洗、梳理着她的头发，挖出她手指甲缝里的泥，给她的脸蒙上一块白布；同时把死产儿连同它那小小的胞衣裹好，安放在母亲尸体的怀里。

她的小女儿背靠墙壁坐着，看着这一切，双腿盘在身下，一声不吭。她不哭不闹，一句话也不说，目光从未从母亲的遗体上移开。她怀里搂着小弟弟，那孩子边哭边闹，还不停地用姐姐的裙子擦着眼泪。如果有好心的邻居走近她，女孩就会发出呼噜呼噜的声音，用手乱抓，像猫一样。她紧紧搂着弟弟，不管谁要抱走她都不放。大家说，这样的孩子可怎么帮她，都不知她在想些什么。

唯一可以接近她的只有那个寡妇——她母亲唯一的朋友。只见她拉把椅子坐在两个孩子边上，静静的，手里端着一碗粥。女孩过一会儿就让她给弟弟喂几口。

有位邻居想起了自己没结婚的妹妹，叫琼，虽然年纪不大，但会照顾小弟弟小妹妹，还会喂猪，干活是把好手。干吗不让她来给农场主干活呢？总得有个管家、看孩子、生火、做饭的人吧。以后会怎样，谁也说不好。大家知道，这个农场主有家产，一座大房子加上几英亩的土地；只要教导有方，孩子们也会老实听话。

不知道是不是真的,琼到了农场还不到一个月,就开始见谁跟谁抱怨这个女孩了。这女孩弄得她无心干活。有两次半夜醒来,发现女孩站在身旁,掐着她的手。还发现她往自己衣袋里塞东西,仔细一看,好像是用鸡毛捆起来的树枝。还在自己枕头下发现过常春藤叶子,还有谁会放这些东西呢?

村里的女人们不知该说些什么,也不知该不该相信这些话。不过好多人发现,琼的皮肤上出现了许多小疙瘩、小坑点。手上长了好多瘊子。纺起线来不是缠成疙瘩,就是断线,做个面包也发不起来。不过这孩子这么小,会干出这些事吗?

你以为琼会辞去工作,离开农场,回自己的家。因为这么一个调皮、任性的小孩子就打退堂鼓,琼不甘心,她苦心坚持着,瘊子上抹点猪油,脸上用蘸了灰的布擦一擦。

但这种事情总是这样,终于,琼的坚持有了回报。农场主娶了她,他们又有了六个孩子,个个白白胖胖,像她,也像农场主。

结婚后,琼不再跟外人数落那个女孩,就像有人缝了她的嘴。这女孩也没什么不正常的,她发着狠说,一点事也没有。有人说这女孩能看穿人的灵魂,那是胡说八道。她这一家人,还有她的房子,一切都很好。

不过,还是有传言说,这女孩具有非凡的能力。人们趁着黑夜来找她。这姑娘稍稍长大些以后，总能想方设法与需要她的人在路上相遇。这个地区的人知道，她常出现在森林边缘，走在树丛间，不管是傍晚还是夜间，她的红隼呼地冲进树枝里，呼地又落到她戴着皮手套的手上。每到黄昏她就把鸟放出来，所以如果你上点心，就可以到她常出现的地方会会她。

如果有人请求，这位姑娘——现在是成年女人了——就会脱下皮手套，然后往你大拇指和食指间一捏，这里可是你手掌全部力量的所在，就那么一下，她就能说出她的感觉。她这一捏会让人感到头晕、无力，似乎你所有的力量都给她掏空了。又有人说，那一捏能给人力量，像沐浴一场春雨那样获得生机。她那只大鸟在头顶上盘旋，双翅舒展，好像在发出警示。

人们说，这姑娘的名字叫艾格尼丝。

这是人们的传说，是艾格尼丝的童年神话。而她本人的说法可能就是另外一回事了。

屋子外边，有那些羊群，不管出了什么事，总得喂草喂水，总要有人照管。到时候放出去，到时候关进来，放牧的地方也得轮换。

家里，炉子里的火不能熄灭，得时时地添柴捅火，细心照料，有时候母亲还得噘起嘴唇，用力去吹。

说到母亲，这可是个难以捉摸的概念，因为她曾经有过一个母亲：一个脚踝虽纤细一些，却十分强壮，还总爱赤脚的母亲。那双脚脚底板黑黑的，在石板铺成图案的地面上走来走去，有时还走出房间，走过羊群，来到森林里，踏着树叶、树枝和苔藓。还有那只大手，拉着艾格尼丝的小手，生怕她跌倒，又温暖又有力。每当母亲把艾格尼丝背到背上，她的头就可以钻进母亲的长发里，透过一缕缕发辫的间隙看着那些树，好像看走马灯展似的。看呐，母亲会说，那有只松鼠。说话间，只见一条红红的尾巴一闪，消失在树干上端，好像是被她从树皮里变出来的。看，一只翠鸟，像一支箭，带着宝石般的尾巴，划过银光闪闪的溪水。看，这么多榛子。母亲爬上树枝，用强壮的手臂使劲摇晃，于是落下一束束带着棕色外壳的珍珠。

她的弟弟，巴塞洛缪，惊奇地睁大眼睛，张着白白的小手，被兜坐在母亲胸前，于是他们俩就正好面对面，两双小手相互交叉，搭在母亲浑圆的肩头。母亲给他们割了许多灯芯草，晾干了，编成小娃娃。两个小娃娃一模一样，姐弟俩把它们并排放到一个小盒子里，两张毫无表情的绿脸，傻乎乎地盯着天花板。

后来，这个母亲走了，来了一个替换的，坐在火炉前，续火添柴，用嘴吹火，把铁锅从壁炉下面端到炉箅子上，还叮嘱着，别摸，注意，别烫着。这第二个母亲身材更宽大，淡色的头发，挽成一个髻，罩在沾满汗水的包头帽下。身上一股羊肉和油污味。她皮肤发红，有雀斑，就如同马车驶过泥坑溅上去的。她名叫琼，这名字让艾格尼丝想起一只狂吠的狗。她抄起一把刀，把艾格尼丝的头发切下一段，弄得很短，说她没空天天给她拾掇头发。她拿起那俩灯芯草编的娃娃，说人不人鬼不鬼的，扔进火里烧了。艾格尼丝伸手想把烧焦了的娃娃拽出来，烫了手，她笑笑说，是活该。她脚上穿着鞋子，从不会离开农场走到森林里去。要是艾格尼丝擅自去了，这个母亲就会脱下一只鞋，撩开艾格尼丝的裙子，啪啪啪，朝孩子的屁股打下去。那疼痛来得突然，孩子哪里受过，连哭都忘了。艾格尼丝只能无奈地看着高高的房梁，那里，早先那个母亲放过一把香草，是系在一块石头中央的一个窟窿眼里的。她说是为了驱邪避灾，艾格尼丝记得清清楚楚。她咬着嘴唇，告诫自己不能哭。她看着石头中间那个黑黑的洞，不知道什么时候那个母亲才能回来。她强把眼泪忍住。

眼下这个母亲动不动就脱掉鞋子打人，比方说，当艾格尼丝说你不是我妈妈的时候，当巴塞洛缪踩了狗尾巴，艾格尼丝洒了汤，让鹅跑到了路上，或没把猪食桶一路拎到喂猪的槽子上的时候。艾格尼丝不得不学得眼疾手快。她懂得隐形的好处，学会了怎样神不知鬼不觉地就穿过一个房间。她知道了，如果，比方说，把一点点的狸藻弄到一个人的杯子里，那个人的五脏六腑就都会被折腾出来。还知道，从橡树树干上扯下一段藤蔓，只需往床单上抹一抹，那谁也别想再睡个好觉。她知道，要是拉着父亲的手，让他到后门看看琼已经把所有森林植物都连根拔了，父亲会愕然无语，而琼则会失声痛哭，说她都是好意，是当草除掉了。她还知道，事后，琼会伸手在桌子底下掐她，留下青一块紫一块的伤痕。

那是一段令人困惑的时光，过了一季又一季，艰难度日。昏暗的房间里，烟雾弥漫；羊群咩咩，叫声不断；父亲白天大部分时间不在家，要放牧羊群；时时都要小心别把外面的泥巴带进干净的室内；要照看好巴塞洛缪，避开火炉，避开琼，避开磨坊边的池塘，避开路上的马车和马蹄，还有小溪，还有挥舞的大镰刀。生病的羊羔，装在篮子里，放在火炉边，用碎布蘸了牛奶喂，尖厉的叫声刺穿了整个房间。父亲在院子里，双膝夹住一只母羊，羊的眼睛翻向天空，满是恐惧，父亲的剪刀在羊身上穿行。羊毛如雪暴般落到地上，雪花落处，羊可变了模样——一个个瘦瘦的，白白的，憔悴不堪。

人人都跟艾格尼丝说，她说的另一个妈妈根本不存在。你这是说什么呢？他们会冲她喊。她坚持说有。于是那些人改变了策略。你怎么能记得谁是你真正的妈妈呢——你根本不可能记得。她反驳说，你们都是瞎说。她跺着脚，把个小拳头砸在桌子上，冲人们像只小鸟似的尖叫。这是这么回事？他们为什么非要说谎，非要坚持这些谎言？她明明记得，事事都记得。她对住在村边上的药商遗孀讲了自己的心里话，那个女人每天收来羊毛纺线，她先是继续踩着机器的踏板，就像艾格尼丝根本没讲话似的，但后来还是点了点头。你妈妈心地纯洁，她说。她小拇指上的爱心——说着她伸出她老树皮一样的手——比其他人整个身上的都多。

这女人事事都记得，只是不知道艾格尼丝的母亲去了哪儿，为什么离开的。

入夜，艾格尼丝悄声给弟弟讲，讲那个喜欢带他们去森林里的人，那个把香草绑在石头中间的孔洞里，给他们做灯芯草娃娃，还在后院种了一园子花花草草的人——他们的母亲。她记得，几乎一切都记得。

有一天，她正好看见父亲在猪圈后面，膝盖顶在一只羊的脖子上，手里的刀就刺了下去。那气味，那景象，那血红的颜色，一下把她带回记忆中：被血浸红的床，一间充满死亡、暴力，满是血污的房间。她凝视着父亲，凝视着，然而却根本看不到他。她看到的只是一张床，中间一朵血色的花，后来又变幻成一个长长的大匣子。那里面，她知道，就是她母亲，不过已不是原来的母亲。母亲变了：蜡人一般，冷冷的，静静的，怀里还抱着个布包，露出一张玩具娃娃般的、惨然而干瘪的脸。牧师到夜里才来，因为那是个秘密，而且那个牧师艾格尼丝从未见过。他穿着长袍，手里拿只钵子，里面不知烧着什么东西，在长匣子上来回晃，嘴里嘟哝着奇怪的话,像唱歌似的。父亲边啜泣边告诉艾格尼丝,绝不能把这事跟邻居或任何其他人讲,不能说牧师来过,还对着那个蜡人般的女人和可怜的孩子说了许多奇怪的话。牧师临走,摸了摸艾格尼丝的头,就轻轻的一下,大拇指压在她前额上。牧师直视着她的眼睛,说了一句她熟悉的话:可怜的羔羊。

艾格尼丝向父亲诉说着她记得的所有这一切,父亲用膝盖又压住一只羊,羊脖子一道刀痕,鲜血直涌。她大声讲述着,发自肺腑,发自内心深处。她说,我记得,我知道这一切。

嘘,别说了,孩子。父亲说着,把头转过来。你怎么会记得呢。闭上嘴,不许说了。这些事都不能说了。夜里没来什么牧师,也没摸你的头。不要跟别人讲这些。别让你母亲听见。

艾格尼丝搞不清,这母亲是否指的是琼,家里这个女人,还是她自己的母亲,天堂里的那个。她感觉,这世界就像颗鸡蛋那样被磕开了,她头上的天随时都会裂开来,把火焰连同灰烬一股脑儿冲他们倒下来。她眼角余光里黑影飘浮,若隐若现。农舍、猪圈,还有院子里那些弟弟妹妹,一时觉得既远在天边,又都令人不快地近在眼前。她知道有那么个牧师,可父亲怎么能假装说没有呢?她明明记得牧师脖子上的十字架,还把十字架拿到嘴边亲吻呢;她记得牧师怎样在钵子里点燃羽毛,让烟雾在母亲和婴儿的尸身上飘浮;牧师口诵神秘的祷文,其间一次次呼唤母亲的名字:罗恩、罗恩——那其实是一种花楸的名字。她记得牧师叫她,可怜的羔羊。可父亲说,嘘,不要说。所以她只能从他那儿跑开,离开父亲身下的小羊羔——现在瘫在那儿,流干了血,不过一袋内脏和骨头。她跑到森林里,连喊带叫地把这些事讲给大树,讲给树叶和树枝听,那里没人能听到。她紧紧握着带刺的灌木枝,直到刺进自己的皮肤里;她冲着上帝呼喊——就是他们每逢礼拜日大的背着小的整整齐齐到教堂去膜拜的那个上帝;这里没有烟雾,没有碗钵,也没有方言俚语。她呼唤上帝,叫着上帝的名字。她说,你没听到我的话,太让我失望了。从今以后,我会去你的教堂,因为我必须去,但我一句话都不会说,因为你死后就一切都没有了。什么黄土,什么尸体,就都化为乌有了。

她把这些讲给药商的遗孀听,那妇人听了,抬起头。纺车的轮子慢下来,停住了,妇人注视着艾格尼丝。千万别跟别人讲,她声音沙哑地说。绝不要讲。不然就会招来七大祸端。

艾格尼丝慢慢长大,看着这个穿鞋子的母亲对她亲生的孩子——个个白白胖胖的——又亲又抱,把刚烤得的面包和最新鲜的精肉放到他们的盘子里。而她自己则必须接受次等孩子的处境,感觉好像自我某方面有缺陷,没人待见。什么扫地啦,给婴儿换尿布、摇他们睡觉啦,还有清理炉箅子,把火吹旺等等这些活儿都是她的。她看出来了,也明白了，只要出了什么事——盘子掉了，罐子碎了，毛衣编错了，面包没发起来——就都是她的错。她渐渐知道了，她必须保护弟弟巴塞洛缪免受生活中的各种打击，因为别人是不会管的。他们有血缘关系，实实在在的亲情，别人没法比。她内心渐渐生成一股隐秘的火焰，火舌舔舐着她，温暖着她，时时使她警醒。你得设法逃脱，火焰对她说，必须逃离。

艾格尼丝极少受到爱抚。她越长大就越渴望能有人握握她的手，摸摸她的头，拍拍她的肩膀，或摸摸她的手臂。那是人与人之间爱的印记，一种伙伴的感觉。她的继母从不靠近她，弟弟妹妹们倒是常对她又抓又挠的，可那不能算。

她对别人的手越来越迷恋，总忍不住去摸摸，握到自己手中。拇指和食指间那块肌肉对她更是有魅力。因为那块肌肉像鸟喙一样可张可合，人的握力全在于此，抓什么东西都要依仗它。有关一个人的能力、影响力和本性的信息都能在这里收集到。所有他们已经获得的，保有的，还有他们渴望获得的一切，都蕴含于此。她懂得，想了解一个人的方方面面，只需捏一下这个地方就够了。

她只有七八岁的时候，一个客人让她就这么捏了捏手。她说，你一月之内性命不保。结果，那人只过了一周就得疟疾死了。她还预言过，某某羊倌会被撞翻在地，把腿弄伤；她的父亲会遇上暴风雪；某某婴儿满两周岁的时候会生病；那个要收购她父亲羊皮的男人是个骗子；还有，后门那个小贩对厨房里的女佣心怀不轨。

继母琼，还有她父亲，都挺担忧。这种能力，哪里是基督徒能有的！他们要她就此收手，别再去摸别人的手，别再展露这种特异功能。这不会带来什么好处，父亲站在正蹲在火炉边的艾格尼丝说，一点好处也没有。女儿伸手去握他的手，吓得他急忙缩回去。

艾格尼丝一直觉得哪里不对劲儿，感觉自己不合群，皮肤太黑，个头太高，不听话，还不服管、固执，又不爱说话，是大家眼里的异类。她越来越感到，大家只是耐着性子容忍自己，她就是个万人烦，一无是处；她不值得爱，要想找到爱，就必须彻底改变自我，把自己压碎重生。但她也存有孩时的记忆，记得真爱意味着什么：爱一个人就是爱他的真我，而不是他被规范的样子。

她希望，这种记忆足以让自己在再次遇到真爱的时候能够识别出来。而一旦识别出来了，她就不会犹豫，她要用双手把爱捧住，那将意味着解脱，意味着重生。别人表示抗议，表示反对，说出种种理由，她都不会去听。对她来说，那将是时来运转的好机会，就像那一束香草恰好穿过了石头上那个洞。不管发生什么，她都会义无反顾。

哈姆奈特爬上楼梯，刚在镇里跑了一圈，还真有点气喘吁吁。他似乎用尽了所有气力，才把一条腿挪到另一条前面，两脚交替，一步一步地踏上台阶。他拽着楼梯的扶手，硬拉着自己往上走。

他相信，他有把握，回到楼上准能看见母亲已经在那儿了，正俯身看着像只弓一样蜷缩在床上的朱迪丝，还给她换了床单。此刻，朱迪丝虽然仍是脸色苍白，但已经醒了，有了精神，有了信心。母亲正给她喂药，药有些苦，朱迪丝皱皱眉，但还是喝了下去。他母亲艾格尼丝配的药能治百病，这大家都知道。来自全镇，全沃里克郡，还有更远地方的人络绎不绝，他们站在这座狭长的住宅外，向窗户里的艾格尼丝讲述病人的症状，哪里哪里不好受。有些人会被请进室内，大都是妇女，她请她们坐在炉火旁的主座上，拉过她们的手，握一握，捏一捏；然后把一些植物根茎、叶子和少量花瓣研磨成粉。等这些客人走的时候，手里就都有了一个布包或小瓶，用纸或蜂蜡封着，她们的脸上轻松多了，焕发多了。

母亲肯定早回来了，一定有能力让朱迪丝恢复健康。她能驱逐任何痼疾顽症。她知道该怎么办。

哈姆奈特走进顶层的房间。那里只有他妹妹，孤零零的，躺在床上。

走近了，他看到，在他去找医生的这段时间，妹妹脸色变得更苍白了，身体更虚弱了。眼睛四周的皮肤发青，像擦伤了似的。呼吸很浅，很急促。眼皮下，两只眼睛忽闪忽闪的，像是看到了什么他所看不到的东西。

哈姆奈特双腿一软，坐在床边。听得见妹妹抽吸空气的喘息声。这倒让他觉得有点安慰。他把小指和妹妹的小指勾在一起。一颗泪珠渗出眼窝，落到床单上，又透到下面的草席上。

又是一颗泪珠。哈姆奈特什么也没做成，他明白。本想去叫个人来，父母、祖父母、任何一个成年人，或医生。他一个也没找到。他闭上眼，忍住眼泪，把头埋在双膝上。

过了半个小时左右，苏珊娜从后门走进来，把篮子往椅子上一放，一屁股坐在桌前。她这边看看，那边看看，很沮丧的样子。炉子里的火灭了，不见一个人影。母亲说好了会回来，可是没有。情况往往是，她说在哪儿，哪儿就找不见她。

苏珊娜摘下帽子，扔到旁边的凳子上。帽子一滑，掉到地上。她想弯腰拾起来，可并没动。相反的，她用脚尖一探，踢了出去。她叹了口气。她快十四岁了。不管看见什么——桌子上的瓶瓶罐罐,房梁上系的香草和花,妹妹放在垫子上的草编娃娃,壁炉边的水壶——所有这些都会惹得她无名火起,怒不可遏。

她站起身,打开一扇窗户,想透透气。可街上飘来一阵阵马匹和粪便的腐臭味。她砰的一声把窗户关上。有那么一会儿,她相信听到楼上有声音。有人在那儿吗?她站起身来,听了一会儿。可是没有,再也没有什么声音了。

她坐在母亲给客人准备的那把椅子上。那些人常常是夜里偷偷走进门来,然后便低声地讲述起各种烦恼,经血多了少了,做了什么梦,是吉是凶,哪里哪里疼,遇到什么麻烦事,什么想爱又不能爱啦,爱了又扯不清啦,再不然就是这个兆头那个兆头,月亮阴晴圆缺,路上蹿出一只野兔,屋里进了一只鸟,胳膊腿失去知觉,移情别恋,生了皮疹,咳嗽,然后不是耳朵疼就是腿疼,肺也疼心也疼。而母亲则低头倾听着,不时点点头,嘴里啧啧地表示理解和同情。然后就抓起她们的手。这时,她眼神便向上移去,飘到天花板上,飘到半空中,双目微合,茫茫然,似乎哪里都没看。

有人问苏珊娜,她母亲是怎么未卜先知的。市场上,大街上,都有人悄悄凑过来,问艾格尼丝是如何知道一个人的身体需要什么,缺少什么,或什么东西过剩了;她怎么能知道一个人的灵魂是焦躁不安,还是欲火攻心;又怎么知道一个人心里隐藏着什么。

这往往让苏珊娜唉声不已，直想摔东西。现在，她能看出某个人是否又要对她母亲的超凡能力问这问那了，这时候她就会竭力反击，说自己有事，或转移话题问他们一些有关家庭、天气或庄稼的事。她注意到，人们在问这类问题之前，总是有点犹犹豫豫，脸上现出半好奇、半怀疑的样子。可他们怎么就不知道，这可是自己最最厌烦的话题！他们怎么就不明白，那些把屋子里弄得像粪堆一样臭烘烘的药草，那些装在瓶瓶罐罐里的粉末，还有那些根茎、花瓣，她不感兴趣；还有那些来求药的人，咕咕哝哝，哭哭啼啼，把个手让母亲握着，那与她也毫无关系。前几年，当她还小的时候，她往往会实言相告：我不知道，妈妈的本事像魔法，是天赋。而现在，她就不那么讲情面了。她会说，你说的这些我怎么知道。她仰着头，鼻孔朝天，似乎在闻空气。

可现在母亲去哪儿了呢？她把一只脚搭在另一只上面，又交替一下把另一只搭到这一只上。很可能正在乡下那个地方瞎转呢，蹚进池塘的水里，四处采集花花草草，为够个什么植物，就翻篱越墙，衣服撕破，靴子沾满泥巴。而此时，镇上别人家当母亲的正在给孩子的面包抹上黄油，把汤一勺一勺地喂给他们。再看苏珊娜的母亲。她就会出洋相，不知怎么就会突然停下来看着天上的云，或冲着驴耳朵窃窃私语，要么就是采好多蒲公英塞进衬裙里。

苏珊娜一惊，有人敲窗户。她坐在椅子上没动，愣了片刻。又有人敲。她这才站起来，走到窗边。透过交错的铅制窗格和模模糊糊的玻璃，能辨别出一顶白色圆帽和暗红色的裙衣上身，是个有身份的人。女人又敲了敲，看看苏珊娜，一副傲慢专横的样子。

苏珊娜没去开窗户。"她不在家。"她喊着，往前凑了凑，"等一下再来吧。"

她转身离开，又坐回到椅子上。那女人又在窗户上敲了两下，然后就听到她的脚步远去了。

一拨又一拨，一伙又一伙，来来去去，穿梭不断。有时候，苏珊娜和双胞胎弟妹，还有母亲，坐在桌前喝汤，刚拿起勺子，就有人敲门。母亲马上起身，把汤碗推到一边。要知道，那是苏珊娜花了好多功夫才熬成的：先是鸡骨头、胡萝卜洗了又洗，还得削皮，然后要在厨房的热气里又搅拌又过滤的，一干就是几个小时。苏珊娜有时觉得，艾格尼丝不仅是她和双胞胎弟妹的母亲，还是全镇、全国的母亲。他们家这川流不息的人流什么时候会流到头呀？他们就不能让这家人安安静静地生活吗？她曾无意中听祖母说过，真不知为什么艾格尼丝坚持要做这一行，现在又不缺钱。再说了，祖母补充道，干这个也挣不了什么钱。而母亲则沉默不语，仍埋头于她的针线活儿。

苏珊娜双手搭在椅子扶手上，这雕花的扶手被人们摸来摸去，已经光滑得像苹果皮。她把身子向后挪了挪，靠到椅子背上。这把椅子，父亲回家时很喜欢坐。一年能回来两三次，四五次吧。有时待一周，有时更长点。白天，他把椅子搬到楼上，坐在桌前工作。晚上，再搬回楼下，坐在壁炉边。我一有空就回来，上次回来的时候父亲对她说，还用手指摸摸她的脸蛋。你知道，我会说到做到的，他还说。当时他正收拾行李，准备走了，一卷卷的纸，写满字迹，一件替换的衬衣，一本用猫肠子装订还包了猪皮的书。母亲不知到哪儿去了，她不愿看着丈夫离开家。

父亲会给他们写信，由母亲念，很吃力，一根指头依次指着念出来的词，嘴唇努力摆出正确的发音位置。他们的母亲能认些字，但写就很一般。过去姑姑伊莱扎替他们写回信，她的字可漂亮啦，现在哈姆奈特就能写了。哈姆奈特正在上学，每周六天，从早到晚。他写字跟得上你说话，会拉丁文和希腊文，还会算术。羽毛笔的笔尖在纸上沙沙作响，就像母鸡爪子踩在沙地上。他们的祖父不无自豪地说，将来自己没了，哈姆奈特能接管手套生意，他肩膀上长了一颗聪明的脑瓜，有学问，天生就会做生意，几个孩子中就他最有头脑。哈姆奈特伏在课本上，不像听见了祖父的话，他的头顶正对着围坐在炉边的众人，头上的发缝曲曲折折像条小溪。

父亲的信拉拉杂杂，什么都谈：签了这种那种合同；每天工作起来就没完没了；伦敦的那条大河；观众对台词不满意就往台上扔烂东西；一个和他们竞争的剧场老板，在他们的新剧演到高潮的时候竟往台上放出一口袋的老鼠；还要背台词，一行又一行，一段又一段；还有怎么弄丢了戏装；怎么着了火；一场戏里演员要用绳子吊着从天而降；他们巡演走到半路找不着吃的；布景倒了；道具放错了地方或给偷了；马车轮子掉了把大伙都翻进了泥里；旅馆不让他们住；他们省了多少钱；要么就是需要他们的母亲做点什么，必须找镇上某个人谈一谈，有块地他想买，有座房子听说要出售，有块地他们应该买下来出租；最后是他多么想念大家，多么爱大家，多想亲亲每个人的脸，等不及了，巴不得马上回家，如此等等。

如果瘟疫蔓延到伦敦，他就可以回家待上几个月。女王会命令剧场关门，禁止公共场合集会。别老说瘟疫、瘟疫的，不吉利，母亲对大家说。可是苏珊娜就说过好几回。她晚上做完了祈祷，就小声嘀咕。事后，她总说没说过。但实际上，她还是希望瘟疫快来，父亲就可以回来和大家待上几个月。她有时琢磨，母亲是不是也在暗地里盼望着瘟疫。

门闩咔嗒一声拉开了，进来的是祖母玛丽。她呼哧呼哧喘着气，脸红红的，腋下湿乎乎的让汗水湿透了。

"你坐着干吗呢？"玛丽说。她最烦的就是看见别人闲坐着。

苏珊娜耸耸肩，用手指尖摸摸椅子上磨秃了的榫子接头处。

玛丽用眼睛扫视着这间屋子。"双胞胎兄妹哪儿去了？"她问道。

苏珊娜一只肩膀抬了抬，又放下。

"你没看见他们？"玛丽说着，用手帕擦擦额头。

"没有。"

"我告诉过他们，"玛丽嘟囔着，弯腰捡起苏珊娜的帽子，放在桌子上，"要劈点劈柴，把厨房的火点着。他们干了吗？没有，没干。他们一回来就不知藏哪儿去了。"

她又站到苏珊娜面前，双手叉腰，"那你妈妈呢？"

"不知道。"

玛丽叹口气，想说点什么，但没说出来。苏珊娜看出来了，感觉那没说出口的话语就像一面面打信号的小三角旗一样在她们之间的空气中飘荡着。

"好啦，来吧。"玛丽说着，把围裙扔给苏珊娜，"动弹动弹吧。晚饭自己不会熟。孩子，来帮帮我，别像孵蛋的母鸡一样呆坐着。"

玛丽抓住苏珊娜的胳膊，把她拽起来。她们走出后门，门在她们身后砰地关上了。

楼上，哈姆奈特一惊，醒了。

忽然间，教拉丁文成了美差中的美差。每当要去休兰兹农场上课，这位教师总是一叫就起，叠好被子，再到水桶那儿把自己使劲儿洗干净，小心翼翼地梳理头发和胡子。盛了满满一盘子早餐，可没吃完就匆匆起身，帮弟弟们拿好课本，送到门口，挥挥手让他们去上学。据说，他还会冲父亲咕哝一声，甚至客气地点点头。妹妹在一旁斜眼看着他自顾自吹着口哨，把坎肩这么系一下又那么系一下，出门前还拿玻璃窗当镜子打量自己，一遍又一遍地把头发理到耳朵后面，这才砰地关门走了。

不去休兰兹农场上课的日子，他赖在床上，直到父亲威胁，再不起就把他的皮给鞣了。起床后，他也是在房子里瞎转，唉声叹气的，别人问他也不说话，只管漫不经心地嚼着一片面包，手里拿拿这个放下，又拿拿那个也放下。有人看见他跑到作坊里，靠在柜台上，翻弄着一副又一副的女式手套，似乎要从针缝里，从没有生机的指头上找到某种意义。然后又是一声叹气，把手套又胡乱塞回盒子里。他来到内德身后，看他缝制一条训隼人用的皮带，他凑得太近了，那孩子只好停下手中的活。约翰见了，冲他大叫：要么用心干活，要么上大街流浪,这中间就隔着一扇门。

"还有你,"约翰转向儿子,"快给我从这儿滚出去,找个有用的营生。要是你还有能力。"约翰摇摇头,转身去看着一块松鼠皮给切割成窄窄的备用的长条。"学上了不少,"他嘟囔着,对自己,也对滑溜溜的毛皮,"出息半点没长。"

后来,母亲叫妹妹伊莱扎去找他。她找遍了一楼和院子里,又来到楼上,从男孩子们住的房间到她自己的房间,又到父母的房间,找了个遍。她叫着哥哥的名字。

好久才有人应声,声调平平的,很烦,很不高兴的样子。

"你在哪儿?"她感到一惊,左左右右地张望着。

又是长长的沉默,然后,很不情愿地说:"在上面呢。"

"在哪儿?"她越发觉得奇怪。

"在这儿。"

伊莱扎从父母的房间走到通向阁楼的梯子下面。又叫了一次他的名字。

一声叹息。神秘的沙沙声。"你要干吗?"

一时,伊莱扎想起,哥哥可能正在做男孩子——男人们——有时候会做的那种事情。她有好几个哥哥弟弟,了解他们私下会做什么,要是被打扰了,就会发脾气。她站在梯子下面,一只手扶着梯子磴,犹豫起来。

"我……我能上去吗?"

沉默。

"你不舒服啦？"

又是一声叹息。"没有。"

"妈妈问，你能不能去一趟制革厂，再去——"

上面传来哽咽而含混的叫声，有个什么重重的东西，一只靴子或是一条面包，砸到了墙上，一阵活动声，接着砰的一声响，很像是有人站起身，把头撞到了房梁上。"嗷。"那人尖叫一声，紧接着一连串的污言秽语，有的话令人吃惊，有的伊莱扎从未听说过。（待他心情好的时候，她会问问他。）

"我上去啦。"她说着就开始往梯子上爬。

她一步步爬上去，先是头后是身子，进入了一个温暖而昏暗的空间，唯一的光线来自戳在羊毛包上的两根蜡烛。哥哥瘫坐在地上，双手抱着头。

"让我看看。"她说。

他嘟囔了几句，听不清，可能是什么异端邪语吧，不过他的意图很清楚：要妹妹赶快走开，他要单独待一会儿。

她一只手放在哥哥手上，掰开他的手指。另一只手拿了蜡烛查看伤处。已经肿起来了，红红的，有挫伤，就在发际线下面。她按了按肿包的外围，弄得男孩一皱眉。

"唔，"她说，"你这是祸不单行啊。"

他抬眼望望妹妹，就这么对视了一会儿。他似笑非笑，说："说得对。"

她把手放下，另一只手仍拿着蜡烛，坐在一个羊毛包上。这些包着羊毛的大包裹从地板一直塞到天花板，已经在阁楼上放了好几年。记得去年他们在院子里用亚麻布包装手套，一双一双码整齐，装进篮子，再放上马车。她哥哥当时脱口问道，阁楼上干吗堆了那么多羊毛包，做什么用。他们的父亲靠在马车上，一把抓住儿子的衣服。这家里没有什么羊毛包，父亲一字一顿，每蹦出一个字就摇晃儿子一下。明白啦？而哥哥怒目而视，回敬过去，眼都不眨。很明白，他最后回答道。父亲的手还抓着儿子的衣服没放，似乎在考虑，这是不是有点鲁莽，于是松了手。不关你的事，就别管。他咕哝着，就又去包手套了。院子里人们都松了一口气。

伊莱扎在大家都忽视其存在的羊毛包上蹦了几下，哥哥看着她，没说话，仰头凝视着房梁。

她不知道，哥哥此刻是否记起，这阁楼一直是他们俩，还有去世前的安妮的天地。他们三个常在下午哥哥放学后躲进阁楼，然后把梯子拉上去，弄得弟妹们又哭又叫，哀求连连。那时这阁楼几乎是空的，只有父亲存在那儿的几张废皮子，为什么，并没直说。谁也别想打扰他们，直到母亲喊他们去干点什么，或去照看某个弟弟妹妹。

伊莱扎没想到哥哥还会跑到阁楼上来，不知道他仍然把这里当作避开家人躲清静的地方。她自己自从安妮死后就再没爬上过这个梯子。她的目光扫视着这间屋子：倾斜的天花板，屋顶上铺的瓦，一大捆一大捆的羊毛，藏在这儿，见不得人。还有烧剩下的蜡烛头，一把折叠刀，还有一瓶墨水。地上散落着一团团的废纸，纸上写着字，有的画掉了，又重写，又画掉了，最后用手一团扔到了地上。她看到哥哥的指甲尖都给染黑了。他在这儿神神秘秘地用的什么功？

"这怎么回事儿？"她问。

"没什么，"他回答，也不看妹妹，"什么都没有。"

"哪儿不舒服吗？"

"没什么。"

"那你在这儿干吗？"

"没什么。"

她看看那些纸团儿。看到有"绝不"和"火"两个词，还写着什么像是"飞"或者"试一试"的词。她抬起头，见哥哥正看着她，眉毛向上扬起。她尴尬地一笑。她是认字的，但全家，甚至全镇，知道的人只有一个 —— 她哥哥。怎么回事呢？因为就是哥哥教她和安妮写字母、学拼写的，每天下午放学后就教她俩。哥哥在地板的尘土上画个字母，说：你们看，伊莱扎、安妮。这是"d"，这是"o"，再加一个"g"，就念"dog"。看见啦？你要把声音合起来，连起来念，这个词就出来了。

"你就只会说'没什么'这一句吗？"她问。

她看见哥哥的嘴动了动，知道那是在搜肠刮肚地从学过的修辞和辩论知识里搜寻，怎么用"没什么"来回答妹妹的问题。

"你回答不了。"她得意地说，"你没法用'没什么'回答我了，别费劲了。做不到的。承认吧。"

"没什么承认的。"他还是成功地用"没什么"回答出来了。

他们坐了一会儿，面面相觑。伊莱扎把一只脚的后跟架在另一只脚的脚尖上。

"人们说，"她小心翼翼地说，"看见你和休兰兹农场那个姑娘在一起。"

她听到过针对哥哥的更低俗更贬损的话，当然不能讲。人们说，他身无分文，没有职业，小小年纪却去追求那么一个成熟女人——能带来不少的嫁妆吧。还听市场上一个女人背着她说，这小伙子也算是找到了一条出路。看得出，他为什么要娶个有钱的，为的是好摆脱他那个父亲呗。

她告诉自己，人们议论那个农场姑娘的话，千万不能提。他们说，那姑娘暴躁、野蛮，会诅咒人，能治百病，也能造百孽；那天还听人说，那姑娘因为继母拿走了她的红隼，就让她脸上生了好多粉瘤；她只要手指头触一下，就能让牛奶变酸。

每当有人当着伊莱扎的面讲这些话，不管是街上的人，还是邻居，或是买她手套的人，她都不会假装没听见。她都会停下来，泰然处之，直面那些闲言碎语（她有一种足以让人心虚气短的眼神，这个她自己也知道，哥哥常跟她讲起。哥哥说，这是因为她眼睛的颜色特别纯净，还有就是她能把眼睛睁得大大的，能露出整个眼珠）。她才十三岁，但个子可不矮。她能一直盯着别人的眼睛看，直到对方低下头，灰溜溜走开。她的胆魄，她的不怒自威，把他们镇住了。她发现，遇事平静面对，威力自在其中。这一点，她这个哥哥可是从来学不来的。

"我听说，"她接着刚才的话题说，说话很有节制，"你们还一块儿散步。上完课以后。有这回事吧？"

哥哥看都不看她，"那又怎么样？"

"跑到树林子里？"

他耸耸肩，不置可否。

"她妈妈知道吗？"

"知道，"他顺口回答，又觉得有点唐突，随即更正道，"我也不知道。"

"但，要是……"伊莱扎发现，她想问的这个问题很难把握分寸；对问的内容也没什么把握，她不清楚到底发生过什么事，那其中又会有哪些风险。她便试着问："你们要是给人逮住可怎么办？正一起散步的时候？"

他一个肩膀抬了抬，又放下，"那就给抓个正着呗。"

"这种担忧不足以让你们罢手吗？"

"干吗要罢手？"

"她那位弟弟……"她开口说，"……那个放羊的农场主。你难道没见过他吗？像个巨人似的。要是他对你……"

哥哥一摆手，"你过虑啦。他总是赶着羊出去，我在休兰兹就没见过他，一直就没见到过。"

她把双手合在一起，眯起眼看着地上的纸团，不知道上面都写了些什么。"我不知道，你是否知道，"她怯怯地说，"人们对她都说了些什么，但——"

"我知道人们都说了些什么。"他打断妹妹。

"很多人说，她——"

他直起身子，激动起来，"没一句真话，一句也没有。这种闲言碎语你也听，真让我意外。"

"对不起，"伊莱扎叫道，情绪有些低沉，"我只是——"

"那都是瞎说，"他继续说，好像根本没听进妹妹的话，"都是她那个继母散布的谎言。继母嫉恨她，变得蛇蝎一般——"

"——只是担心你！"

他看看妹妹，有些吃惊，"担心我？为什么？"

"因为……"伊莱扎试着理清思绪，把以前听到的都捋一遍，"……因为我们的爸爸绝不会同意的。这你得明白。我们欠那家人的账。爸爸连他们的名字都不愿提。还因为人们对她的那些闲言碎语。我不相信，"她赶紧加上一句，"当然不信。但是,那很烦人。人们说你们的恋情不会有好结果的。"

他一下子坐回羊毛包上,像吃了败仗,闭上双眼,整个身体都在抖,由于气愤,或别的什么,伊莱扎不知道。俩人沉默了好久。伊莱扎的手抓着上衣,攥出了许多细褶。然后她想起还有一个问题要问,就往前凑了凑。

"她真有只鹰吗?"她轻声说,换了个语气。

他睁开眼,抬起头。兄妹二人对视了一会儿。

"她有啊。"他回答。

"真的? 我只是听说,不知是——"

"是只红隼,不是鹰。"他急忙说,"她自己训练。有个牧师教她。她戴一副皮手套。那鸟从手上像箭一样冲上去,在树木间翱翔。那情景,你从没见过。那家伙一飞起来就变了样——你觉得,这不是原来那只鸟了——一只是地上的,另一只是空中的。她只要一声呼叫,红隼就会在空中绕着大圈子盘旋而回,一下落在她戴手套的手上,那么有力,那么坚定。

"她也让你学着做了? 戴上她的手套,接住那只大鹰?"

"是红隼,"他纠正道,然后点点头,那骄傲劲儿,满脸都在放光,"对,她让我试过。"

"我真想,"伊莱扎低声说,"亲眼看看啊。"

他看看妹妹,用沾满墨渍的手摸摸下巴。"或许,"他说,几乎是自言自语,"哪天我带你一起去。"

伊莱扎把手里攥的衣角松开,衣服一下平整了。她觉得又兴奋,又害怕,喜忧参半。"你会吗?"

"当然会。"

"你以为她会让我放飞她的大鹰,不,红隼?"

"我看不出为什么不可以。"他对着妹妹看了一会儿,"我想,你会喜欢她的。你跟她有点像,在某些方面。"

伊莱扎听了,不禁一惊,觉得这揭示了某种她不愿听到的事实。她竟然和那个广为诟病的女人并没什么两样? 就在前不久,她还在教堂里见到过休兰兹农场那位女主人的尊容——那满脸的肿包、黑斑和瘩子——是谁把她弄成这副模样,也真够让人深恶痛绝的了。这心思她没跟哥哥讲,事实上,她内心深处的某个部分,还是渴望见见那位姑娘的,近距离地,看着她的眼睛。所以伊莱扎就什么都没说。哥哥不喜欢别人给他施压或催促他。他是那种必须小心翼翼,从侧面接触的人,就像对待一匹难驾驭的马。她得一点点地小心探询,这样才可能问出更多东西。

"那她是怎样一个人呢?"伊莱扎问。

哥哥想了想才说:"她和你认识的人都不一样。她不在乎人家怎么看她。她自有自己的处事方式。"他往前挪了挪,把胳膊肘放在膝盖上,压低声音说,"她看一个人,能看到人的灵魂里。她待人一点也不尖刻。她看一个人,是看他本真的样子,而不是装出来的或被人规范的样子。"他瞥了妹妹一眼,"这品质是难得的呀,不是吗?"

伊莱扎不由连连点头。哥哥讲得这么详细,她很惊讶,有幸听到,实在很荣幸。"听你这么说,她是……"她在脑子里搜索着合适的词,想起几周前哥哥教给她的一个词,"出类拔萃了。"

哥哥笑了,妹妹知道他这是想起教过她这个词的事了。"她就是这样,伊莱扎,出类拔萃。"

"听起来……"她小心翼翼、战战兢兢的,唯恐让他警觉起来,又一言不发了。她不相信他把什么都说了,"好像你已经……定了。你们认定了。就是她了。"

他没说话,只是伸伸胳膊,用手掌拍着身旁的羊毛包。有那么一会儿,她觉得是不是自己有点过分,哥哥不愿再谈更多的事了,他会不会站起来走人,不再吐露更多心声了呢。

"你跟她家里人说过吗?"她大着胆子问。

他摇摇头,耸耸肩。

"你打算去说吗?"

"我会的,"他小声说,低着头,"不过他们要是拒绝我,我一点也不感到意外,他们不会把我看作她的贵人。"

"也许,如果你再等——"伊莱扎迟疑了一下,一只手放在哥哥的衣袖上,"再等一年半载的。那时你就是成人了。有了固定职业,也许爸爸的生意就有了起色,可以重新获得在镇里的一些职位,还有可能听大家的劝说,停止这个羊毛——"

他把胳膊挣开,坐直了身体。"可是,"他问,"你见过什么人能劝得动他,让他明白是非吗? 他什么时候改变过主意,即使是明知自己错了的时候?"

伊莱扎从羊毛包上站起来。"我只是想——"

"什么时候,"哥哥接着问,"他能劳他的大驾把我想要或需要的东西给我? 你说他什么时候为我着想过? 他什么时候不是处心积虑地跟我作对?"

伊莱扎清了清嗓子,"或许,你要是再等等——"

"问题是,"哥哥说着,大步在阁楼里踱来踱去,地板上那些写满字的纸团被蹚得在他靴子周围打起了转转,"问题是,那不是我的性格,我等不了。"

他转过身,走到楼梯口,不见了。她眼巴巴看着梯子露出来的两个头儿随着哥哥的脚步颤抖着,然后又平静下来。

一排又一排的苹果在架子上微微摇晃着,震动着。苹果都放在木头架子上专门挖出的槽里,一个苹果一个坑儿,顺墙排满这小小的储藏间。

摇摇晃晃,晃晃摇摇。

苹果都是精心摆放的:梗朝下,小星星似的果脐朝上。整个冬天,相邻的两只苹果各占各槽,间隔一指,不能挨到一起。要是挨上了，就会变黄，变瘪，变质，腐烂。苹果就必须这样一排排地分着放，梗朝下，留出间隔空间。

家里的孩子负责下面这些事：把苹果从弯弯曲曲的树枝上摘下来，放进篮子里，提到储藏室，整齐码放在架子上，间隔要一致，轻拿轻放，保证通风，保持新鲜，度过隆冬早春，直到果树结出新的果实。

只不过，现在有什么东西可正在惊扰这些苹果。一阵又一阵，一轮又一轮，又是晃，又是推，坚持不懈。

那只红隼栖息在木桩上，虽然戴着头罩，但仍机警如常。它的头嵌在脖子上厚厚的花斑羽毛里，扭来转去，在努力确认这持续不断的烦人噪声到底来自哪里。它的耳朵机敏异常，只要需要，就能识别百码之外老鼠的心跳声，白鼬穿过森林的脚步声，或鹡鸰飞过田野时翅膀的扇动声。现在它辨识出了下面这些声音：架子上的几十只苹果摇摇晃晃，你推我挤，不得安生；哺乳动物的喘息声，一声紧似一声，越来越急，不过听声音个头儿挺大，不合她的胃口。一只大手掌轻轻落在肌肤和骨肉之上。舌头触碰牙齿的啧啧声和滑动声。质地不同的两层编织物叠在一起搓动着，方向相对。

架子上的苹果颠来颠去，本来压在下面的梗落了出来，果脐冲向了一边，又颠回来，一会儿冲上，一会儿又冲下了。这股冲劲儿节奏多变：一会儿停，一会儿慢，一会儿力度增大，一会儿又缓和下来。

艾格尼丝双膝抬得很高，像蝴蝶翅膀一样张开着。她的脚，还穿着靴子，搭在对面的架子上；她的手撑着用白灰粉刷过的墙壁。她的背一会儿挺直，一会儿弯曲，似乎随心所欲；她喉咙里挤出低沉的近似于狗吠的声音。这是突然袭击，她的身体在尽力而为：它竟也知道该做些什么，该怎样应对，如何尽责，该摆出怎样的姿态，她的白腿在昏暗的光线中折曲在一起，她的屁股坐在架子边儿上。她的手指头紧紧抓着墙壁上的石头。

在她和对面架子间狭窄的空间里，挤着那位拉丁语教师，站在她白皙的大腿构成的"V"字里。他闭着眼，手指抓着她的腰肢。正是他这双手，解开了她领口的蝴蝶结，拉下了她的内衣，露出了她的乳房——那么惊艳，那么白嫩，在光天化日下，在另一个人面前；那粉棕色的乳头像眼睛一样惊异地回望着。然而，撩起裙摆，让自己靠到架子上，把拉丁语教师拉向自己身体的，却是她自己的手。她的手对拉丁语教师说，你，你正是我的选择。

现在这种颠鸾倒凤般的交欢，不同于她经历过的任何体验。让她不禁联想起手指插进手套，羔羊从母体中滑落，利斧劈开一根圆木，或钥匙在油滑的锁头里转动的情景。她直视着家庭教师的脸，真不知道还有什么东西能像他们的爱这样，如此心灵默契，如此珠联璧合，如此让人感到顺情合理、天经地义。

她身体两侧的苹果一字排开,在各自的凹槽里摇着晃着。

家庭教师睁开了眼睛,瞳孔睁得好大,可几乎什么也没看进去。他笑了,用手捧着她的脸颊,咕哝了些什么,她也听不清,不过在这样的特殊时刻也无所谓了。他们的额头挨在一起。真怪,她想到,和另一个人离这么近,眼睫毛、双眼皮、前额上的头发,都显得比平时大许多,都冲着一个方向。她没想去探查他的虎口,连习惯性的冲动也没有:她不需要。

当初,第一次遇到他,拉过他的手的时候,她就有一种感觉——什么感觉?一种从未有过的感觉。她从未想到,在这个从镇上来的、穿着干干净净的皮靴的文法学校男生手上,竟会找到这样的感觉。她只知道,她感悟到了某种很深远的东西,像一片风景,层次分明,错落有致。有不同的空间,有密集的田地,有地下岩洞,还有高地和洼地。她没有足够的时间去完全领悟它——那太宏大,太复杂了。它的大部分,她都未能捕捉到。她明白,她还未能领悟的东西太多了,那比他们俩加在一起还要宏大。她还有一种感觉,有个什么东西在制约着他,把他向后拉。不知什么地方可能有个结,有一种约束,必须把它解开或打破,他才能真正占有那片土地,主宰那里的风景。

她看到一个苹果将它红红的一面转向她,又转开去,露出苹果生长时让树枝压出的痕迹,接着又是一震,闪出了底端的果脐。

上次他来农场，上完课，俩人曾一起散步，走到最远的那片地里。暮色渐浓，树林暗成黑乎乎的一片，刚刚割过的牧草地里，一道道的犁沟似乎也变成了深不可测的山谷。这时他们撞见了琼，她正在张弛自如的羊群侧翼走着。她或是喜欢检查巴塞洛缪的工作，或是喜欢让巴塞洛缪知道她在检查他的工作。两种可能都有。艾格尼丝知道，琼看见他们俩了。她看见琼扭过头来，一直看着他们并肩走在小路上。琼一准儿明白他俩在干吗，也肯定看到他俩的手相互扣在一起。艾格尼丝感觉到，家庭教师有些紧张：他的手指突然变得冰凉，正在她手里发抖。她把他的手捏了一下，又是一下，意识到他非常紧张，便让他走在她前头，出了大门。

绝对不行，琼吐出这么一句。就你？然后，她突发大笑，声音尖厉、颤抖，把身边的羊都惊得不轻，它们抬起迟钝的脑袋，四蹄乱跺。绝对不行，她又一次说。你才什么年纪？不等回答，她就自己说：不够岁数。我知道你家的情况，琼说，鼻子、眼睛缩成怪怪的模样，轻蔑地冲教师努努嘴。大家都知道。你那位爸爸和他见不得人的交易，他那些丑事。他曾是警官，她把个"曾"字说得很重，像随着一口吐沫吐出来的。他就喜欢穿件大红袍子，耀武扬威地四处瞎转。但现在不行啦。你知道你爸爸在镇上欠了多少债吗？他欠了我们多少钱？你就是把我的儿子都教到成人，也远远还不清。所以，不行，她的目光扫过家庭教师，落在艾格尼丝身上，你娶不了她。艾格尼丝得找个农场主，很快就找，找个有发展的，能养活她的。她生来就是要追求那样的生活。她爸爸在遗嘱里留给她一份嫁妆，我想你是知道的，对吧？她怎能嫁给你这样一个既没担当又没事业的小男孩儿。

说完，她转过身去，好像这事就到此为止，毫无商量余地了。但我不想嫁一个农夫，艾格尼丝叫道。琼又冷笑一声。是这样吗？你想嫁给他？对，艾格尼丝说，就想嫁给他，非常想。琼又是冷笑，连连摇着头。

但我们已经订了，教师说。我问过她，她也同意。所以我们已无法分开。

不，你们到不了一起，琼说。除非我说同意。

家庭教师离开那片牧草田，沿小路大步走进森林，不见了。他脸色阴沉，怒不可遏。田边只留下艾格尼丝和继母两个人。继母告诉她，别像个傻瓜似的站在那儿，赶紧回家去照看弟弟妹妹。当教师又一次来到农场的时候，艾格尼丝向他招手，对他说，我有办法了。我们可以将命运握在自己手中。来，跟我来。

此刻，在她看来，每一个苹果都显得那么不同，独具特色，独一无二：红、金、绿，各种颜色，变幻搭配，条条块块，各有差异。所有苹果都将它们仅有的一只眼睛对着她，又挪开来，收回去。这太强烈，太震撼，简直无法抗拒。那是多少只苹果呀，都凑在一起震颤发声，节奏强烈，一阵一阵，越来越快。她的呼吸被偷走了，她的心在胸膛里突突乱撞。她不能再承受了，承受不了了。有不少苹果给震出了凹槽，掉在地上，可能是让教师踩到了，因为空气里泛起了一股甜甜酸酸的味道。她抓住他的肩膀。她知道，一切都会好的，事事都顺理成章。教师紧紧搂住她，她感觉到气息从他身体里呼出，又吸入，再呼出。

琼可不是个闲人。她有六个孩子（要是把疯疯癫癫的继女和半傻不茶的继子也算上，那就是八个）。从去年起，她成了寡妇。她的亡夫当然是把农场留给了前妻生的巴塞洛缪，但遗嘱的条款允许琼继续住在农场，监管这里的事务。监管是必须的，她根本不相信继子那双眼能看到比鼻子更远的事情。她跟他说了，自己要继续掌管厨房、庭院和果园，由几个女儿帮忙；巴塞洛缪的工作是放羊，种地，由几个男孩帮忙；她每周一次与巴塞洛缪一起巡视整个农场，以确保一切事务正常运行。按照这个安排，琼要养鸡，养猪，挤牛奶，为农场的帮工和牧羊人准备饭菜，日复一日，天天如此。两个小儿子的教育，她必须尽全力而为，因为正如大家都知道的，很遗憾农场继承权没他们的份，他们必须学有所成。琼还有三个女儿（如果加上继女，就是四个，而在她看来这个是不算数的）要放在眼皮子底下精心呵护。面包要烤，牛奶得挤,浆果得装瓶保存,地毯要敲打除尘,还要酿啤酒,补衣服,补袜子,擦地板,洗碟子,晒被子,擦窗户,擦桌子,给孩子梳头,扫过道,刷楼梯,这些活计都是她的。

所以,有个事就难怪她了:她洗的衣物里月经带的数量少了许多,都快三个月了,她才发觉。

一开始,她以为自己弄错了。这种东西每两周的周一上午洗一次,为的是留出时间晾干和熨烫。要洗的月经带的数量总是有一天比较少。她和她的亲生女儿是同一段时间,另一个,也就是继女,自有周期,当然,那孩子干什么都是特立独行的。这规律,她和女儿都知道:一个月中,有一次是她和女儿的,一堆一堆的,都干得发黄了,还有一次洗的是艾格尼丝的,数量较少。琼把那些脏东西用木夹子夹着扔进一只大锅里,捏着鼻子,撒上很多盐。

十月末的一个早晨,琼正在洗衣间翻弄着一堆堆要洗的衣物。一堆是衬裙、袖口和帽子,准备泡在加了盐的热水里;一堆是长袜,要放在水温低些的盆里;还有几条长裤,上面又是污渍又是泥,都结成了硬嘎巴;再就是一条溅满泥点的短外衣,一件经历过泥坑之灾的斗篷。被琼称为"脏东西"的那堆东西比往常少。

琼一手捂着鼻子拎起一块脏兮兮的布单子,一条尿湿了的床单(她最小的儿子威廉在这方面还是不大可靠,尽管她又吓唬又哄的,毕竟才三岁的孩子,难为他了)。一件衬衫沾满牲口粪，塞在一顶帽子里。琼皱皱眉，四下看了看。她站了一会儿，想起了什么。

她走到外面，她的三个女儿，卡特琳娜、乔安妮和玛格丽特正在拧一条床单。卡特琳娜拿一条绳子，一头系在威廉腰上，另一端绕在她自己腰上。威廉又拉又拽，手里攥着两把草，嘴里还咕哝着什么。他总爱往猪圈那儿跑，可琼听说过好多传闻，说谁家猪把孩子踩了，甚至把孩子吃了，压扁了。她可不能让自己的孩子随便乱跑。

"月经带哪儿去了？"她站在门口问。

女儿们扭头望着她，手里还拧着床单，水滴滴答答落到地上。她们耸耸肩，一脸茫然、无辜的样子。

琼又回到洗衣间。她准是弄错了。月经带应该都在这儿。她翻弄着要洗的衣物，检查着一件件衬裙、帽子和长袜。然后又急匆匆跑出来，大步走过几个女儿身边，进了主宅，径直来到柜橱前。她数了数放在最上一层的洗好、叠好的厚实的月经带。她知道家里有多少，现在确实的数量就摆在她眼前。

琼噔噔几步穿过过道，出了门，砰地把门关上。她在台阶上站了一会儿，鼻孔里喘着气。空气凉凉的，带着秋季即将转为冬季的一丝寒意。一只小鸡雄赳赳地爬上梯子，进了鸡舍；一只山羊，被绳子拴着，正若有所思地嚼着草，抬头看了看她。琼心里很清楚，只有一个念头：哪一个，究竟是哪一个？

也许她已经有了答案，不过还是大步走下台阶，穿过院子，来到洗衣间。女儿们还在拧洗好的被单，不知为什么咯咯地笑着。她一把拉住卡特琳娜的胳膊，伸手按了按孩子的肚子，盯着她的眼睛，哪管她又哭又叫。床单掉在湿漉漉的满是落叶的地上，落到她和受了惊吓的女儿脚下。琼感觉：肚子平平的，一条突起的髋骨，是个空心的豆荚。她放开卡特琳娜，又拉住乔安妮，这孩子还小得很，可怜巴巴的。如果是她，如果真有人对她做了这种事，琼可是要狠狠地不留情面地加以报复，做出点令人胆寒的事来。那小子将为他来到休兰兹农场，搞到她的女儿，不论在哪儿，后悔一辈子。她一定要——

琼松开手。乔安妮的肚子也是平平的，简直是空空如也。也许，她不由自主地想到，她应该让自己的亲生女儿多吃点，给她们多吃点肉。她是不是没让她们吃饱啊？是不是呀？她是不是让男孩子们吃得过多啦？

她摇摇头打断刚才的思路。是玛格丽特吗，她想着，看了看这个最小的女儿，那稚嫩的小脸蛋，好像给她吓着了。不，不可能是她，她太小了。

"艾格尼丝跑哪儿去了？"她说。

乔安妮吃惊地看着她，瞥了一眼脚下沾了不少泥土的床单。琼注意到，卡特琳娜把目光移开，看着旁边，好像理解母亲在干什么。

"不知道，"卡特琳娜说，她弯腰把床单捡起来，"她也许——"

"她挤牛奶呢。"玛格丽特脱口说。

琼还没走到牛棚就喊叫起来。那一词一语都像从她嘴里飞出来的大黄蜂，那些词儿连她自己都不相信会说出口，如利箭般伤人，如火花爆裂，她自己也弄得个舌敝唇焦，自伤口齿。

"你，"她叫道，走进温暖的牛棚，"你跑哪儿去了？"

艾格尼丝头靠在平滑的牛肚子上，正在挤奶。琼也听到了牛奶扑哧扑哧被挤进奶桶里的声音。琼这一喊，母牛动了动身子，艾格尼丝仰起脸，看着继母，一脸的警觉。该来的这就来了，她似乎在想。

琼一把抓住她胳膊，把她从挤奶用的凳子上硬拽起来，推到牛棚的隔断上。她忽然看见儿子詹姆斯就站在隔断那一侧，可能是来帮艾格尼丝挤奶的。她后悔刚才怎么没注意到。琼要把手伸进姑娘的裙子和衣扣下面，孩子反抗着，把手推开，想挣脱，不过琼还是摸了进去。只一摸，她就感觉到——什么？一个肿块，硬硬的，热乎乎的，像发起来的面包，正在胀大。

"婊子，"琼气呼呼地说，"骚货。"艾格尼丝一把把她推开。

琼直往后退，奶牛见她退过来，不住地摇着头，被这突然改变的气氛和挤奶过程的意外中断，弄得不安起来。琼撞到牛屁股上，打了个趔趄。艾格尼丝趁机得以脱身，她冲出牛棚，跑过正在打盹儿的一群母羊，冲出门去。琼哪能罢手，她站直身子，直追上去，愤怒使她跑得比平时快了很多，轻轻松松就赶到了艾格尼丝身后。

她的手伸出去，抓住艾格尼丝的一缕头发，然后只这么一拉，那姑娘就给逼停了，她感觉头被拉得向后一仰，就像被缰绳给套住了。这么轻松就擒，让艾格尼丝既吃惊又恼火，她倒在地上，后背着地，狼狈不堪。琼把攥着的头发又紧紧在手上绕了几圈，把艾格尼丝控制住了。

就这样，她们在庭院的篱笆边上，琼说什么，艾格尼丝都得听着。

"是谁？"她冲女孩叫着，"是谁干的？是谁弄大了你的肚子？"

琼回忆着自从遗嘱细节披露后艾格尼丝那些为数不算少的追求者，会是他们当中的什么人吗？那个修车轮子的工匠，肖特里那边那个农场主，还是那个铁匠学徒？不过这姑娘好像哪个也看不上。还有谁呢？艾格尼丝四下乱抓，试图把继母的手指头从头上掰开。她的脸——那张她引以为豪的白皙、高傲、高颧骨的脸——已经被疼痛和满腔愤怒扭曲。眼泪聚在眼窝里，顺着脸颊直往下淌。

"告诉我！"琼直冲着姑娘的脸说。这张脸，自从她嫁到农场就天天看；这张脸也回视着她，一脸的冷漠，一脸的不屑。琼知道，这张脸很像丈夫的前妻，一个丈夫从不提起却深深爱着的女人。他把前妻的头发用手帕包了，压好，放在衬衣口袋里，为的是贴着他的心。这是琼妆殓他的遗体准备下葬时才发现的。那头发肯定一直都是那样珍藏着的。那么多年，她给他洗衣，做饭，生孩子，却不知道他一直藏着前妻的头发。她，琼，将永远无法从这种羞辱所带来的刺痛和伤害里解脱出来。

"是那个放羊的吗？"琼问道。她这么一问，先别说别的，倒让这姑娘咧嘴笑了。

"不，"艾格尼丝说，"不是放羊的。"

"那是谁？"琼追问了一句，正想说出隔壁农场主儿子的名字，却被不停挣扎的艾格尼丝一脚踢到小腿上，劲儿挺大，琼倒退了两步，手一下松开了。

艾格尼丝赶紧挣扎着站起身，拉起裙摆，撒腿跑开。琼踉跄着站起身，追上去，在庭院里抓住了艾格尼丝，攥住她的手腕，拉过来就是一记耳光。

"你告诉我，是谁——"她还没说完，就觉得左脸一震：像雷劈似的震耳欲聋。一时间，她也搞不清发生了什么，怎么这么大响动。过了一会儿，才感觉到了痛，皮肤的刺痛，骨头里更钻心的痛。她意识到，这丫头竟然反击了。

琼一只手捂着脸，惊呆了。"反了你了！"她尖叫着，"你敢打我？女儿动手打妈妈，一个——"

艾格尼丝的嘴唇肿起来，流着血，所以说话有些模糊不清，不过琼还是听清了她说的话："你不是我妈妈。"

琼气急败坏，又扇了艾格尼丝一个耳光。而令人难以置信的是，艾格尼丝也毫不犹豫地扇了回去。琼又举手要打，被人从身后拽住了。有人抱住了她的腰——是又粗又壮的巴塞洛缪——把她抱起来抢到一边，按住她的手，只稍稍一用力，她便动弹不得。她自己的亲儿子托马斯也在，就站在她和艾格尼丝中间，手里拿了把捉羊用的长钩子。巴塞洛缪喝令继母住手，要她冷静冷静。她另外几个孩子站在鸡舍旁，张着大嘴，惊呆了。卡特琳娜搂着吓哭了的乔安妮，玛格丽特抱着把头偎在她怀里的小威廉。

琼感到自己被扛到了院子另一头，巴塞洛缪不让她动，问她出了什么事，怎么会闹成这样。琼指了指被托马斯扶起来的艾格尼丝，开始跟巴塞洛缪讲述事情的经过。

巴塞洛缪听着听着，脸沉了下来。他闭上眼，大口大口喘着气。他用手摸摸下巴上的胡子茬，又盯着自己的脚看了一会儿。

"那个拉丁语教师。"他说，目光扫向艾格尼丝。

艾格尼丝没说话，但把头略微扬了一下。

琼看看继子，再看看继女，又把目光移向自己的亲生儿女。所有人,除了继女,都把目光垂下去。她意识到,这些人一个不落地都看明白了,糊涂的只剩她自己。"拉丁语教师?"她重复着。她突然想起了他的样子:在农场边儿上的一块地里,站在农场大门口,对她结结巴巴地说,他爱艾格尼丝。这事儿,她几乎都忘了。"就他?那个,那个小男孩儿?浪荡子一个。一个子儿不赚,一点儿用没有,胡子都没长一根——"她说着不禁笑起来,笑得尖刻,笑得冷酷,笑得她觉得整个胸腔都空了,发热了。现在,她都想起来了,她对站在面前的男孩儿说,不行。她记得,当时还为那个男孩儿感到有一点点遗憾。哎,可怜的孩子,满脸的失望,谁让他有那么个爹呀。不过,琼再没见过那孩子,早就把他抛到脑后了。

琼挣脱了巴塞洛缪的手,让自己的心思集中起来,下着狠心。她大步走向主宅,进了房子,砰地关上门,把艾格尼丝、自己的孩子们和那群鸡都留在外面。进了房间,她就迅速、果断地行动起来。她满屋搜索,寻找属于继女艾格尼丝的东西。两条连衣裙、一顶帽子、一条围裙。还有一只木梳、一块带眼儿的石头和一条皮带。

孩子们还聚在院子里,琼从屋里走出来,把一个包裹扔到艾格尼丝脚下。

"你,"她叫道,"永远也不要回这个家了。"

巴塞洛缪的目光从艾格尼丝移向琼,又移回到艾格尼丝身上。他双臂交叉在胸前,往前跨了一步。"这房子是我的,"他说,"爸爸遗嘱里留给我的。我说,艾格尼丝可以留下。"

琼瞪了他一眼,没说话,脸一阵发红。"但是,"她气势汹汹地说着,一边竭力整理着自己的思绪,"……但是……遗嘱条文还说,我可以住在这里,直到——"

"你可以住,"巴塞洛缪说,"但房子是我的。"

"但这房子归我管!"她抓住这一点,觉得很得意,要试试这最后一招,"而你只负责农场的事。根据这一条,我有权把她赶走,因为这是房子里的事,不是农场的事——"

"房子是我的,"巴塞洛缪轻声重复着,"她可以留下来。"

"她不能再待下去了。"琼尖叫着,她气急败坏又无能为力,"你要想想——想想你这些弟弟妹妹们,想想这个家的声誉,先别说你个人的名声,想想我们怎么立于——"

"她留下。"巴塞洛缪说。

"她就得走,必须走。"琼快速思索着,试图找到什么让继子改变主意的理由,"想想你的爸爸。他会怎么说?这会让他伤心的。他怎么也——"

"让她留下。除非发生——"

艾格尼丝把一只手放到弟弟的胳膊上。他们对视了许久,都没说话。过了一会儿,巴塞洛缪向地上吐了口吐沫,把一只手放在姐姐肩膀上。艾格尼丝向他苦笑一下,开裂的嘴唇还在渗血。巴塞洛缪点点头,算是回应。她用衣袖抹一下脸,解开包裹，又重新系好。

巴塞洛缪看着姐姐背起包裹。"我会注意的。"他说着，拍拍姐姐的手，"别担心。"

"好的。"艾格尼丝说。

她穿过庭院，步履稍有不稳。她走进储藏苹果的房子，过了一会儿才出来，戴着皮手套的手上架着那只红隼。这只鸟戴着头套，双翅叠起，但头在转动，在伸缩，似乎在适应着将要面临的新环境。

艾格尼丝背着包裹，也不和众人告别，便出了庭院，走上房子边上的小路，消失了。

市场上，他坐在父亲的摊位里面，倚着柜台。天气有些凉，初冬乍寒，刺人肌肤，带着金属般的阴冷。他看着热气从嘴里呼出来，成了一条雾气渐渐消失，同时模模糊糊听到一个女人在那儿嘟嘟囔囔地比较着松鼠皮衬里手套和兔皮镶边手套。这时，伊莱扎出现在他身旁。

她冲哥哥笑笑，样子有点怪，眼睛睁得老大，牙齿咬在一起。

"你得回家一趟。"她说，声音很低，脸上仍然是刚才那副表情。然后转身冲挑手套的女人说，"看看手套啊，太太？"

他挺身坐直，"我干吗要回家？爸爸可是要我——"

"你回去就是了，"她有点生气地小声说，"马上就走。"

然后冲着顾客提高声音说,"我保证,兔皮镶边的戴着最缓和。"

他在市场里大步跑起来,在一个个摊位间穿来穿去,躲过一辆拉卷心菜的马车,还有一个扛着一捆茅草的男孩。他不急了,一准儿是父亲又要找他唠叨些什么,哪儿哪儿又做得不对啦,日常任务没完成好啦,再不就是说他健忘、懒惰,重要的事情总记不住,还有就是不肯按父亲无理要求的那样"踏踏实实干一天活"。也可能是他忘了去接收一份订单,忘了去制革厂取货,或是没给母亲劈劈柴。他沿宽阔的亨利大街慢慢走着,不时停下来和邻居打个招呼,拍拍哪个小孩儿的脑袋,最后才拐进自己家门。

他把脚在门前的垫子上擦了擦,等身后的门自己关上,又朝父亲的作坊里瞥了一眼。父亲坐的那把椅子空着,像是有什么急事,把椅子向后一推就走了。那个学徒正弓着瘦弱的肩膀伏在工作台上干活。听到门闩扣环的响动,小学徒转过头朝他看看,瞪着一双惊恐的眼睛。

"你好,内德,"他说,"怎么样啊?"

内德看样子想说点什么,但又闭了嘴。他的头动了动,像是点头,又像是摇头,然后向着客厅摆摆头。

他冲学徒笑笑,然后穿过过道上的门,踏着大厅上的方石板,走过餐桌和空空的壁炉,进了客厅。

眼前的景象把他搞蒙了,过了好一会儿才醒过神来,估量着到底发生了什么事。他停住脚步,框在门口。他即刻就领悟到的是,他的生活已经发生了新的转折。

艾格尼丝坐在一只矮凳上,脚边是一个破包袱,母亲坐她对面,紧挨着炉火。父亲站在窗前,背冲着他们。那只红隼蹲在梯式靠背椅最上面一层横档上,双爪紧扣木头,脚环和铃铛向下耷拉着。他的一半对他说,赶紧转身逃走,而另一半却想放声大笑:一只红隼,加上这个艾格尼丝,竟跑到母亲的客厅里来了——这可是墙上挂满花饰手绘壁布,母亲一向引以为豪的所在。

"啊。"他说,竭力稳住自己。那三个人都把目光转向他。"嗯……"

话到嘴边又缩回去了,因为他注意到了艾格尼丝的脸。左眼肿得睁不开,发红,有瘀伤;眉毛下面的皮肤裂了个口,还在渗血。

他冲她走了几步,紧紧挨着她。"天哪,"他说,一只手放在她肩上,感到她的肩胛骨在抽动,似乎她要飞,只要有机会就会像她的鸟一样飞向天空,"怎么啦?这是谁打的?"

她伤痕累累,嘴唇破了个口子,脸颊上有指甲的抓痕,手腕也青一块紫一块的。

玛丽清清嗓子。"她妈妈,"她说,"把她从家里赶出来了。"

艾格尼丝摇摇头,说:"是继母。"

"琼,"他插话说,"是她继母,不是——"

"这我知道,"玛丽打断他,"我用妈妈这个词,只是——"

"不是她把我赶出来的,"艾格尼丝说,"那房子不是她的。是我弟弟巴塞洛缪的。是我自己选择离开的。"

玛丽吸了口气,闭上眼,似乎在聚集最后的一点点耐心。"艾格尼丝,"她说着睁开眼,盯着儿子,"说她怀孕了,是你的。"

他点了下头,又耸耸肩,同时,看看父亲宽大的背影——他威严地站在母亲身后,仍然面向着外面的街道。尽管他还紧紧握着他誓死要娶的姑娘的手,尽管他盼望一切如愿,可心里还是忍不住嘀咕,父亲必定会打来的拳头可怎么躲,是虚晃一招,或是挥臂挡开,而且还得保护艾格尼丝免遭他所知的即将来临的打击。出了这种事,家里并无先例。父亲会怎么做,他那又大又笨的秃脑瓜子里正在酝酿着什么,他只能猜测。另外,他带着一种隐隐的负疚感意识到,艾格尼丝马上就会看到,他和父亲间是怎样一种状况,会看到所有的吵吵闹闹,争争斗斗;会看到他的实际处境——一个被夹子卡住大腿的人;她会看到,会了解一切,只消一会儿的工夫。

"是吗?"母亲问,她紧绷着脸,面色发白。

"是什么?"他说,感觉轻飘飘的,有点自得,禁不住要起了贫嘴。

"你的。"

"什么我的？"他反问道，快得意忘形了。

玛丽咬咬嘴唇，"是你弄进去的？"

"我弄什么，弄到哪儿？"

此刻，他注意到，艾格尼丝正扭头看着他——他能想象到，她那双乌黑的眼睛正注视着自己，在评价，在收集信息，就像把线缠到线轴上那样。但他还是不停地说着。他巴不得让该来的快点来；他想激他父亲采取行动；他想干脆利索，一了百了。这事弄得太婆婆妈妈，太磨磨叽叽了。就让他父亲露露真面目吧。也让艾格尼丝亲眼看看。

"弄孩子呗，"玛丽说得很慢，声音很大，就像对一个智力低下的人那样，"弄到她肚子里了。是你吧？"

他觉得自己的脸挤出了一点笑。有了孩子，他和艾格尼丝在储藏间，当着那么多的苹果干的好事。现在怎么能不结婚呢？在这种情况下，没有什么还能阻挡他们。像她说过的那样，他们将走到一起。他们必将成为一家人。他将成为丈夫、父亲，开始自己的生活，从而摆脱现在这一切，这个家、父亲、母亲、作坊、手套，再也不用给他们当儿子，不用干手套行业那些辛苦无聊的活计。想想都高兴，多好的事儿。艾格尼丝肚子里这个孩子，将改变他的一切，让他摆脱他深恶痛绝的生活，摆脱他无法与之相处的父亲，摆脱他再也不能容忍的家。他和艾格尼丝将逃之夭夭：去到另一个家，另一座城市，开始另一种生活。

"是我。"他说，感觉一丝笑容正在自己脸上展开。

这一下炸了锅。母亲从椅子上一下跳起来，冲向他，抡起拳头一通乱砸。他感到拳头落在胸上、肩膀上，像一下下在敲鼓。他听见艾格尼丝的声音说，够了，快住手。还有一个他自己的声音说，他们海誓山盟，他们没错，他们一定要结婚。母亲尖声喊叫着，说他还不够年龄，他得征求父母意见，而他们绝不同意；说他是中了邪魔，生生要毁了自己；说要把他送走，走得远远的，就算到大海上当个水手也不能娶这个女人，真是大祸临头啦。在他身后，他感觉到，那只红隼在椅背上不安地躁动起来，抖动着羽毛，忽闪着双翅，脚铃叮叮作响。还有，他意识到，父亲黑乎乎的庞大身影就在近前，但弄不清这乱哄哄的场面中，艾格尼丝现在在哪儿，在他身后吗，是不是在父亲够不到的安全位置，因为，老天在上，这个老男人如果胆敢动她一根手指，他就会把他杀掉。

父亲伸出了一只手臂，肌肉紧绷，蓄势待发，但这只胖乎乎的大手并没有打下来，没握成拳头，没伤害他。相反，大手放在了他肩上。他感觉到那五根手指透过衬衫紧紧抓着他的肉，他闻到手上发出的熟悉的皮革和鞣皮子用的材料的味道——酸酸的，刺鼻，有股臊味。

父亲用一只手把他按坐在椅子上，但不是往常那种态度。

"坐吧。"父亲说，声调平和。他又用手示意站在他们身后看护着爱鸟的艾格尼丝，"坐吧，姑娘。"

他坐好了，艾格尼丝走过来站在他身旁，还在用手背抚摸着红隼脖子上的羽毛。他看到母亲正在用不信任的十分惊诧的目光打量艾格尼丝。他又想发笑。这时，父亲说话了，他赶紧把注意力收回来。

"我一点不怀疑，"父亲说，"我们可以……可以达成一项协议。"

父亲脸上的表情很怪。他目不转睛地看着，父亲反常的样子让他十分惊诧。只见他双唇向后收拢着，眼睛发着奇异的光芒。他看了好几分钟才意识到，那实际上是在微笑。

"但是，约翰，"母亲叫道，"我们怎么可能同意这样——"

"欸，老太婆，"约翰说，"儿子不是说他们已经定了终身吗？你没听见？我的儿子不能说话不算数，不能推卸责任。儿子让女孩怀了孕。他就有一份责任，一份——"

"他才十八岁！还没立业！你怎么说——"

"我不是告诉你不要再说了。"父亲恢复了平素粗暴的口气，不过马上又换上一副怪怪的近乎哄求的语气，"我儿子对你有一个许诺，对吧？"他看着艾格尼丝说，"在他带你去树林之前？"

艾格尼丝抚摸着爱鸟，看了看约翰，目光平静，"我们相互都有许诺。"

"那你妈妈——不，你继母——怎么看这桩婚事？"

"她……她不同意。这是以前。现在，"她指指肚子，"就不知怎么想了。"

"我明白了。"父亲停顿了一会儿，大脑在转。这种短时间的沉默，儿子觉得十分熟悉，他看着父亲，皱起眉头回想着，终于领悟到这种神态意味着什么。父亲盘算一桩交易，一桩冒险的交易的时候，常常就是这样一副神情。买到一批便宜的皮革，或白白弄得几包可以藏到阁楼上的羊毛，或者发现跟他讨价还价的对手毫无经验的时候，也是这副表情。要赚大钱了，却把对方蒙在鼓里，他脸上就会出现这种表情。

这是贪婪的表情，幸灾乐祸的表情，是一种极力压抑住的表情。儿子感到，一股寒气直逼骨髓，禁不住用双手死死抓着椅子的边缘。

他突然看到，他们这桩婚事能给父亲，给他与那个农场主遗孀的不管什么交易，带来利益。他感到窒息，简直无法相信这是真的。他这个父亲即将把这一切——艾格尼丝流血的脸，她的上门求助，她的红隼，她肚子里的孩子——统统转换成他的利益。

他无法相信，无法相信他和艾格尼丝竟稀里糊涂地成了他的筹码。想到这儿，他巴不得马上从这间屋子里逃出去。他和艾格尼丝之间发生的事——在休兰兹农场，在树林里，红隼在他们头上像箭一样穿过如织的树叶俯冲而下——正在被父亲拧成了一条绳索，要把他紧紧拴在这个家里，套牢在这座房子里。这他怎能接受，这绝对不行。可他还逃得了吗？还能摆脱这个男人，这个家，这个行业吗？

约翰又开口了，依旧是那种和蔼的语气，说要亲自到休兰兹去一趟，和农场主遗孀，和艾格尼丝的弟弟谈一谈。他告诉大家，他保证能安排好一个协议，制定出对大家都有好处的条款。他对妻子说，男孩要娶女孩，女孩要嫁男孩，他们何苦要横加阻拦呢？结了婚才好生孩子，总不能让孩子以私生子身份来到这个世界上。那是他们的亲孙子，不是吗？好多婚姻都是这么促成的。这叫顺其自然。

说到这儿，他转向妻子，笑了笑，伸手去抓她的屁股。儿子看了不觉一阵恶心，赶紧把目光移向地板。

约翰一下站起身来，脸红红的，急切而充满热情。"那就这么定了。我马上去休兰兹，摆摆我的……不，是我们的条件……以便……以便确定这个突然的……应该说是上天赐予的两个家庭间的缘分。姑娘就留在我们这儿吧。"他向儿子招招手，"有几句话跟你单独说说，好吗？"

来到外面的过道里，约翰顿时变脸，卸下了和蔼的伪装。他抓住儿子的衣领，手指冷冰冰地抵在儿子的脖子上。他一把拉过儿子，来了个脸对脸。

"跟我保证，"他说，声音低沉，带着威胁，"再没别人。"

"再没什么别人?"

"跟我说。再没别人了。对吧?"

儿子觉得身后的大墙压在背上、肩上,要把自己挤扁。几根大手指抓在衣领上,憋得他喘不上气来。

"还有别人吗?"父亲的怒气直喷他的脸 —— 隐约有些鱼腥味,还有点土腥味。"不会再有其他沃里克郡情妇跑上门来,说你弄大了她们的肚子吧?还要我应付多少人啊?说实话,小子。因为,如果你还有其他人,而且被她的家人知道了,我的老天,那可就麻烦了。你麻烦,我们都麻烦。懂吗?"

他喘着气,想把父亲推开,但父亲的胳膊肘抵在他肩上,小臂直扼喉咙。他想说,没有,绝对没有,就这一个姑娘,她也不是情妇。你怎么能这么说她。但他说不出话来。

"因为,如果你还在别的女人身上又耕又种的,哪怕是一个,我就要你的小命。即使我饶了你,他弟弟也会弄死你。听见了吗?我发誓,我就让你活不成,上帝做证。你给我记住了。"

父亲又在他的喉管上压了一下,然后放开他,走出屋门,让门砰的一声自己关上。

儿子弯着腰,大口吸着气,用手直揉脖子。他站直了身子,见那个叫内德的学徒正看着他。他俩互相瞪了一会儿,内德把目光移回到工作台上,俯身去干他的活儿。

约翰径直去了休兰兹农场。路过他在市场上的摊位时，也没顾上对伊莱扎叮嘱几句，发表点批评建议，或查查存货。在罗瑟大街上遇见了一位商会会员，也没停下来说话。他走上通往肖特里的小路，脚步匆匆，就好像艾格尼丝随时都会把孩子生下来，坏了他的如意算盘似的。他走得很快，他喜欢说，那叫步履矫健，尤其是对他这样年纪的人来说。他感到一桩好买卖就要成交，感到一种特别的欢愉在血管里流动着，像喝了一杯酒。约翰明白，机不可失，必须立即成交，以防事情有变，优势一瞬即逝，这谁也说不准。他现在是有优势的，是的，优势明显。那姑娘在他手里，就在他家里；儿子是他的，因为年龄小，要结婚必须获得特别许可，也就是父母签署的承诺书。他们两家是有债务问题，但目前迫在眉睫的是这个姑娘的问题。他们一定想把姑娘在这种情况下嫁出去，但没有他，约翰，的首肯，便无法成婚。这是他最拿人的地方。牌在他手里。他沿路走着，尽情地吹起口哨，是年轻时的一首舞曲。

他看见艾格尼丝的弟弟在挺远的一片地里，必须踮着脚走过眼前的一片污泥浊水才能凑过去。那小伙子倚在放羊用的曲柄杖上，就这么静静地看着他走过来。

他走过之处，羊群一阵骚动，用鼓鼓的眼睛看着他，绕开他，好像他是一只巨大的猛兽。你们都是手套，他冲羊群嘀咕着，声音压得很低，脸上仍挂着笑容，你们稀里糊涂就都成了手套了。不出今年，只要我看上了，你们就都会戴在沃里克郡绅士们的手上。他在地里走着，很难掩饰住脸上幸灾乐祸的表情。

他脚下的水洼结成了一片片冰，嵌入土壤的垄沟中。

约翰来到放羊小伙儿身边，伸出手。小伙子冷冷地看着。他很魁梧，眼睛像艾格尼丝，乌黑的头发扎在脑后。他披一件父亲过去经常穿的羊皮斗篷，手里拿着雕花牧羊杖。还有一个比他白一点，也更年轻的小伙子，也拿根牧羊杖，站在后面，注视着眼前的一切。一时间，约翰觉得不安起来。如果这兄弟俩要伤害他，要为他那个浪荡儿子夺走姐姐的处女之身找他复仇，那可怎么办？如果他误读了当前的形势，自己根本没有优势，来休兰兹农场是个错误，那可怎么办？一瞬间，他看到死神降临到他头上，就在这片严霜覆盖的肖特里大地上；他看见自己的死尸，头被牧羊杖捅了个大坑，脑浆四溅，在结冰的地上冒着热气。他的玛丽成了寡妇，他的小儿子埃德蒙和理查德没了父亲。都是他不走正道的儿子惹的祸。

牧羊人将牧羊杖倒了个手，重重地往地上啐了一口，抓起约翰的手指，捏得他生疼。约翰不由尖叫一声，就像个小姑娘那样。

"好啦，"约翰说着咯咯一笑，尽量显得深沉，有男子气，

"我想，巴塞洛缪，有些事我们得谈谈啦。"

这小伙子冲他看了好久，然后点点头，朝约翰身后看了看。

"是得谈谈。"他说着，用手指了指，"你看，琼来了。她有权说话，我同意。"

琼正穿过牧草地紧赶过来，身边跟着几个女儿，腰间还兜着个小男孩儿。

"喂，"她叫道，就像招呼手下的一个帮工，"我有几句话要说，你听听。"

约翰向她友好地挥挥手，然后又朝巴塞洛缪笑笑，歪了歪脑袋。这是一种男人间的心领神会的点头方式，似乎在说，这些女人哪，总想掺和点事儿。我们男人还必须让她们觉得没被排除在外。

巴塞洛缪又盯着他看了一会儿，他带有绿色斑点的眼睛和姐姐很像，但冷冰冰的没有表情。然后他把目光垂下，用不易察觉的手势，让弟弟离开，并为琼打开门，还用口哨命令他的狗也随着他们离开。

他们在地里站了好久，巴塞洛缪、琼，还有约翰。其他那几个孩子躲在一面墙后面，偷偷观察。过了一会儿，他们开始互相询问，谈好了吗，谈完了吗，艾格尼丝是不是去了他们家，她会嫁过去吗，永远不回来了吗？最小的弟弟在墙头站烦了，哭着要人把他放下来。几个妹妹的眼睛一直盯着羊群里站着的三个人影。几条狗窸窸窣窣活动着,打着哈欠,把头埋进爪子里,不时抬起头,看托马斯有什么命令。

他们看见大哥哥直摇头,把脸一转,似乎不想谈了。手套商人似乎在恳求,先伸出一只手掌,又伸出另一只手。他掰着右手手指数着什么。琼激动地说了好久,挥着胳膊,指着农舍的大房子,双手抓弄着围裙。巴塞洛缪死盯着羊群看了好久,这才拍拍一只羊的背,转脸望着手套商,似乎是在向手套商证实着一个有关这只羊的什么问题。手套商用力点着头,说了一大段话,最后笑了笑,志得意满的样子。巴塞洛缪用牧羊杖拍拍靴子,很明显,他不怎么高兴。手套商往前凑了凑;琼没动地儿。手套商将一只手放在巴塞洛缪肩膀上,小伙子任他把手搭在那儿。

最后,他们终于握手了。手套商和琼,又和巴塞洛缪。一个小姑娘"啊"了一声,几个男孩也松了口气。谈成了,卡特琳娜小声说。

哈姆奈特一惊，醒了，身下的床垫沙沙直响。他是给吵醒的——有个什么动静，也许是哪儿砰地响了一声，或有人喊了一嗓子——他也说不准。见阳光已经深深地探进了屋内，他知道已是傍晚时分。他在这儿干吗呢，到床上睡觉来了？

他扭扭头，于是都记起来了。他旁边平躺着一个人，头歪向一边。朱迪丝脸色苍白，平静，汗涔涔的像玻璃似的闪闪发着光。她的胸口不均匀地起伏着。

哈姆奈特咽了口吐沫，觉得喉咙阻塞发紧。舌头好像盖满了舌苔，感觉很不灵便，似乎胀大到嘴里都装不下了。他一骨碌爬起来，觉得四周一片模糊。一阵疼痛忽然袭向后脑，并赖在那儿不走，好像被逼到墙角的一只龇牙咧嘴的老鼠。

楼下，艾格尼丝哼着小曲进了前门，把这些东西往桌上一放：两把迷迭香，皮革手包，一罐蜂蜜，用树叶包着的一块蜂蜡，一顶草帽，一束聚合草——这是她特意采集晾干，然后要浸在热油里的。

她穿过房间，把壁炉旁的椅子扶正，把苏珊娜放在桌子上的一顶帽子拿起挂到门后的衣钩上。她打开当街的窗口，以方便来找她的客户。她解开斗篷,肩膀一抖脱在一边。然后她打开后门,走上通向厨房的小路。

还有好几步远就感到扑面的热气了。厨房里,她见玛丽正搅着锅里的水,旁边凳子上坐着苏珊娜,正在剥洋葱上的泥。

"回来啦,"玛丽转过头来,因为厨房里热,脸红红的,"怎么这么晚。"

艾格尼丝不露声色地笑笑,"蜜蜂成群地跑到了果园里,我得把它们引回蜂巢。"

"唔。"玛丽说着,抓一把不知是什么谷物的粗粉丢进锅里。什么蜜蜂不蜜蜂的,她才没那个耐心。不好养的小虫子。"休兰兹农场那边都很好吧?"

"哦,我看,"艾格尼丝开口回答,伸手摸了一下女儿的头发,算是打招呼,又把早晨做的一条面包放在台子上,"巴塞洛缪的腿还是不行,尽管他自己说没事了。我看他走路有点瘸。他说阴天下雨的就有点疼,平时没事,但我告诉他,他需要——"艾格尼丝突然停住了,手里拿着切面包的刀子,"那对兄妹跑哪儿去了?"

玛丽和苏珊娜都没抬头,各自忙自己的活儿。

"哈姆奈特和朱迪丝,"艾格尼丝说,"这俩人哪儿去了?"

"不知道,"玛丽说,拿小勺舀了什么东西放到嘴边尝着,

"我一找他们，他们就跟我玩捉迷藏。柴没劈。桌子也没摆。上帝知道他们跑哪儿去了。这都快吃晚饭了，也不见人影儿。"

艾格尼丝用带锯齿刃的刀子切着面包，一片切开，第二片又叠上去，正要切第三下，她突然放下了手中的刀。

"我得去看看……"说着她就离开了。出了厨房的门，走上小路，进入了主宅。她往作坊里望望，约翰正低头干活，一副闲人勿扰的样子。她走过餐厅和客厅。冲楼上喊着兄妹俩的名字。没动静。她出了正门，来到亨利大街上。白天的热气正在消散，街上的尘土慢慢落定，人们也正赶着回家吃晚饭。

艾格尼丝走进自己住房的正门，她刚刚已经进来过一次了。

她一眼看见站在楼梯下的儿子。孩子一动不动，脸色苍白，手指紧紧抓着楼梯栏杆。他前额上有伤，肿了，她肯定儿子早晨还好好的。

她三步并作两步跑过去。

"怎么啦？"她搂过孩子的肩膀问，"怎么回事？脸怎么啦？"

儿子没说话。只摇摇头。往楼梯上面指了指。艾格尼丝一步两磴地跑上楼去。

伊莱扎对艾格尼丝说，要亲手为她制作婚礼花冠；又补充道，如果艾格尼丝喜欢的话。

这个许诺，是一天清晨伊莱扎以试探的语气，挺不好意思地提出来的。当时她正和如此出乎意料，又如此戏剧性地来到家里的艾格尼丝背对背躺着。天刚刚放亮，能听见街上早起的马车和行人的声音。

玛丽说，伊莱扎要让艾格尼丝先跟她睡一张床，直到可以举行婚礼。当时玛丽拿了条多余的毯子往床上铺着，一边紧绷着僵硬的嘴唇跟伊莱扎说，都没敢去接伊莱扎的目光。伊莱扎低头看着紧靠窗口的那半张床垫，自从妹妹安妮死后就一直空在那儿。她一抬头，发现母亲也在往那儿看，真想对她说，您想她了吗？是不是还期盼着听到她的脚步声，她的欢声笑语，还有夜里睡觉时的呼吸声？因为我无时无刻不在期盼着。我仍然希望，哪天我一觉醒来，她又回来了，就挨在我身旁。时光会在我们脸上留下皱纹，但我们会回到从前，回到她还活蹦乱跳的时光。

但事实是，伊莱扎每天醒来，都还是一个人孤零零地躺在床上。

现在，来了这个就要和哥哥结婚的女人：艾格尼丝，而不是安妮。需要安排的事情很急迫也很麻烦：哥哥需要一张特殊的结婚许可证书——这个伊莱扎也搞不太清楚；还有关于钱的没完没了的（面红耳赤的）争论，艾格尼丝弟弟的一些朋友筹集了一笔保证金——她也就知道这个。伊莱扎还听说，艾格尼丝肚子里有个孩子，不过是隔着门听见的。这事儿，没人跟她明讲。同样，也没人记得告诉她，婚礼就在明天早晨：她哥哥和艾格尼丝将步行至格拉夫顿神庙教堂，有位牧师已答应为他们主持婚礼。那不是他们的牧师，教堂也不是他们每个礼拜天都去的那个。艾格尼丝说，她和这个牧师很熟，是她家一个特别的朋友。就是他给了艾格尼丝那只红隼——那是牧师从一颗蛋开始亲自调养的，还教给她如何治疗隼类的烂肺病。艾格尼丝一边踩着玛丽纺车的踏板，一边没心没肺地说，这位牧师将主持婚礼，因为自己还是个孩子的时候牧师就认识她，一直对她不错。她曾经拿几条鹰脚上绑的皮带子就跟他换了一桶啤酒。她用闲着的手抓起羊毛，一边又说，这位牧师在养鹰、酿酒和养蜂等方面都是好手，而且不吝把这三方面的知识都传授给了她。

艾格尼丝坐在客厅壁炉边自己的位置上一边纺毛线，一边讲述着。伊莱扎的母亲听着，惊得手中的编织针都掉在了地上，似乎无法相信她所听到的。这可把正拿着杯子喝水的伊莱扎的哥哥笑喷了，而这一下，又惹恼了他们的父亲。伊莱扎倒是听得津津有味，一字不落。在他们家里，还从未听过这样的故事，还从未听人这样讲话，讲得这么旁若无人，这么快活，这么坦诚。

不管怎么说，婚礼是定下来了。明天早晨，这位会养鹰，会酿蜜，又会买卖酒的牧师将主持他们成婚，仪式安排得有些匆忙，还有点偷偷摸摸，神神秘秘。

伊莱扎要是结婚，那一定得头戴花冠，身披霞光，昂首亨利大街，好让所有人都看一看。她可不想跑到离镇上几英里远的小教堂里，让一个奇怪的牧师引着她和新郎偷偷钻进婚姻之门；她要昂首挺胸地在镇上举行婚礼。她相信一定会是这样。她的结婚通告要在教堂门口高声诵读。但现在，她父亲和艾格尼丝的哥哥私下一嘀咕就做出了这样的安排，那还有什么可说的。

不过，她还是愿意为艾格尼丝亲手做一顶花冠。再说，除了她还能指望谁呢？艾格尼丝那个继母，还是那几个同父异母的妹妹？都不行。她们只管自顾自地待在肖特里的农场里。艾格尼丝的婚礼，来不来都两说着——艾格尼丝曾肩膀一耸，做出过这样的预言。

但艾格尼丝怎么着也得有个花冠呀，不管怀没怀孩子，结婚的时候也不能不戴。伊莱扎想问问艾格尼丝，她清了清嗓子，把双手的手指交叉在一起，好像要祈祷的样子。"我能不能……"她冲着屋里冰冷的空气开口了，"……如果我……给你做个花冠，不知你愿不愿意？明天婚礼上戴？"

她感到她背后的艾格尼丝在听，听见她深吸了一口气。她以为会遭到拒绝，艾格尼丝会说，不要，还责怪伊莱扎多事。

只听身下的床垫子沙沙地一动，艾格尼丝翻过身，脸冲着她的后脑勺。

"花冠？"艾格尼丝说。从声音判断，艾格尼丝在咧嘴笑呢，"那我太喜欢啦。谢谢。"

伊莱扎也翻过身去，俩人来了个面对面。她们俩想到一块儿去啦。

"不知道，"伊莱扎说，"不知道这个季节能找到什么花儿？可能是莓果一类的，或者——"

"刺柏，"艾格尼丝插话说，"或者冬青。蕨类。或松柏。"

"还有常春藤。"

"或榛子花。咱们可以去河边看看，你和我。"艾格尼丝说着，抓住了伊莱扎的手，"晚点儿再去，看能找到什么。"

"上周我看见有那种叫什么乌头的花。或许——"

"有毒的。"艾格尼丝说。她翻身把身体躺平，仍然拉着伊莱扎的手，放在自己肚皮上，"你想摸摸孩子吗？这丫头一大早就在里面动呢。想吃早点啦。"

"你准知道是女孩儿？"伊莱扎问。被艾格尼丝强劲有力的手拉着，在她紧绷绷的肚皮上抚摸，这股突如其来的亲密

117

劲儿让伊莱扎感到十分惊异。

"我觉得是个女孩儿。"艾格尼丝说完,干脆利落地打了个哈欠。

伊莱扎的手让艾格尼丝的手指捏着。那种感觉特别怪,好像有什么东西——像扎进肉里的玻璃碴或是伤口里的脓——被抽走了,而同时,又有什么东西被注进了身体里。她说不清自己是在被动地释放还是在接收什么东西。她想把手抽回来,而同时又愿意就这么让她握着。

"你的姐妹,"艾格尼丝轻声说,"我想是个妹妹吧?"

伊莱扎凝视着这个即将成为自己嫂子的女人:润滑的前额,白皙的太阳穴,乌黑的秀发。她怎么知道伊莱扎想起了死去的妹妹呢?

"是的。"伊莱扎回答,"差不多小两岁。"

"她去世时几岁?"

"八岁。"

艾格尼丝同情地咋咋舌头。"很遗憾,"她低声说,"这么小就没了。"

伊莱扎没说她如何为安妮感到担心:孤孤零零的,年纪又那么小,没人照顾,有谁知道现在在哪儿呢;夜里,她曾久久不能入眠,低声呼唤着安妮的名字,为的是她或许能听到,不管她在什么地方,伊莱扎的声音总是一种安慰;她担心安妮是不是在哪儿遇到了烦心的事,而自己又无法了解,也无力相助。

艾格尼丝拍了拍伊莱扎的手背,很着急地说:"她还有其他姐妹陪着呀,你忘了? 就是你出生前就死去的那两个姐姐。她们可以相互照顾的。她可不想看到你为她担心。她想让你……"艾格尼丝停顿了一下,看了看伊莱扎,见她在瑟瑟发抖,不知是因为寒冷,还是因为惊奇,抑或二者兼有。"我是说,"她换了一种谨慎的语气,"我觉得她不愿让你担心。她希望你平平安安的。"

俩人沉默了一会儿。马蹄的嗒嗒声在窗外响起,沿街向北远去。

"你是怎么知道的,"伊莱扎小声问,"怎么知道那两个死去的姐姐的?"

艾格尼丝好像思考了一下才说:"你哥哥告诉我的。"说话的时候,她没去看伊莱扎。

"其中的一个,"伊莱扎吸了口气,"也叫伊莱扎。第一个孩子。你知道吗?"

艾格尼丝先是点头,又耸了耸肩。

"我哥哥吉尔伯特说……"伊莱扎回头看了看才接着说,"……他说那个伊莱扎姐姐会在半夜里回家来,站在我床边,叫我把名字还给她。还说,因为我用了她的名字,她很生气。"

"胡说,"艾格尼丝断然地说,"吉尔伯特那是胡说八道。别听他的。你用同样的名字,姐姐会感到高兴的,因为你传承了她的名字。记住啦。如果下次吉尔伯特再这么说，看我把荨麻塞进他裤子里。"

伊莱扎大笑起来，"你不会吧。"

"我当然会。要教训他一下，看他还到处吓人不。"艾格尼丝松开伊莱扎的手，坐直身子，"好啦，让我们开始新的一天吧。"

伊莱扎低头看看自己的手，虎口上有一道掐痕，是艾格尼丝大拇指的指甲留下的，周围还红了一片。她用另一只手摸了摸，很奇怪，热乎乎的，像是刚放在蜡烛上烤过似的。

伊莱扎要用蕨类、落叶松，还有米迦勒节紫菀编一顶花冠。她坐在饭桌前，开始编。这时母亲让她看着点小弟弟埃德蒙，她就把一些松针和花瓣扔给他玩儿。小家伙坐在地板上，叉开双腿，把松针一根根往木碗里扔，再用勺子搅拌几下，一副正儿八经的样子。伊莱扎听他一边搅一边发出一连串带着呼吸声的单词："leaf"（树叶）说成"eef"，"Eliza"（伊莱扎）说成"ize"，"soup"（汤）说成"oop"。这些词都是有的，不过你得会听。

她的手指纤细而有力，更习惯干缝皮子的活儿，而现在要把这些树枝编成个圆环。埃德蒙站起来了，摇摇晃晃走到窗子那儿，又返回来，往壁炉这边走，靠得越来越近了，还自我告诫说："不——不——"伊莱扎笑笑说："不，不能靠近，埃德蒙。"他高兴地回头看看姐姐，见别人听懂了他的话，兴奋极了。火炉，热气，不，不能碰。他知道大人不准他靠近，不过对那闪亮跳动的颜色，那扑面而来的热气，还有那些用来夹柴、添火和捅火的奇特用具，他总是有一种强烈的不可抗拒的欲望。

她听见，房子后部的厨房里，母亲把锅、盘弄得叮当乱响，正在发脾气，女仆都给吓哭了。母亲把所有怒火、怨气都撒到食物上：什么牛肉不好烤，做馅饼的面皮容易破，面发得不够快，甜食吃起来疙疙瘩瘩的，总之都不顺她的心意。在伊莱扎看来，厨房就是风暴中心，她自己最好就和埃德蒙待在这儿，离远点，求个平安无事。

她一只手的手指尖一按一按的，把剪断的枝呀梗呀编到其他的枝叶里，另一只手则不断地转动着圆环。

头顶上，可以听到几个哥哥、弟弟的脚步声，叮叮咚咚，噼里啪啦。这响动，一准儿是在楼上玩摔跤。有谁咕哝了一句，接着一阵大笑，然后是理查德的哀求声，吉尔伯特假装说饶了他，却又听得扑通一声，地板嘎吱两下，最后传来"哎哟"一声闷叫。

"孩子们！"手套作坊里传来一声怒吼，"别闹了！别等我上去收拾你们，够你们哭半天的！我可不管他婚礼不婚礼的。"

马上，伊莱扎就看见那兄弟仨出现在了门口，你推我挤地跑下楼来。她即将当新郎的大哥飞快地跑过来，抓住她，在头顶上亲了一口，又一转身把埃德蒙举到空中。小家伙一只手还拿着那只木勺，另一只手攥着一把松针。大哥举着他在空中转圈，一圈，两圈。埃德蒙扬着眉毛笑了，前额上的头发都飘了起来。他试图把木勺从嘴角塞进嘴里。这时他被放了下来，三个哥哥一溜烟冲出大门跑到街道上去了。埃德蒙放下手中的勺子，看着他们，可怜巴巴的，不明白为什么突然不要他了。

伊莱扎笑了。"他们会回来的，埃德蒙。"她说，"一会儿就回来。等他结了婚，你看吧。"

艾格尼丝出现在门口。头发披下来，梳得整整齐齐，一直垂到后背和肩膀上。她穿一件伊莱扎从未见过的淡黄色长裙，前腰处微微隆起。

"哎呀，"伊莱扎叫道，拍着双手，"你这黄色正好和我这紫菀的花心相称。"她跳起来，举着花冠给艾格尼丝看。艾格尼丝低下头，让伊莱扎给她戴上。

夜里下霜了。通往教堂的路上，每片树叶，每根树枝，都被白霜包裹起来，成了另一个样子。地面硬硬的，踩下去沙沙响。新郎和他那一伙人早早就起来了：他们又喊，又叫，又唱，还有一个吹笛子的，颤音悠悠，边走边吹，一会儿踩到路边绿地里，一会儿又跳出来。巴塞洛缪给这群人殿后，低着头,还是比前面的人都高许多。

新娘径直朝前走着,不左顾也不右盼。伊莱扎抱着埃德蒙跟在后面,还有玛丽、艾格尼丝的几个朋友和面包师的老婆。另一旁走着琼和她三个女儿,琼还领着她的小儿子。那三个姑娘手挽手整整齐齐并肩而行,说说笑笑,低声密语。伊莱扎好几次斜眼瞟瞟她们,然后扭头不理她们了。

这些艾格尼丝都看见了。她还看见伊莱扎被一股雾一般的伤感情绪笼罩着。什么都逃不过她的眼睛:路边矮树篱上,野蔷薇果的尖已经泛黄;还没采摘的黑莓,高高的,够不着;一只鸫鸟从路边一棵橡树上呼的一声冲下来;继母背着小儿子,嘴里呼出白色的热气,几缕不可思议的白发从头巾边露出来,硕大的臀部扭来摆去。艾格尼丝看到,琼的三个女儿长相都有和她们的母亲相像的地方:卡特琳娜又平又阔的大鼻子,乔安妮低低的发际线,还有玛格丽特的粗脖子和大耳垂。她看到,卡特琳娜有让自己活得快活的天赋,乔安妮稍逊一筹,而玛格丽特则完全没有。在拉着卡特琳娜手的小弟弟身上,她看到了父亲的影子:淡色的头发,方方正正的大脑袋,上翘的嘴角。她感觉到,长袜上系的丝带随着腿部肌肉的活动,一会儿放松,一会儿又绷紧。她感觉到,花冠上的香草、莓果和花一颤一颤,那些枝枝叶叶的叶脉里那细微的水流。她还感觉到自己身体里也有相应的什么东西在流动,和花冠上的植物是同步的,如潮水,如溪流,一股血液正从自己身体流向身体里孕育的婴儿。她就要结束一种生活，而开始另一种生活。事事难料啊。

她还觉察到，在左边远远的地方，有她自己的母亲。如果命运能有另一种安排，母亲此时此刻本该是和自己在一起的。当走向婚姻殿堂的时候，把手指护在自己手上的本该是母亲，自己的脚步本该随着母亲走，她们本该并肩走在现在的路上。做花冠，戴花冠，梳理头发，让秀发飘然垂下，这些都本该是母亲做的。还有，把蓝色的丝带绕在长袜上，编进发辫里，都肯定是要母亲来做的。

所以，母亲理所当然是回来了，会以她能够做到的方式出现。艾格尼丝不需要回头张望，不能把她吓跑。只要知道她在那儿就够了，不管是彰显的，在空中游弋的，还是虚无缥缈的。我看到您了，她心里想着，我知道您来了。

她朝前方看去，大路那头，她父亲应该出现在那儿，走在男人们的前头。她看到了她的新郎：黑色精纺毛帽子，步履比周围的人——他的弟弟们、父亲、朋友们以及她的弟弟们——都更有活力。回头看看呀，她边走边念叨，快看看我呀。

她一点都不奇怪，他真的回头看了，他转过头，把头发向后一捋，露出整个脸庞，就这么望着她。他看了一会儿，略微停了停脚，笑了。他做了个手势，举起一只手，再把另一只手凑过去。她不解地歪着头。他又做了一遍，还是笑。

她觉得，那是在模仿一枚戒指戴到手指上的动作，大概差不多。他的一个弟弟——艾格尼丝觉得像是吉尔伯特，但说不准——从侧面冲过去，抓住他肩膀，连推带搡。他以牙还牙，一下锁住了弟弟的头，气得那小子哇哇大叫。

牧师就等在教堂门口，黑色的长袍映衬着白霜覆盖的石头。男人和孩子们走上小径，立刻安静下来。他们在牧师身旁围了个圈，紧张而安静，他们的脸在清晨的空气中涨得红红的。当艾格尼丝走上教堂的小径的时候，牧师冲她笑笑，然后吸了一口气。

他闭上眼睛，开始说道："我现在宣读这位男士和这位女士的结婚预告。"人们都安静下来，连小孩子也不闹了。但艾格尼丝内心有她自己的心愿：如果您来了，她想到，请设法让我知道，请显身吧，恳求您了。我在这里等您。"如果你知道任何阻碍这两个人一起走进神圣婚姻的理由或障碍，请立即申明。这是第一次征询。"

牧师睁开眼睛，一个不落地把大家看了一遍。托马斯拿了片冬青叶子戳詹姆斯的脖子；巴塞洛缪拍拍他后脑勺，立刻加以制止；理查德双脚交替地跳着，像是要放松一下。卡特琳娜和玛格丽特在暗自打量着新郎的弟弟们，给他们打分。约翰咧嘴笑着，双手拇指插进紧身上衣的腰带里。玛丽眼睛盯着地面，面无表情，几近崩溃。

牧师又吸了一口气，把刚才的话重复了一遍。艾格尼丝做着深呼吸，一次，两次，肚子里的胎儿动了一下，似乎听见了外面的声音，听见有人呼喊，听见有人第一次叫它的名字。请显身吧，艾格尼丝又一次想道，脑子里小心翼翼地念叨着这几个字。琼的小儿子在说着什么，琼低下头，把一个指头放在嘴唇上，示意他安静。约翰把重心换到另一只脚上，不小心碰到玛丽身上，把玛丽手里拿的手套碰到地上。玛丽赶紧弯腰捡起来，还不忘瞪了丈夫一眼。

结婚预告已是第三次宣读，牧师注视着大家，张开双臂，似乎要拥抱每一个人。牧师还没讲完最后一句话，新郎就迈步走进教堂的门廊，站到牧师身旁，好像在说，我们就赶快进行吧。人群里响起一阵笑声，严肃的气氛舒缓了。艾格尼丝眼角余光里，看见有什么东西闪了一下，像眼前落了一根头发，像一只鸟飞过。是头顶一棵树上掉下来什么东西，落到她肩上，落在她黄色的长裙上，还有胸脯和微微隆起的肚子上。她利落地伸出双手，将它们捧在胸前。那是落下来的一簇花楸果，鲜红鲜红的，还连着几片银底儿长叶。

她把花楸枝在手里拿了一会儿。弟弟迈步凑了过来，看见她手里的花枝，又抬头看看头上那棵树。姐弟俩对望着，姐姐把手伸给了弟弟。

弟弟的手很有力，也许是太有力了，不过他自己可从未意识到自己手劲这么大。他的手指凉凉的，皮肤粗糙，摸上去疙疙瘩瘩。他护着姐姐走向教堂大门。新郎早已向新娘伸出手来,胳膊急切地向前挺直。巴塞洛缪却停住脚步,拉住新娘。新郎还恭候在那儿,手伸着,面带笑。巴塞洛缪向前倾倾身,一只手仍拉着新娘,另一只手伸出去抓住了新郎的肩膀。艾格尼丝知道弟弟是想背着她跟新郎说点什么,不愿让她听见,不过她的耳朵像鹰一样灵敏,听得一清二楚。巴塞洛缪凑到新郎耳边低声说:"好好对她,拉丁小子,上点儿心,不然有你好瞧的。"

当巴塞洛缪转过身又面对姐姐时,他咧咧嘴笑了,龇着牙,面对着众人。他松开姐姐的手。艾格尼丝于是走向她的面色有点苍白的新郎。

牧师把戒指在圣水中蘸一蘸,低语了一句祝福的话,把戒指交给新郎。"以圣父的名义",新郎声音清脆,即使站在后面的人都可以听到。说罢将戒指戴在新娘大拇指上,再摘下来,说了句"以圣子的名义",戒指戴到食指上,再说"以圣灵的名义",戒指戴到中指上,最后说"阿门"的时候,戒指就在新娘的无名指上了。这无名指,正如当初躲进果园里的时候新郎曾对她说过的,有一条血脉直通她的心脏。戒指刚一戴上,皮肤上凉凉的,还带着圣水的湿润感,但不一会儿,从她心脏里留出的血液就把它暖过来,和身体的温度一样了。

她步入教堂,感觉到自己拥有三样东西:手指上的戒指,掌心里的花楸果,还有就是手中紧握着的丈夫的手。他们俩一起走过过道,人们跟在后面,脚踏石板嗒嗒作响,然后在长椅上各自就座。圣坛前,艾格尼丝跪在丈夫左侧,一起聆听弥撒。他们一起低下头,牧师将一块头巾大小的亚麻布罩在他们头上,保佑他们不受魔鬼和撒旦的伤害,远离世上一切不幸和烦恼。

艾格尼丝走进楼上的房间，穿过外面照进来的一道道交汇在一起的光线，脚下飞起一片细细的灰尘。她的女儿躺在灯芯草床垫上，裙子没脱，鞋子丢在一边。

她走到孩子近旁，还在呼吸，艾格尼丝自言自语，安慰着怦怦乱跳的心脏和脉搏。这就好，这就好。孩子的胸口在上下起伏，双颊通红，双手放在身旁，手指蜷曲。事情还不算太糟糕。还算好。有她在，有哈姆奈特在。

艾格尼丝来到床边，蹲下，裙摆四下散开来。

"朱迪丝？"她呼唤着，用手摸摸孩子的头，再摸摸手腕，又摸摸脸颊。

意识到哈姆奈特在屋里，就在她身后，她低下头思考着。发烧，她对自己说，声音很轻，像是很沉稳、冷静。然后又马上更正自己：是高烧，皮肤湿润、发烫。呼吸急迫而短促，脉搏微弱、不稳、过快。

"这种情况有多久了？"她大声问，没有回头。

"从我放学，"哈姆奈特说，声音很高，"我们一起逗猫玩儿，朱迪丝说……应该说是奶奶叫我们劈点劈柴，我们是想干活来着，可我们拿条带子跟小猫玩得正高兴，木柴还在那儿，我——"

"快别说木柴的事啦，"她压抑着自己的情绪，"那无关紧要。说说朱迪丝的情况。"

"她说嗓子疼，不过我们又玩了一会儿。然后我说我得劈劈柴了，她说她感到很累，就上楼来躺在了床上。我劈了点劈柴，没劈完，就上来看她，见她情况不怎么好。于是我就开始找您，找奶奶，找所有人，"他提高了声音，"可一个人也没有。我到处找您，呼叫您的名字。我还去找了医生，可他不在，我不知怎么才好。不知道怎么办，不知道……"

艾格尼丝站起身，朝儿子走过去。"好了，好了，"说着伸出双手搂住孩子，让他圆圆的、长着淡黄头发的头伏在自己肩上，感觉着他身体的抖动，气息的颤抖，"你做得对，做得很好。这些都不是你的——"

孩子突然挣脱开来，满脸痛苦，眼含泪水。"您在哪儿？"他叫道，恐惧变成了愤怒，声音发颤——他近来说话一直是这样——第二个词低沉，到第三个词再升上去，"我到处找！"

艾格尼丝不转眼珠地看着儿子，然后又看看女儿。"我去休兰兹农场了。巴塞洛缪叫我去，看看那些到处乱飞的蜜蜂。我待的时间长了些，对不起。"她说，"对不起我没在你们身边。"她又伸手去抱儿子，可孩子一闪躲开，往床边走过去。

他们都跪在床前，艾格尼丝握着女儿的手。

"她得的是……那个，"哈姆奈特低声说，声音嘶哑，"是吗？"

艾格尼丝没看儿子。这孩子脑子快，善于理解他人。她相信儿子看她的心思，就像看白纸黑字那么容易，所以就不用说了。她低下头查看女儿的手，一个一个地看指尖的颜色有没有变化，是不是有变黑或变灰的趋势。没有。都挺红润，指甲白白的，有明显的半月牙。艾格尼丝又看看脚，一个一个地查看脚指头，还有那脆弱的、圆圆的脚踝。

"她得的是……是瘟疫，"哈姆奈特小声说，"是吗，妈妈？您就是这么想的，对吧？"

她握着朱迪丝的手腕；脉搏扑朔不稳，忽快忽慢，忽强忽弱。她的目光落在女儿脖子上，有个肿块，像刚下的鸡蛋大小。伸手用指尖轻轻一摸，湿乎乎的似乎有水，像沼泽地。她松开朱迪丝的内衣，发现腋窝上还有更多的鼓包，有小有大，大的看着挺吓人，鼓鼓囊囊的都快顶出了皮肤。

这种症状她过去见过。镇上甚至县里，一辈子都没见过这种病的人极少。人们都惧怕它，希望自己或自己亲人身上永远不要出这种东西。千不怕万不怕，怕的就是它，艾格尼丝简直不能相信她眼前看到的就是这种东西，但愿这只是她的胡思乱想，是自己吓唬自己。

但是，事实明摆着。圆圆的鼓包，在女儿身上，从皮肤里往外拱。

艾格尼丝一下子分裂成了两个人。一个看着这些肿包，惊得倒吸一口凉气；另一个听见了惊叫声，观察着，留意着：惊叫，又能怎样。一个眼里泪如泉涌，心在胸膛里怦怦直跳，就像一只动物在骨骼组成的樊笼里乱撞；另一个在肿块、发热、深睡等症状上打着对钩。一个艾格尼丝在亲吻女儿的前额、脸颊和鬓角的发际线；另一个则思考着用面包屑、烤洋葱、熟牛奶和羊油做成膏药，用野蔷薇果、碎芸香、玻璃苣和忍冬做成饮料。

她站起身，走出房间，下了楼梯。她的动作有些特别，看着很熟悉，一看就知道是她。她所一直害怕的，现在真的来了。夜黑无眠或无所事事的时候，她独自一人，每每最为担心的、在脑子里反反复复想象了多少遍的事情，现在竟然就在眼前发生了。瘟疫侵入了她的家，在她女儿的脖子上打下了印记。

她听见自己叫哈姆奈特去把祖母和姐姐找来，对，她们已经回来了，在厨房里，快去喊她们来，要快。然后，她来到她的柜橱前，伸手去找那些塞着塞子的瓶瓶罐罐，有芸香，有肉桂皮，这些能去热，还有旋花的根和百里香。

她低头看着柜橱。大黄？她把干枯的花茎在手里攥了一会儿。对，大黄，可以清胃，驱除瘟疫。

说到这个名字，她不觉出了声，就像狗在哀鸣。她把头抵在墙上，想：我的女儿；又想：这些肿块；又想：怎么会这样，不会的，我不答应。

她拿起捣药用的木杵砰砰地往臼里捣起来，叶子、根茎、粉末崩了一桌子。

哈姆奈特出了门，沿着小路来到后院，站在了厨房门口。见祖母正在一桶洋葱里翻弄，女佣站在她身边，撑开围裙，准备接住玛丽不定扔出来的什么东西。灶膛里，火苗噼噼啪啪燃烧着，火舌舔着好几口大锅的锅底。苏珊娜站在搅乳器旁边，一只无精打采的手握在摇把上。

苏珊娜是第一个看到他的。他也看看姐姐。姐姐看到他，微微张了张嘴。她皱皱眉，像要说什么，要为什么事跟他抱怨几句，然后又把头转向祖母。祖母正在吩咐女佣去把洋葱剥好切碎。厨房里的热气真让哈姆奈特有些受不了——他觉得热气直向自己喷来，像地狱大门里喷出的烈焰。热气封住门道，充斥整个空间，气势汹汹直冲墙壁。真不知道这些女人是怎么忍受的。他一只手抹了一下前额，手掌边上闪着晶莹的光，有那么一会儿，他看见，或好像看见黑暗中有一千只蜡烛，烛火摇曳，闪闪烁烁，金光缕缕，奇形怪状。他眨眨眼，烛光不见了，景物还是刚才的样子：有祖母、女佣、洋葱头、姐姐和搅乳器，还有桌子上一只没头的野鸡，去了鳞的爪子小心地蜷缩着，好像怕被弄脏了似的，尽管连头都没了，已经死得确确实实。

"奶奶？"苏珊娜犹犹豫豫地叫了一声，眼睛还看着弟弟。在以后的日子里，尤其是清晨醒来的时候，她脑海中还会再现眼前这一幕：弟弟站在那儿，四周是门框。她会记得弟弟好像变了个人，脸色苍白，表情惊恐，眉毛下还有一道伤痕；她会想，如果当初提醒祖母注意一下弟弟的样子，事情的发展是不是就会有所不同？如果她让母亲或祖母好好看看弟弟，那是不是就可能改变某些事情呢？她永远也不会知道了，因为她当时只是弱弱地叫了一声："奶奶？"

玛丽正在吩咐女佣，"小心点儿，这次别烧煳了，边儿上也不能煳，一看要烧焦，赶紧把锅端开，听见啦？"她扭过头，先看看孙女，又顺着孙女的目光朝门口和哈姆奈特看去。

"哎呀，"她叫道，赶紧用手去捂胸口，"吓死我了！你干吗呢，孩子？你杵在那儿，简直像个鬼。"

以后的日子里，玛丽会感到后悔，但愿当初没说那些话。她不能那么说。不应该说孩子像"鬼"，不该说有什么事情很可怕，不该说孩子的样子不正常。他不是很正常嘛。她当初怎么能那样讲话。

艾格尼丝的手颤抖着，把散落在桌上的花瓣和根茎放回臼里，开始捣药。她手腕扭动着，手指用力握着木杵，指关节都发白了。干大黄茎、芸香、肉桂被捣碎混合在一起，散发出又甜，又刺鼻，又苦的味道。

她一边捣药,一边回想着她用这种药剂治愈过的病人。磨坊老板的太太,胡喊乱叫,直扯自己的衣服。第二天,喝了两剂药,竟能坐在床上,喝着汤,安静得像只小绵羊。斯妮特菲尔德一个地主的侄子,是深更半夜派人把她叫去的。那孩子吃了她的药,用了她的膏药,就好人一样了。还有康普顿的铁匠,毕肖普敦的老处女,都给她治好了,不是吗?这病不是不能治的。

她全神贯注配制她的草药,有人碰了碰她的胳膊肘,吓了她一跳,木杵从手中滑落掉在桌子上。她的婆婆玛丽来到了身边,脸颊被厨房的热气熏得红红的,袖管高挽,双眉紧锁。

"是真的吗?"她问道。

艾格尼丝吸了口气,舌头上还留着肉桂皮的辛辣和大黄粉末的酸味。她知道要是一说话准会哭出来,所以只是点了点头。

"她身上有肿块?发烧?是真的吗?"

艾格尼丝又点了一下头。玛丽的脸紧绷着,眼里直冒火。你以为她是生气了,可艾格尼丝心里明白。两个女人互相看着,艾格尼丝知道,玛丽是想起了她的女儿安妮。安妮八岁时就是染上瘟疫死的,身上起肿包,发烧,手指变黑,发臭溃烂。艾格尼丝知道这些,是因为伊莱扎跟她说过,不过当时她已经知道了。她仍然盯视着玛丽,没有转头看别的地方,但是她知道小安妮会出现在门口,回到这间屋子里来,和家人在一起,拧拧巴巴的床单搭在一侧的肩膀上,头发披散,手指疼得不能动,脖子肿胀,喘不上气来。艾格尼丝心里想着:安妮,我们知道你在那儿,我们没把你忘记。艾格尼丝觉得,安妮和他们之间只不过隔着一层薄薄的细纱。在她看来,这两个世界并非界限分明,而是互接互联,彼此相通的。她无论如何不能让朱迪丝跨到那边去。

玛丽低声咕哝了几句,是祈祷,抑或是恳求,然后把艾格尼丝拽到身边。她拽的劲儿有点猛,手指刚抓着艾格尼丝的胳膊肘,小臂已经压在艾格尼丝的肩膀上。艾格尼丝的脸都碰到了玛丽的包头帽,闻得到那上面的香皂味——那是她用草灰和动物油脂加上薰衣草花蕾做的,她听得到帽子里面头发和布摩擦的声音。她刚要闭上眼睛,接受这个拥抱,就看到苏珊娜和哈姆奈特从后门走进来。

于是,玛丽放开她,转过身去,她们的亲密时刻结束了。玛丽变得满脸严肃,用手掸了掸围裙,用眼睛看了看臼里的东西,又迈步走到壁炉边,说要把火点旺,吩咐哈姆奈特去拿木柴。快点儿,孩子。咱们得把火点得旺旺的,因为屋子暖和才能有效地帮助退烧。她要在壁炉前清理出一块地方,艾格尼丝知道,她要把床垫拿来,还有干净的毯子,在壁炉边铺好一个床,再把朱迪丝也抱过来。

艾格尼丝和玛丽之间自然少不了磕磕绊绊——住在同

一屋檐下，面对着那么多事情，那么多孩子，那么多张嘴，要烧饭，要洗洗涮涮，缝缝补补，还要看着那些男人，评价、安慰和指导他们——但矛盾虽多，遇到需要共同应对的大事也就都化解了。她们俩可以相互抱怨，相互挑刺儿，相互激火；她们可以争论，吵嘴，相互指责叹气；她们可以把对方做的饭菜扔进猪圈，说太咸，面太粗，或味太重；她们可以对对方的针线活儿或绣工不屑一顾。但是，出了现在这样的事，她们还是会像一个人的两只手那样密切合作的。

看吧。艾格尼丝往一个平底锅里倒上水，再把捣好的草药末撒进去。玛丽在操动着风箱，接过哈姆奈特拿来的柴火，又吩咐苏珊娜去隔壁的木箱里拿几条被单。她现在点起几根蜡烛，烛光闪烁着，火苗越燃越长，将一轮轮的光线散布到屋子的各个角落。艾格尼丝把平底锅交给玛丽，玛丽再把锅子放在火上加热。这会儿，俩人又不约而同地爬上楼梯，艾格尼丝知道玛丽会笑眯眯地对孩子说一些鼓励的、安慰的话。她们会一起照顾孩子，把床垫抬下来，给她喂药。她们会亲手料理这一切。

艾格尼丝的新婚之夜。已过午夜，或许天将破晓。屋里够冷的，呼出的哈气清晰可见，在她围着的毯子上结成微小的水珠。

透过窗子看出去，亨利大街还沉浸在黑暗中。不见一个人影。断断续续地，能听见从房子后面传来一只猫头鹰的叫声，颤颤悠悠，向着黑夜弥散。

艾格尼丝站在窗前，身上裹着毯子。她想，有些人可能把猫头鹰叫看作噩兆，象征着死亡。但她可不怕。她喜欢猫头鹰，喜欢它们的眼睛，像金盏花的花心，还有它们带斑点的重重叠叠的羽毛，和它们那神秘莫测的表情。在艾格尼丝看来，猫头鹰好像是个双重的存在，一半精灵，一半鸟。

艾格尼丝已从婚床上起来，在新房里这里走走那里看看。因为睡神似乎不愿降临到她身边，把她包裹在双翼之下；因为她脑子里已是思绪万千，嘈嘈杂杂，不堪重负；因为有太多的要想，要看，这一天也有太多的事要做；还因为她这是第一次在一张床上或在楼上的房间里睡觉，她过去可从来没想过。

就这样，她在房子里随意走着，椅子的靠背，空空的橱架，壁炉上的铁具，门把手，楼梯扶手，哪里她都想摸摸，看看。她走到房子前部，再走到后部，又返回前部。她走下楼梯，一会儿又走上来。她一只手摸了摸围在床四周的帷帐，这是新郎父母送他们的礼物。她拉开帷帐，仔细打量着里面躺着的男人——她的丈夫：他睡得正酣，四仰八叉地躺在床中间，就像在河里顺流漂浮。她抬头看看天花板，那上面搭着一间斜屋顶的小阁楼。

这座房子，她现在的家，就建在主宅旁边。有两层：楼下有壁炉、长椅、桌子和盘子，楼上是床铺。约翰曾在这里储存过东西，具体是什么从来没人说，不过艾格尼丝头一次来的时候，就闻出了空气中的气味，断定是羊毛味，一捆捆的羊毛，搬上楼来，不定放了多少年了。不管是什么吧，反正现在已经搬走，搬到别的地方去了。

艾格尼丝强烈地感觉到，这个安排和她弟弟巴塞洛缪有关，也许是他答应这桩婚事的条件之一。他们头一次踏进这家人的门槛的时候，巴塞洛缪就到这里看过。他查看了这些狭小的房间，楼上楼下看个遍，东墙西墙之间来回走，最后才冲约翰点了点头。而约翰是一直站在门口的。

巴塞洛缪冲约翰连点了两下头，约翰才把房子的钥匙交给儿子。那是个特别的时刻，艾格尼丝觉得很好玩。她看见，父亲慢慢地把钥匙递给儿子，要多慢就有多慢。一方是父亲不情愿，另一方是儿子同样的不愿意，甚至是有过之而无不及。儿子的手软弱无力，松松垮垮；他犹豫不决地看着父亲手里的铁钥匙，就像不认识那是什么东西似的。然后他只用大拇指和食指把钥匙夹住，远远举到眼前，似乎是在判断这东西是否会伤着自己。

约翰试图缓解一下尴尬的气氛，没话找话地聊起了家庭、幸福、妻子等话题，还伸手拍拍儿子的肩头。这样做的目的无非是以父亲特有的生硬方式表达善意，但正如艾格尼丝事后所想，这其中是否隐藏着某种不安？是不是有些反常？父亲这一拍力气大了点，意向也太明显了点。儿子没准备，向旁边一侧歪，失去了平衡。不过他很快就直起身，非常快，也许是太快了，就像个拳击手或剑客那样，机警地站稳了脚跟。这一对父子对视了一会儿，好像他们要交换的不是钥匙，而是拳头。

艾格尼丝和巴塞洛缪各自从房间的一头观察着这场景。儿子转过身，没把钥匙放进腰间的钱包里，而是放到了桌子上，哗啦一下，响起沉闷的金属声。这时，她和弟弟相互看了一眼。巴塞洛缪不露声色，只是一只眼眉微微挑了一下。但在艾格尼丝看来，弟弟这微小的动作意味可谓深长。她明白，弟弟这是在对她说：现在看见你嫁的是怎样一个家庭了吧？现在明白我为什么坚持你婚后必须有单独的住所了吧？

艾格尼丝往窗前凑了凑，让呼出的气息凝聚在玻璃上。这座房子让她想起她名字的第一个字母"A"，当初父亲用一根尖头木棍画在泥地上,教她认读。(这情景她至今历历在目:父母坐在地上,她坐在母亲两腿间,头靠在母亲膝盖上,一低头就能够到母亲的脚。她记得母亲俯身看父亲写字的时候,秀发搭在自己肩头的那种感觉。母亲还说:"注意看哟,艾格尼丝。"木棍的一头已在厨房的火炉上烧成一个黑黑的尖头,随着木棍的移动,一个大写字母显现出来了:"A"。这字母属于她,永远。)

这栋小楼的样子正像个"A",尖尖的是屋顶,中间的一横是二楼。艾格尼丝把这当作自己的命运符号——深深画进泥土里的那个字母,记忆中母亲的大脚,母亲搭在自己肩头的秀发——而绝不是刚才那只猫头鹰,不是婆婆那长长的苦脸,不是幼稚的丈夫,不是这房子的逼仄、空旷和沉闷,也不是公公在丈夫肩头那重重的一拍,这些都不是。

她解开一个布包,把里面的东西拿出来摆到地板上。这时床上传来一个声音,吓了她一跳。

"你跑哪儿去了?"他声音本来就低沉,现在睡意未消,又隔着帷帐,就更显沉闷了。

"在这儿呢。"她说,仍是蹲在地上,手里拿着一个钱包、一本书,还有她的婚礼花冠。花冠已经枯萎,凌乱,但她会把它重新扎好,把花风干,会好好保存的。

"快回来吧。"

她站起来,手里仍拿着她那些宝贝,走到床边,拉开帷帐,低头看着他,说了句:"你醒啦?"

"你怎么跑那么远。"他说着,眯起眼睛看着她,"你跑那儿去做什么? 你应该待在这儿呀。"他指了指身旁的空位。

"我睡不着。"

"为什么?"

"这房子是个大'A'。"

对方没反应。她怀疑是否听见了。"嗯?"这回说话了,用一个胳膊肘撑起身体。

"一个大写字母'A'。"她又说了一遍。把手里拿的东西都倒在一只手上,腾出一只手在寒气逼人的冬日空气里比画着这个字母的笔画,"这不就是个'A'吗,是吧?"

他严肃地点点头,"是啊。可那和这房子有什么关系?"

她简直不相信,这个人怎么就跟不上自己的思维呢,"这座房子顶上尖尖的,半腰有一层楼。我没想到此生怎么会睡在这上面。"

"哪上面?"他问。

"就这儿呀。"她指指四周的空间,"这间屋子里。"

"为什么不能呢?"

"因为这一层浮在半空,就像'A'字中间那一横。下面不接地,只是一个一个的空间。"

他脸上绽放着微笑,眼睛专注地看着她,一下子又躺回到床上。"你知道吗,"他说,眼睛瞅着帷帐顶,"这是我爱你的最重要原因？"

"爱我不能在半空中睡觉？"

"不。爱你与众不同的看世界的方式。"他伸出胳膊，"回到床上来吧。不说这个了。我跟你说，我们先用不着睡觉了。"

"是吗？"

"是的。"

他站起身，抱起艾格尼丝，小心放到床上。"我要和我的艾格尼丝好好亲热亲热。"说着爬到她身边，"在我们的'A'里边。我要好好和你亲热一番。"

他边说边亲，艾格尼丝的秀发披散开来，在他们之间飘洒，飘到他嘴里、胡子上、手指间。

"这床用来睡觉的机会可不会太多，"他说，"不会太多。"他又问："看在上帝的分上告诉我，你拿着这些东西干吗？有什么用？此刻咱们也用不上呀。"

他把她手里的东西一件件拿过来，放在地板上。有手套、花冠，还有钱包。他拿过一本圣经，再拿起另一本书。刚要放到地板上，又停住了，凑到眼前看了看。

"这是什么？"他说着把书翻开。

"是一个邻居去世前送我的。"艾格尼丝说，指了指卷首插图，"她给我们纺毛线，我负责把羊毛给她送去，再把纺好的毛线取回来。她对我一直很好，遗嘱里把这书留给了我。这是她做药剂师的丈夫的。我小时候常到她的花园去帮忙。

她跟我说过……"艾格尼丝停顿了一下,"……她和我妈妈常常会一起参考里面的内容。"

他把搂着艾格尼丝的胳膊抽回来,双手捧着书,翻看着。"这么说你很小的时候就有这本书了?"他的眼睛在密密麻麻的字体上扫视着,"是拉丁文。"他皱皱眉,"关于植物的。用途,如何识别,如何用来治疗人的某些疾病和动物的瘟热病。"

艾格尼丝的目光越过他的肩头,看到书上的一幅植物插图:泪珠一样的花瓣,长长的、黑黑的纠缠在一起的根茎,还专门画出了一根缀满莓果的枝条。"这个我知道,"她说,"这书我经常翻,尽管我不认识那些字。你读给我听好吗?"

他似乎想起了什么,放下书,朝她打量着。"当然可以。"说着,手却去解艾格尼丝的内衣,"但不是现在。"

艾格尼丝觉得挺奇怪,这短短的一个月的工夫,她就从乡下来到了镇上,从农舍来到了城市民宅,继母换成了婆母,一个家换成了另一个家。

她认识到,一个家庭和另一个家庭的生活方式是不一样的。这里,一代一代的人并不分开,而是聚在一起共同照管家禽、家畜和土地,亨利大街上的这个家庭有着分明的层次结构:先是父母,其次是儿子,再其次是女儿,再往下是圈里的猪,鸡窝里的鸡,连猪和鸡也不如的是学徒,最底层的是女仆。艾格尼丝认为，作为刚嫁过来的媳妇，她的地位大约在鸡和学徒之间。

艾格尼丝看着家里的人来人往。这段时间，她不断收集和积累着各种信息、各种私密，熟悉着日常的生活内容、人们的脾气、个性和相互关系。她就像墙上挂的画，不眨眼地观察着，事事尽收眼底。她有自己的房子，那座小小的狭长的住宅，但她可以从后门走出去，来到全家共用的大院子里。她和丈夫可以和大家共享家庭菜园、厨房、猪圈、鸡舍、洗衣房和酿酒间。也就是说，她既可以退隐到自己的房子里，也可以和家里其他人交往。她是观察者，也是参与者。

女佣们起得很早，这跟艾格尼丝一样。城里人起得晚，而艾格尼丝习惯于日出前就开始一天的生活。女佣们搬来柴火，把厅里和厨房的炉火点着；把鸡放出来，在院子里为它们撒上谷粒；把剩饭菜倒进猪圈里；从酿酒间取出啤酒；取出厨房罐里放了一夜已经发好的面团，压成需要的形状，放在烤炉旁边。足足一个小时以后才见家里的人从各个寝室里走出来。

在镇上，没有篱笆墙要修补；靴子不会有泥巴；衣服不会沾上一道子一道子的泥土、动物毛发或粪便。中午，没人饥肠辘辘，寒彻脊骨地赶回家；没有羔羊要放到壁炉旁取暖，也没有得了急性腹痛、寄生虫病和腐蹄病的牲畜；清晨没有牲畜要喂，当然也没有了她的红隼——那已经交给主持他们婚礼的牧师去驯养了,丈夫说了,艾格尼丝什么时候想那只鸟了,随时都可以去看看。没有羊钻出篱笆逃跑;也没有渡鸦、鸽子或丘鹬落到茅草屋顶上,冲着烟囱尖叫。

取代这些的是街上整天来来往往的马车,你呼我喊的行人,一群一伙地在门外经过。每天要发货,还要收货。手套作坊后面有座库房,各种森林动物的皮革摊开钉在架子上,就像绑在拉肢刑具上的忏悔者。女佣们在大厅里来来往往,鞋子踏在石板地上啪啪作响。她们上下打量着艾格尼丝,似乎在估量她在这个家中究竟占几斤几两,还想看看她有什么弱点可利用。如果她正好挡了她们的道,她们就轻轻叹口气,可如果玛丽一出现,她们就会直直地站好,正正帽子,说声"是,夫人",或"不,夫人",要么就是"我不知道,夫人"。

在乡下,人们忙于牲畜和庄稼,没时间串门,但在这里人们随时都可以来聊聊天,不管是玛丽的亲戚还是约翰的生意伙伴。亲戚们被请到客厅,生意上的朋友则先让到作坊里,然后由约翰决定把他们带到哪间屋子里去。玛丽除非外出有事,大部分时间都在,她要监视仆人和学徒们,或坐在那儿做她的针线活儿。约翰常常是踪影难寻。小些的男孩们要上学。艾格尼丝的丈夫,时在时不在:他要教课,晚上要去小酒馆,有时父亲也派他去做些业务。其余的时间,他躲在他们楼上的房间里,要么看书,要么盯着窗外看。

买主们随时都会光顾作坊的售货窗口,挑选手套或问这问那。有时约翰会让他们进来,他们可以参观整个制作间,或专门定做一副手套。

艾格尼丝就这么观察了三四天。到了第五天,她起得比那些女佣还早。她走出房子后门,来到大家共用的院子里。等女佣们现身的时候,她已经生好了厨房里的炉火,把面团轻轻揉成圆饼状,还加了一把用菜园里采来的香草碾成的碎末。女佣们看了,相互瞅瞅,面露忧虑。

在早点桌上,一家人拿起面包,发现似乎比平日要松软,表面也更平整,带着金属般的光泽。盘中的黄油做成了旋涡状造型。面包一掰开就散发出热乎乎的百里香和马郁兰的香味。这让约翰想起他的祖母,那老人家常常在腰带上系上一束香草。玛丽也不禁想起她度过童年的那座农场,大门外有个方方正正的用篱笆围起来的家庭菜园,她的母亲常常要拿着扫帚驱赶钻进来偷吃百里香的大鹅。她脑海中浮现出母亲那湿乎乎的、沾满露水和泥巴的裙摆,还有被惹怒的大鹅那嘎嘎的叫声。她脸上泛起笑容,又拿起一片面包,把餐刀蘸到黄油里。

艾格尼丝看看公公的脸,再看看婆婆的脸,又看看丈夫。丈夫接住她的眼神,冲着面包扬扬眉毛,令人难以察觉地点了一下头。

过了大约一周的时间,玛丽觉察到这个家的确变了。蜡烛心不用玛丽提醒那些女佣,就已经剪得好好的,台布不用说就已经换了，墙上的饰物一尘不染，盘子、碟子干干净净，光光亮亮。这些她起初只当是一个个孤立的变化，并未从整体上看。直到有一天她招待一位邻居，闻到客厅里充满花粉气息的蜂蜡的独特香味，这才留意起来。

等邻居走后，她在房子里转了转。厅里，一个罐子里插着冬青枝；厨房里，甜食上撒着丁香花瓣，还有一罐叫不出名的香叶；酿酒间里，屋檐下晾着疙疙瘩瘩、满是泥土的根茎，还有一盘子莓果；楼梯拐角的平台上放着一叠浆好、熨平的假衣领，供人取用；圈里的猪被刷洗得干干净净，粉乎乎的，令人难以置信；鸡舍的食槽很干净，盛满了水。

听到有人说话，玛丽沿小路走向洗衣房。

"对，就这样，"她听得出是艾格尼丝那低沉的嗓音，"就像用双手手掌在揉搓盐粒一般。轻轻地。动作要小。这样这个花朵就能保存住。"

又传来一个声音 —— 玛丽听不到 —— 接着是一阵笑声。

她推开门，见艾格尼丝、伊莱扎和两个女佣挤在洗衣间里，围着围裙，屋内很热，充满刺鼻的碱水的味道。小弟弟埃德蒙被放在地上的一个浴盆里，里面还有许多鹅卵石。

"妈，"男孩见她来了，叫道，"妈妈！"

"啊，"伊莱扎扭过头来，脸红红的，这一是因为热，二是因为笑得开心，"我们……哦，我们在……"她又笑起来，用小臂拂去挡在脸上的一缕头发,"艾格尼丝在教我们怎么把薰衣草加入肥皂里,然后她……,我们……"伊莱扎又笑起来,引得一个女佣也咯咯笑起来,以她的身份这样笑有失体统。

"你们在做肥皂?"玛丽问。

艾格尼丝轻快地走过来。她不慌不忙,镇定自若,脸也不红。看上去就像刚从客厅的椅子上款款起身,而不像是刚刚在潮湿闷热的洗衣间里又是溶化又是搅拌地做了一批肥皂。她的围裙被隆起的肚子顶得鼓鼓囊囊的。玛丽看了一眼,赶紧把目光移开。她明白——她有这种感觉已不是第一次了——这种情况自己不会再有,她这把年纪,在人生的这个阶段,这种经历已对她关上了大门。有时,这种想法会让她感到心焦:女人怕的就是被忽视,尤其是家中另一个女人即将如日中天的时候。每当看到艾格尼丝的大肚子,她就不由感叹自己空空如也、毫无生气的瘪肚皮。

"我们在——"艾格尼丝微笑着,露出又小又尖的两排牙齿,"加点薰衣草,让大家换换样。希望您能喜欢。"

"哦,当然。"玛丽有点不快。她弯下腰,把埃德蒙从浴盆里抱出来。孩子给吓了一跳,抽抽搭搭哭起来。"喜欢极了。"她说着就往外走,紧紧夹着仍在哭闹的孩子,砰的一声关上了房门。

在新婚的前几周,艾格尼丝一点一滴地积累着对这个新家的印象,就像捡羊毛的一样,这儿几根,那儿几根,篱笆上捡一绺,树枝上捡一把,直到,直到攒了一大抱,足够纺成毛线。

她看到,男孩子中,约翰最喜欢吉尔伯特,因为他身体最棒,喜欢组织大家玩对抗性游戏;而玛丽喜欢理查德:只要这孩子一说话,她的头立马就扬起来了,还让大家都别说话,听他一个人讲。艾格尼丝知道,玛丽对小儿子埃德蒙爱得很深,但不得不承认,他关注最多的却是伊莱扎。艾格尼丝还看到,埃德蒙喜欢看他大哥,也就是自己的丈夫,他在房间里走到哪儿,小弟弟的眼睛就跟到哪儿,走过他身边他就会伸手要抱。艾格尼丝觉得,埃德蒙将成为一个乐观而幸福的人;他会学大哥的样子,这毫无疑问,也不用教他,而且别人也几乎注意不到;他不长命,但会过得好;讨女人喜欢,能生好多孩子;他临死前最不挂念的人将是伊莱扎;艾格尼丝的丈夫将花钱为他举办葬礼,在他坟前哭泣。这些艾格尼丝都预见得到,但并未对别人讲。

艾格尼丝也注意到,一见约翰突然站起来,六个孩子就一激灵,就好像小动物察觉到有猛兽向它们逼来。这时,玛丽只是不紧不慢地眨眨眼,就当看不出要发生什么事似的。

有一次吃晚饭,埃德蒙闹脾气,喊饿可又吃不下,他不明白这一桌子的饭菜怎么才能和自己不知犯了什么毛病的胃口挂上钩。他哭呀叫呀，头甩得像个拨浪鼓。艾格尼丝坐在他旁边，一口一口地喂他。孩子的牙床红肿，乳牙正往外顶，双颊发青、发烫。小家伙故意捣乱，把馅饼在手里攥碎，把杯子打翻，还靠在艾格尼丝肩上，把她的餐巾扯下扔到地上。坐在对面的艾格尼丝的丈夫假装一副沮丧的样子问道，今天不高兴啦，嗯？不过他们的老父亲可是脸色越来越难看，一个劲咕哝着，这孩子是什么毛病，你们就不能把他抱走？埃德蒙变得不耐烦起来，拿一块馅饼皮就朝桌子对面扔去，正打到约翰的袖子上，留下一块黄色污痕，这时大家一下子静下来，许久没人说话。玛丽低下头，好像大腿上的什么东西引起了她的兴趣，伊莱扎眼里开始涌出泪水，约翰从凳子上跃起，大叫，我的上帝，这小崽子，看我——

艾格尼丝的丈夫一跃而起，还没等艾格尼丝明白发生了什么事，就已经来到了桌子对面，站到了父亲和弟弟之间。孩子张开大嘴大哭起来，好像也意识到了气氛的变化。父子间发生了肢体冲突，儿子挡住老子，老子骂娘，你推我搡，最后只见一只强有力的手拉住了另一个人的一只胳膊。这些艾格尼丝并没怎么看清楚，因为她要做的是：抱起孩子，把他的脚从凳子上抽出来，赶紧跑出房间。

过了一会儿，丈夫也跟了出来，找到了他们。她把埃德蒙抱到了院子里，用自己的头巾把孩子瘦小的身体包了两层。小家伙已恢复常态，正拿谷粒喂鸡呢。艾格尼丝为他举着盛谷粒的小碗，说喂一点点就够了，几只母鸡嗒嗒地在地上啄食。丈夫站到她身后，看着。然后凑上去双臂搂住她。她手里还拿着那只小碗，心里却回想起曾经感受到的丈夫身体里那片山谷和洼地构成的景色；她又想到手套上那一道道针脚，上上下下缝成一个个手指套，使本不属于戴手套的人的皮革能紧紧连在一起。手套是如何包裹着、适应着并限制着我们的手啊。她想起储藏间里那一张张兽皮，被拉得平平的紧紧的，几乎都快拉破了。想起作坊里那些工具，有用来切割的，定型的，还有用来固定和打眼的。她想到，对手套商来说，这些动物身上有许多东西都是必须废弃和窃取的：心脏、骨头、灵魂、精神、血液，还有内脏。手套商需要的只是外皮，只是表面的、外面包着的那层东西。其余都是没用的，只会带来麻烦，是不必要的废物。她想到，在那么好看、那么完美的一只手套背后，竟有着这样见不得人的残忍。她想到，如果她现在拿起丈夫的手，捏一捏，她会看到她先前看到过的那片景象，但同时也能看到另一幅黑暗吓人的画面——那些用来除内脏、剥皮和窃取生物精髓的工具。埃德蒙还在用谷粒喂鸡，她却想到，这座房子他们恐怕住不了多久：很快他们就有必要远走高飞，去寻找一个新的地方。

伊莱扎也来到院子里，这说明晚饭吃完了。她绷着脸，眼睛湿润。她抱起埃德蒙，又回屋去了。艾格尼丝和丈夫对视一下，向着他们住房的后门走去。

他们走进厨房，丈夫捅了捅火，加上一块木柴。此时，艾格尼丝明显地觉得，丈夫是一分为二的。在自己家里是一个人，到了父母的房子里就变成了另一个人。在自己房间里，丈夫是她看得透、认得出，已以身相许的人。

可一来到旁边的大房子里，他就变得郁郁寡欢，面色土灰，动不动就火冒三丈。他就像火绒加火石，一打就着，火星四射。为什么？他不服他母亲。究竟为什么？他不耐烦地问。我不想去，他顶撞着父亲。她不明白丈夫为什么会这样，但今天丈夫从凳子上呼地站起来时那种压抑着的怒气的迸发，向她揭示了她所需要知道的一切。

来到自己的房间里，丈夫让她拉着自己的手，从壁炉走到椅子上坐下，任自己目光迷离，任她用手理着自己的头发，这时她感到丈夫从一个人变成了另一个人，感觉到大房子里的那个丈夫正在消退，就像蜡油从燃烧的蜡烛上流下来，露出了里面的芯——另一个丈夫。

咚，咚，咚，传来三下重重的敲门声。

哈姆奈特离门最近，便走过去开门。门呼地开了，他吓得往后一缩，大叫起来。门外站着个非鬼非人的家伙，十分可怖，这东西不是来自噩梦，就是来自地狱或鬼窟。个头挺高，一身黑衣，脸上罩着一只丑陋无奇的面具，尖尖的，像一只大鸟的喙。

"不，"哈姆奈特叫道，"走开！"他试图把门关上，可那家伙伸手把门推住，力气异乎寻常地大。"走开！"哈姆奈特又叫道，抬脚就踢向那鬼东西。

此时，祖母走过来，把他挡到一边，又向那个妖怪道了声歉，好像一切都很正常。她请那家伙快进屋给病人看病。

但这个没嘴的妖怪却说不能进去，而且他们全家都不得外出，不能上街，只能待在家里，直到瘟疫过去。

哈姆奈特倒退了一步，又倒退一步，撞到母亲身上。母亲走到窗前，打开临街的那扇窗口。她探出身去看着来人。

哈姆奈特冲到母亲身边抓住母亲的手——这么多年，这可是头一次。母亲捏捏孩子的手指，并没看他。"别怕，"她小声说，"是医生来了。"

"医生……?"哈姆奈特盯着那个家伙,此时他仍在门口跟祖母说话。"可他干吗……?"哈姆奈特指指那人的脸和鼻子。

"他认为戴个面具就能保护自己。"母亲说。

"就不得瘟疫了?"

母亲点点头。

"真就不得了?"

母亲努努嘴,又摇摇头。"我看不见得。不过拒绝进屋,不接触病人,这做法还是有用的。"她低声说。

哈姆奈特把另一只手也放进母亲手里,让那有力的长长的手指攥着,好像只有这样才能确保自己的安全。他见医生从一个袋子里掏出一个包,交给了祖母。

"把这个用亚麻布包好,系在孩子胃口上,"他严肃地说,用一只苍白的手接过玛丽递给他的几个硬币,"放上三天。然后找头洋葱,把它浸在——"

"这是什么?"哈姆奈特的母亲打断他,把头探出窗口问道。

医生扭头看看她,面具上那个大大的鸟喙冲他们摆来摆去。哈姆奈特缩在母亲身后,他可不想让这家伙看他,不愿落入他的视野里。哈姆奈特相信,让这个怪物看见,让他注意到并记住,可不是什么好事,噩运就会降临到他们身上。他想跑,把母亲拉走,把门窗关紧,让这家伙进不来,看不见他们。

不过母亲可一点都不怕,医生和他母亲隔着窗口对视了一会儿,通过这个窗口,艾格尼丝不知卖过多少草药。哈姆奈特就要长成大人了,心里跟明镜似的,看得出这家伙不喜欢母亲。他讨厌母亲,因为她不但卖药,还自己种药,采集植物叶子和花瓣、树皮和果汁,知道怎么为人治病。哈姆奈特忽然意识到,这家伙不希望母亲好,因为她夺走了他的病人,影响了他的收入、他的职业。此时,在哈姆奈特看来,大人的世界可真是令人不解,太复杂,太难应付了。他将如何进入这样的生活呢?他将怎样去应对呢?

医生的鸟喙点了一下,然后转向哈姆奈特的祖母,好像母亲刚才根本没说话,并不存在似的。

"这是只干蟾蜍吧?"艾格尼丝说,声音清晰响亮,很远都能听到,"因为如果是的话,我们就不要了。"

哈姆奈特用手紧紧搂住母亲的腰。他想告诉母亲别再跟这家伙啰唆,必须赶紧离开。母亲没动地儿,只是用手握握他的手腕,似乎在告诉他,我明白你的意思,妈在你身边呢。

"夫人,"医生说,他的大鸟喙又朝他们甩过来,"你可以相信,这种事我比你知道得多。就这孩子的症状而言,用干蟾蜍敷在胃口上,数日后就会有奇效。但如果你女儿染上了瘟疫,我遗憾地说,就没什么可——"

其余的话戛然而止,被迫中断,因为艾格尼丝把窗口啪的一声关上了。哈姆奈特看着母亲用手指摸索着把插销插好，她脸涨得红红的，充满愤怒和绝望。她咕哝了些什么，声音很低，哈姆奈特只听到"胡说""胆敢""笨蛋"几个词。

哈姆奈特松开搂在母亲身上的手，看她往屋子里面走过去，烦躁不安地正了正一把椅子，把一只碗拿了拿又放下，最后来到壁炉前朱迪丝床边的长椅上。

"一只死蟾蜍，可真是的。"母亲一边嘟囔，一边用湿布擦擦朱迪丝的额头。

房间那头，祖母关上前门，又上了闩。哈姆奈特看见她把那个包蟾蜍的包放在了一个高高的架子上。

她点点头，嘀咕了些什么，哈姆奈特听也听不明白。

1583年春天的一个早晨，亨利大街的人们如果起得足够早，就会看到约翰家的新媳妇从狭长的新婚住宅里走出来。只见她背上一个篮子，整了整斗篷，向西北方向走去。

　　楼上，她年轻的丈夫翻了个身。他像以往一样，睡得很沉。他不知道妻子那一侧已经空了，被褥正迅速凉下来。他把头往枕头里扎了扎，一只胳膊伸到床罩下面，头发披散遮住大半个脸。像所有年轻人一样，他睡得又沉又稳，无忧无虑。要是没人打扰，他能接着再睡上几个小时。他的嘴微微张开，呼吸着空气，开始轻轻打起鼾来。

　　艾格尼丝穿过罗瑟市场，摊主们正陆续到来。一个男人带着一捆捆的薰衣草，一个女人运来一车的柳条。艾格尼丝停下来和一个朋友，面包店老板娘，聊了几句。她们谈到当天的好天气，会不会下雨，面包房里炽热的烤炉，艾格尼丝孕期的情况，以及骨盆里的孩子已经降到什么位置。老板娘要给她个面包，见她不要，干脆掀起她的篮子盖，硬给塞了进去。老板娘看见篮子里有几块布，叠得整整齐齐的，一把剪刀，一只塞着塞子的罐子，不过也没去想别的。艾格尼丝冲她点头笑笑，说得走了。

面包店老板娘在她空空的摊位前站了一会儿，望着她的朋友远去。艾格尼丝在市场边上略微一停，用一只手撑了一下墙。老板娘皱皱眉，正要冲她喊些什么，却见艾格尼丝已经直起身继续走路了。

夜里，艾格尼丝梦见了母亲，她最近时不时就会做这样的梦。她站在休兰兹农场的院子中，裙摆拖在泥水里。她觉得四下沉沉的，裙子就好像被水浸透了似的。低头一看，只见裙摆上竟然踩踩踏踏站着许多鸟，有鸭子、鸡、山鹑、鸽子，还有小鹧鹕。你拥我挤，都想在裙摆上站稳，扑棱着翅膀，好不难受。她觉得好像有人走过来了，便嘘嘘两声想把它们都轰走，好脱身走开。她一转身看见母亲正从这里走过：头发编成长辫垂在脑后，红色的头巾，蓝色的罩衫。母亲笑了笑，但并没停下，而是腰肢一摇一摇地走过去了。

艾格尼丝感觉内心一阵失落，一股深切的热望涌起，像车轮隆隆作响。"妈妈，"她叫道，"等等，等等我呀。"她想往前迈步，跟上母亲，但那些鸟还踩在她的裙摆上，它们羽毛丰满的腹部低垂，再加上那带蹼的、带爪的脚，都死死拖在裙子上。"等等啊！"梦中的艾格尼丝冲着母亲远去的背影喊道。

母亲还是走个不停，只是回头说，或好像说："树林里枝叶茂密，你感觉不到下雨。"说完仍朝密林深处走去。

艾格尼丝又喊了一声，跌跌撞撞想赶上去，却被那些纠缠不休、扑扑棱棱的鸟绊了一下,跌到泥水里。这一跌把她惊醒了,她深深吸了一口气,坐起来。忽然间,她已不在休兰兹农场的院子里呼喊母亲了。她回到了自己的房间,坐在床上,内衣滑到肩头,胎儿蜷缩在肚子里,丈夫躺在身边,睡梦里还不忘伸出胳膊想把她往身边搂。

她躺下来,依偎着丈夫,把脸贴在丈夫后背上。她发现了他的一缕头发,用手指不断捻着,捋着。她想象着,丈夫脑子里的思绪正顺着头发流进自己手指里,就像芦苇秆吸水那样。

她感觉到,像所有男人关怀临盆的妻子一样,丈夫也在为她担心。一个念头在他脑子里转来转去:她闯得过去吗?她扛得住吗?他的胳膊和腿都缠在妻子身上,像是要把她永远固定在床上,不能有一点闪失。她真想对他说,你用不着担心。我们将会有两个孩子,他们都会长命百岁。不过她没说,因为人们不愿意听这样的话。

过了一会儿,她坐起来,撩开床帏,下了床。她走到窗前,把手张开放到玻璃上。树林里枝叶茂密,她想到。枝叶茂密。你感觉不到下雨。

她走到壁炉边的小桌旁,丈夫在桌上放了一些纸和一支羽毛笔。她打开墨水瓶的盖子,用笔蘸一蘸,兽爪一样的笔尖吸满了墨水。她能写字,不过写不太好,字母写得又小又密,那拼写大部分人恐怕也认不出。(这和丈夫没法比。丈夫上过语法学校，然后又受过演讲训练，能用他的妙笔源源不断地写出一串串字母，像行行刺绣。他常常熬夜伏案写作，写的什么，她不知道。他写得那么快，那么聚精会神，艾格尼丝跟不上，也认不出。）不过，她还是有能力把这个句子的大意写下来：树林里枝叶茂密，你感觉不到下雨。

艾格尼丝晃了晃炉箅子，加了几根木柴把火烧旺，再把一罐奶油和一条面包放到桌上。她吃过早点，走出前门。路上碰到面包店老板娘，聊了几句，现在正沿一条小溪走着，篮子把胳膊压得生疼。

正值五月中，阳光照着大地，呈现出瞬息万变的景象。艾格尼丝特别留意到——或者说她本能地就会看到——路边绿地上那些花花草草，有缬草、剪秋罗、犬蔷薇、酢浆草、野生大蒜和一种俗名叫河旗的植物。要是在别的时候，她肯定会俯下身去采集些花枝和花朵。但现在不行。

尽管时间还早，她还是选择沿着界篱外侧绕开农场。她不想碰见任何人，包括琼、巴塞洛缪，以及任何一个弟弟妹妹。如果被他们碰到了，他们一准儿会大呼小叫，叫来更多的人，还会派人去叫她的丈夫，他们会把她强拉进屋里。现在她最不愿去的地方就是这座农舍。树林里茂密的枝叶，这才是母亲在梦里对她说的地方。

她沿马道走着，远远望见弟弟托马斯走出房门来到院子里，还听见巴塞洛缪尖厉的狗哨声。还望见了主宅的茅草屋顶、猪圈，还有苹果储藏间的后身——她不禁微微一笑。

她走进离农场大约半英里的那片树林。此时，阵痛已经开始有规律地袭来。每痛一次，她还能喘口气，定定神，准备下一次的来袭。她不得不停在一棵大榆树旁，每当痛感从后腰发作，便用手掌撑在粗糙、凹凸不平的树皮上，这时疼痛从两腿间的深处，直向上涌，进而攫住她整个人，摇撼着她的全身。

当觉得能够承受的时候，她就继续往前走，来到了她选好的那片树林。在浓密的缠缠绕绕的树丛、灌木丛和刺柏丛中择路而行，跨过一条小溪，穿过一片唯一能为冬季染上一些绿色的冬青林，就出现了一片还算开阔的地方。这里，阳光还能穿透进来，促生了一圈圈的厚厚的羊毛般的草丛，长着蕨类的卷曲的叶片。还有一棵巨型冷杉，树干几乎与地面平行，就像故事里讲的被砍倒的巨人，它的根四下伸开，红红的树干支撑在周围较矮小的树木的枝杈上。

在原本长在土壤里的根部的下方，有一个洞，干燥，能避风雨，容得下好几个人。艾格尼丝和弟弟巴塞洛缪小时候，每当后妈琼大发雷霆或者派给他们的活儿太多的时候，就常躲到这里来。他们带着一布口袋的面包和奶酪，从树根下面爬进来，互表决心说他们要像森林里的小精灵那样，永远待在这儿，再也不回家了。

艾格尼丝慢慢坐到地上，这儿挺干燥，背风，地上是一层松针铺成的毯子。她觉得又一阵剧痛正向她袭来,越来越近,像大地上的雷声。她转过身,蹲下来,紧紧握住一条树根,张开嘴,大口呼吸——她知道必须这么做。当剧痛阵阵袭来,把她压得喘不过气来的时候,当剧痛清空了她的大脑,只留下一个愿这一切快快结束的念头的时候,她还是能意识到阵痛正在不断增强。这种疼痛非同小可,是不会轻易消退的。很快,它就会让自己精疲力竭,无力应付。是执意要将她逼出自我,翻江倒海,倒出体内的一切的。

她见过别的女人类似的经历。记得母亲的经历:是从门口看到的,是从屋外听到的。她和巴塞洛缪都被挡在了门外。继母琼每次临盆,她都侍候在身边,当弟弟或妹妹降临人世的时候用手接住,擦去他们嘴上、鼻子上的油脂和血污。她也见过邻里的女人临盆,听着她们的呻吟变为嘶喊,闻到新生儿身上那种生锈铜钱般的味道。她还见过猪、牛、羊产崽,小羊难产的时候父亲和弟弟都叫她去帮过忙。她的手指又细又长,更容易伸进狭窄、温热、湿滑的产道,把软软的小蹄子,滑腻的小鼻子和紧贴在头上的小耳朵拽出来。所以根据以往的经验,她知道她一定会顺利闯过去的,她和孩子都会平安无事。

然而,对临盆产子的严酷,无论怎样准备都算不得充分。那就像在飓风中站稳脚跟,在洪流中逆水而上,或扶起一棵倾倒的大树一样强人所难。她从未像现在这样感到自己的脆弱，感到无能为力。以前她一直以为自己是强者：能连推带拉让奶牛摆好挤奶姿势，能将一大包衣物泡到水里又洗又涮，能抱起小弟弟小妹妹，扛得起一捆兽皮，提得动一桶水，抱得起一大抱柴火。她的身体灵活有力：平滑的皮肤下都是肌肉。不过现在说这些都没用，那是两码事。面对现在这种疼痛，要想把握它，制服它，胜过它，想想自己都会笑。艾格尼丝担心，自己会被它征服。它将掐住她的脖颈，把她按进水里。

她抬起头，看见空地那头有一棵花楸树，银色的树干，小巧的叶子。她不管不顾地笑了。花楸，花楸，她念着这两个音节。秋天结出红红的果实，煮着吃，可以治胃痛，还有哮喘。要是种在门口，能为家人驱鬼辟邪。这正是她母亲的名字，尽管父亲从未说过。是她问一个牧羊人才知道的。树林里枝叶茂密……

艾格尼丝用双手支撑着上身，狼一样趴在地上，忍受着又一次的阵痛。

亨利大街的家里，丈夫醒了。他盯着上面暗红色的床帏顶看了一会儿。然后起身走到窗前朝街上望着，漫不经心地捋捋下巴上的胡子。今天下午他要去镇上，有两堂拉丁语家教课。一提起这种课，他就烦得要死，就像一走近腐尸就感到奇臭无比那样。无非是些昏昏欲睡的男孩子，写起字来吱吱响的石板，翻得皱皱巴巴的课本，还有动词、连接词的反复吟诵。今天上午，他要帮父亲送货、收货。他打个哈欠，把头伸出窗框，见一个男人拉着驴的缰绳，一个女人扯着一个哇哇叫的男孩的上衣，还有一个男孩用胳膊夹着一捆柴火朝另一个方向跑着。

他问自己，他们俩是否要永远留在这个镇上？永远不去看一看别的地方，到别的地方居住和生活？他想做的无非是拉起艾格尼丝还有他们的孩子，能跑多远就跑多远。结婚的时候他曾想，一种更丰富、更自由的生活就要开始了，可现在你看，和孩时的家、家人，和父亲还有父亲那变幻莫测的暴脾气，只不过一墙之隔。当然他明白，要等孩子出生，孩子平安降生之前一切都谈不到。但现在孩子就要出生了，他脱离家庭的计划还没个影。怎么才能远走高飞呢？难道就这样生活下去，在这个只是父母主宅的附属物的狭长小楼里勉强度日？难道就没有逃路吗？艾格尼丝跟他说过，他必须——

一想到艾格尼丝，他直起身，看看床上妻子睡的那半边，草垫上还留着压过的痕迹，现出她的体形。他呼叫她的名字，没人应，又叫了一次，还是没人应。他脑海中忽然闪过妻子近来令人惊叹的形体，他昨晚就刚刚看到过：四肢如常，鲜明的肋骨，后背上由上到下一条脊椎骨形成的沟痕，像雪地上的车辙印，再有就是身前那个圆圆鼓鼓的大肚皮，好像刚刚吞下了整个月球。

他从窗户旁边的椅子上拿起衣服,一伸胳膊穿上,脚上只穿着长袜走到房间另一头,摆摆头把长发从衣领里甩出来。肚子开始叫了,声音低沉可怖,像有条狗蹲在他身体里。楼下有面包和牛奶,麦片和鸡蛋——如果母鸡下了蛋的话。想到这儿,他不禁笑了。走过屋角的书桌的时候,眼角的余光似乎告诉他,这儿跟平时有点不一样。有点变化。他停下来。羽毛笔尖朝下羽毛朝上放在墨水台里。他一皱眉。他从来不会把笔在又黑又湿的墨水台里浸上它一夜。太浪费了,太挥霍了。也太不懂事了。

他走过去把笔拿出来,轻轻甩了甩,以免墨水滴在卷曲的纸页上。他留意到,他昨晚写的东西后面又多了一行字。

是一行字母,写得先高后低往下倾斜,就好像这句话的结尾要比开头重好多似的。他低头细看,没标点,看不出哪是句子的开头哪是句子的结尾。他认出了"枝叶"和"下雨"两个词(后者还拼错了),还有一个词是以大写的"B"开头,另一个词开头字母是"F",或者是"S"。

什么什么的枝叶是什么什么……下雨。没法看懂。他一只手把纸页展平,另一只手拿羽毛笔的末端往脸颊上蹭着。枝叶,枝叶。

妻子可从未干过这事:竟跑到他的书桌上拿起笔写字。给他的留言?是他必须弄懂的什么信息吗?写的什么意思?

他把笔放下。又叫了一声她的名字,不过喊得像是个问句似的。他走下狭窄的楼梯。

妻子不在楼下,街上也没有。是像平时那样又找牧师玩她的红隼啦? 可她现在都快临产了,怎么能走那么远? 他出了后门来到院子里,见伊莱扎正把一块布往红色染料里一下一下地蘸,母亲站在旁边。

"看见艾格尼丝了吗?"

"这样怎么行,"母亲在训人,"昨天我怎么教给你的,手指要轻,要轻。我说过。"她抬起头看见了儿子。"艾格尼丝?"她也是个问句。

婴儿活了:艾格尼丝并没意识到,直到她看见小家伙头一扭,五官紧皱大哭一声的那一刻,她是多么担心这孩子活不成啊,尽管她也有成功的预感。女婴的脸色发灰,满是汗水,表情沮丧。她把小拳头举到头两侧,大哭起来 —— 小小的一个生命竟然发出这么强而有力的声音,令人惊叹。艾格尼丝把孩子侧过身,看着羊水(这可是来自小家伙几个月来待的地方啊)从孩子嘴里流出来 —— 过去父亲接生羊羔的时候就是这么做的。孩子的嘴唇泛起了红色,然后又蔓延到双颊、下巴、眼睛和额头。刹那间,她看上去已俨然是人类的一员。再不是刚刚出生时的那个泡在水里的鱼孩子,而成了一个小小的女孩，自成一体了。她有着父亲宽宽的额头、下嘴唇和头顶上的发旋儿，而突出的颧骨和大眼睛则是艾格尼丝的。

她用空闲的一只手从篮子里取出毯子和剪刀。她把孩子放到毯子上，用剪刀去剪脐带。有谁想得到，脐带竟如此粗壮，长长的，带着条纹，正像心脏那样脉动着。婴儿诞生的色彩冲击着艾格尼丝：红的，蓝的，还有白的。

她拽了一下内衣，露出乳房，把孩子的嘴贴上去，以近乎敬畏的心情看着女儿张大嘴巴，衔住奶头，开始嘬奶。艾格尼丝笑了。一切按部就班。孩子知道应该做什么，比她自己都懂。

家里，很快是整个镇子上，都乱了套：人们抱怨之余又是恐慌又是哀叹。伊莱扎满眼含泪，玛丽在那座狭长的房子里楼上楼下地跑，嘴里不停地尖叫着，好像艾格尼丝藏进了哪个柜橱里就是不出来。我都给她准备齐了，她喊道，产房，她需要的所有东西，都备齐了。约翰在作坊里，一会儿窜出来，一会儿又跑回去，一会儿大喊，这乱糟糟的叫我怎么干活儿，一会儿又大叫，这女人究竟去了什么鬼地方。

那个叫内德的学徒被派到休兰兹农场去查看有没有艾格尼丝的消息。找不到巴塞洛缪，他一早就出去了，不过很快继母琼和几个妹妹，还有邻居和同村的人就都出来帮助找人了。见过一个女人吗，大着肚子，还提了个篮子？妹妹们沿街见人就问。但没人见过艾格尼丝，只有面包店老板娘说，看见她朝肖特里方向去了。老板娘后悔地绞着双手，把围裙一把从头上扯下来，说，怎么就让她走了呢？我当时就觉得有点不对劲儿呀。吉尔伯特和理查德被派到街上去询问路人，看有没有人知道什么消息。

那么，艾格尼丝的丈夫呢？他的任务是去找巴塞洛缪。

倒是巴塞洛缪先看见了走在农场外围小路上的姐夫，他立刻扔下扛着的大草包，大步走过去。在他眼里，这个姐夫就是个孩子，双手白嫩的镇上男孩，头发向后梳得光溜溜，一只耳朵上还挂个耳环。姐夫一看到妻弟朝自己奔来，脸都吓白了。几条狗先围了上来，在他身边又跳又叫。

"有事？"巴塞洛缪走到能相互听到的距离时问道，"她卧床待产了吗？一切都好吗？"

"嗯，"姐夫说，"现在的情况，你看是这个样子，可以说是——"

巴塞洛缪伸手抓住姐夫坎肩的前襟。"有话直说。"他敦促道，"说吧。"

"她不见了。我们不知她去哪儿了。清晨有人看见她朝这个方向来了。你见到没有？有没有什么线索——"

"你们不知她去哪儿了？"巴塞洛缪重复着，瞪起眼睛，看了他好久，手抓得更紧了。然后他以平静却带着威胁的口气说:"我想我早就说明白了。我要你好好照顾她。我说过吧? 我叫你给她最好的关照,最好的。"

"可我做到了,做到了。"这位丈夫落在小舅子手中,挣扎也没用。妻弟比他要高上一头加一肩膀,是个大块头,手掌像大碗,肩膀如橡树。

不知从哪儿,也没先兆,一只蜜蜂飞到他们中间,俩人都感觉到了面前这个嗡嗡嗡的小东西,巴塞洛缪本能地挥挥手想把它赶走,却给了姐夫挣脱控制的良机。

这位书生姐夫侧身一跳,敏捷,利落,稳稳站住了脚跟。

"你听着——"他叫道。见自己和对手有了一定的距离,他便双手架在胸前,双脚交替跳动,摆好了架势,"我并不想和你打架——"

看他这副模样,巴塞洛缪不禁要笑出声了。一个白脸书生竟要和我赤手空拳地干一场,这也太荒唐了。"谅你也不敢。"他说。

"现在我们的目的是相同的。"姐夫说着还不停地移动着脚步,"你和我。你说是不是?"

"什么目的?"

"我们都想找到她,对吧? 确保她的安全,还有孩子。"

一想到姐姐的安全,还有姐姐肚子里的孩子的安危,巴塞洛缪的火气又上来了,就像一锅要开的水。

"你知道,"他低声说,"我一直不理解姐姐为什么在那么多人中偏偏选择了你。我曾经问她：'为什么非要嫁给这个人？他有什么好？'"巴塞洛缪把牧羊杖戳在双脚间，"你知道她是怎么回答的吗？"

这位姐夫听了，站得像根直直的芦苇秆似的，双臂交叉在胸前，双唇紧咬，摇摇头，"她怎么说？"

"她说，在她见过的所有人里，你有着最深刻的内涵。"

书生丈夫目瞪口呆，好像并不相信他听到的话。他的表情既痛苦又吃惊，"她真是这么说的？"

巴塞洛缪点点头，"现在，我也不能违心地说我就理解姐姐为什么选择你了，但有一点我非常了解我的姐姐。你想知道是哪一点吗？"

"当然。"

"她的判断很少出错。不管针对的是什么。这也许是天赋，也许是祸水，看你问谁了。所以，如果她对你有这样的看法，那这种看法就可能是对的。"

"我不知道，"书生丈夫插话说，"是否——"

巴塞洛缪接着说，声音压过了姐夫，"此时此刻，对否都不重要。现在最紧要的是找到人。"

姐夫没再说什么，蹲在地上，用手抱住头。当他再说话的时候，声音有些发闷，"她离开家的时候给我留了个纸条。也许是要告诉我点什么。"

"她说什么了？"

"好像是下雨呀，枝叶呀什么的。我也搞不懂。"

巴塞洛缪看了他一两秒钟，脑子里琢磨着这两个词。下雨和枝叶。枝叶和下雨。忽地，他拿起牧羊杖，塞进腰带里。

"起来吧。"他说。

可这个弄丢了妻子的丈夫还在咕哝着，与其说是跟别人说话还不如说是自言自语。"今天早晨还在来着，怎么就不见了。"他唠叨着，"命运之神作祟，像潮水般把她冲走了。我不知怎么去找，到哪儿去找——"

"我知道。"

"——找不到她，我绝不罢休，直到——"唠唠叨叨的丈夫闭上嘴，抬起了头，"你知道？"

"是的。"

"怎么找？"书生问道，"你怎么这么快就猜到了她的心思，我这个做丈夫的都还——"

巴塞洛缪听够了他的唠叨，用靴子碰了碰这位书生。"起来，我告诉你。"他说，"跟我来。"

书生一骨碌爬起来，狐疑地看着他，"去哪儿？"

"树林里。"

巴塞洛缪把两根手指放进嘴里，眼睛还盯在书生的脸上，就吹口哨呼唤他的狗了。

当巴塞洛缪找到艾格尼丝的时候，她正在打瞌睡，迷迷糊糊，半睡半醒，婴儿就搂在胸前。

巴塞洛缪穿过一片片田野，他那几条狗跟在后面；他的姐夫也尾随而来，嘴里还嘟嘟囔囔抱怨着。巴塞洛缪找到了姐姐，正是他怀疑她会来的地方。

"哎呀，真是你，"巴塞洛缪对姐姐说着，俯身将她揽进怀里——孩子出生时留下的又脏又臭的东西，他毫不在意，"你怎么能待在这儿？"

艾格尼丝先是迷迷糊糊地挣扎了两下，然后就把头靠在了弟弟的胸口上。他发现婴儿活着，双颊一瘪一鼓的。然后就去喂奶了。巴塞洛缪默默地点了点头。

做丈夫的这会儿才赶上来，看到这场面不禁大呼小叫，又做手势，又抓头发，嘴里也没闲着，不断地说这说那，话音回荡在树林里。他说，他要背她回去，还问孩子是男是女，还埋怨她是怎么想的，怎么不说一声就一个人走了，她把人们都逼疯了，他怎么也想不到她会跑到这里来。巴塞洛缪真想给他一脚，让他住口，再把他按倒在这布满树叶、滋润潮湿的林地上，但还是忍住了。书生丈夫想从巴塞洛缪怀中把妻子拉过来，但被巴塞洛缪一挥手，像赶一只讨厌的苍蝇那样挡开。

"你拿篮子吧。"巴塞洛缪对书生说，然后一边大踏步地离开，一边扭过头加了一句，"要是觉得不太重的话。"

这场瘟疫之所以能在1596年夏天传播到英格兰的沃里克郡，是因为有相隔千里的两个人，他们的生活中发生了两件事，而这两个人又偶然相遇。

第一个是威尼斯公国穆拉诺岛上的玻璃制品工人；第二个是在一个东风吹拂、异常温暖的早晨驶往亚历山大港的一艘商船上的服务生。

在1595和1596两年之交，朱迪丝染病卧床的前几个月，这位擅长制造含有五六种颜色的玻璃彩珠的工匠，因为看玻璃厂里两伙司炉工打架，一走神的工夫手一滑，两个指头伸到了呼呼响着烧得发白的火焰上——那可是刚刚还在把玻璃熔化成可伸展、可塑胶状体的烈焰。那种灼痛太强烈了，以致他一开始都没感到。他不明白发生了什么，为什么大家都瞪大了眼睛，紧接着又朝他跑过来。一股皮肉烧焦的味道，一声鬼哭狼嚎的惨叫，人们在他周围忙作一团。

结果，当天晚些时候，两个指头被截掉了。

第二天，他的一名工友负责将红、黄、蓝、绿、紫五色小玻璃彩珠装入包装盒，他不知道那位老工匠——现在正缠着药布躺在家里，喝了罂粟糖浆，昏昏欲睡——平时都是用填充木刨花和沙子的办法防止运输途中的磕碰的，而只是捡起厂房地上的几块碎布塞进了包装盒，那些玻璃珠就像几百只警觉、责备的小眼睛狠狠瞪着他。

而就在同一时刻，在地中海彼岸的亚历山大港①，那位服务生正好就下船去了，这才有了半个世界之外的朱迪丝感染瘟疫的悲剧。他被差遣上岸，为那些累死累活、饥肠辘辘的船员们购买食品和饮料。

就这样，他离船登岸了。

他走下跳板，手里紧紧攥着那位海军军官候补生给他的钱包。临下船还被那小子在屁股上狠狠踢了一脚，所以走起路来一瘸一拐的。

和他同船的船员们正把一箱箱马来西亚丁香和印度靛青卸下来，再把一袋袋的咖啡豆和一捆捆的纺织品装上船去。

服务生在海上已经漂泊了几个星期，走在码头上，顿觉脚下坚实平稳了许多，都不大习惯了。尽管如此，他还是踉跄着朝一个看起来像酒馆的地方走过去，沿途看到一家卖坚果的小店，还有一个女人，脖子上缠着条蛇。见一个男人用金链子牵着一只猴子，他停了下来。怎么回事？因为他还从未见过猴子，各种各样的动物他都喜欢。还因为他比哈姆奈特也大不了多少，而此时哈姆奈特正坐在冬季寒冷的教室里，

---

① 埃及最大港口，位于地中海南岸。

看着老师把印着希腊诗歌的角帖书①发给大家。

亚历山大港码头上的这只猴子穿着一件小小的红色上衣,还配了一顶帽子,相得益彰。它后背弯曲,软软的,像只木偶,但脸上是有表情的,正人模人样地打量着船上来的这个男孩。

男孩来自马恩岛上的一个家庭。他看着猴子,猴子也看着他。猴子歪着头,眼睛像珠子般亮闪闪的,它轻声叫着,声音微微颤抖,缥缈动听。这让男孩想起马恩岛上的一个叔叔在聚会时吹奏的一种乐器。一时间,他似乎回到了姐姐的安产感恩礼拜仪式上,回到了表兄的婚礼上,回到了家里温馨的厨房间,母亲正在拾掇一条大鱼,唠叨着告诉他别弄脏了靴子,把衬衫前襟擦干净,吃就吃个够。那里,叔叔吹着长笛,人人都讲着他从小就熟悉的语言,没有人会对他大喊大叫,没人用脚踢他,让他做这做那。仪式过后人们还要跳舞,唱歌。

眼泪刺痛了男孩的眼睛。猴子还在盯着他看,目光充满同情和理解。它向男孩伸出了手。

猴子的手在男孩眼里既熟悉又陌生。黑黑的,油亮亮的,像皮靴上的皮面,小小的指甲,像苹果核。它的手掌和男孩一样也是有掌纹的。此刻,在码头四周叶大如掌的棕榈树下,

---

① 纸页上印上字母和数字等,嵌在木板上,再覆上透明的角片,供儿童识字用。

一股相惜相怜的情感热流正在人和动物之间涌动。男孩摸摸金链子，宛如它就套在自己脖子上；猴子也看出了孩子的伤感和对家乡的思念，看到他腿上的伤痕、手指上的水泡和老茧，以及数月来被海上无情烈日晒脱了皮的肩膀。

男孩向猴子伸出手，猴子握住。握力大得惊人：这传递着一种紧迫感，诉说着挨饿受虐之苦，表达着对好心伙伴的渴望。猴子四肢并用地爬上男孩的胳膊，登上肩膀，坐在头顶上，爪子伸进头发里。

男孩笑着抬起一只手摸了摸，看头顶上发生了什么事情。哇，头上坐了只猴子。他觉得内心涌上无数激烈的冲动：在码头上跑上一圈，大声告诉他同船的伙伴们，看，我头上是什么；回到家里一定告诉小妹妹，说，你怎么都想不到吧，我头上坐了只猴子；他要收留这只猴子，把金链子从那人手里夺过来，撒腿就跑，登上跳板，消失在大船里；然后就把这小生命搂进怀里，永不分开。

猴子的主人站起身，向男孩示意着什么。这家伙脸上除了麻点就是疤痕，一嘴黑牙，两只眼睛颜色不一，看的方向也不协调。他搓着手指，大家都看得懂，就是要钱的意思。

男孩摇摇头。猴子把男孩抱得更紧，尾巴绕在男孩脖子上。

麻脸男人冲过来抓住男孩的胳膊。又搓搓手指，钱，就是要钱。他指指猴子，再把手势重复了一遍。

男孩又是摇摇头。紧咬双唇，用手护着皮带上的钱包。他知道要是没有食物，没有啤酒，两手空空回到船上，会是个什么下场。他将重温那个军官的鞭打——在马六甲海峡上挨过十二次，在加勒港七次，在摩加迪沙十次，这他永生难忘。

"不，"男孩说，"不。"

男人冲着男孩劈头盖脸地一顿怒言恶语。这地方的人说亚历山大语，听起来十分尖厉，像被刀尖扎一样。男人伸手去抓猴子，可怜的小东西先是吱吱地叫，继而尖叫起来，凄厉而绝望，它紧紧抓住男孩的头发和衬衫衣领，小小的黑指甲在男孩脖子上留下了划痕。

男孩快急哭了，想死命护住这个新朋友。有那么一会儿，他成功地拉住了猴子的前腿，手心里满是暖暖的猴毛，但后来男人猛拉猴子脖子上的金链，猴子惨叫一声从男孩手里跌到码头的鹅卵石地上。它刚刚爬起来，被链子一拽，只好连滚带爬地跟在那人身后，呜呜哀鸣着走了。

目瞪口呆的男孩望着远去的猴子，后背拱起，屁股摇摇，唯恐跟不上主人。男孩挥手在脸上、眼睛上抹了一把，脑子里一片空白。他真希望能让时间倒回刚才那一刻，他或许可以设法让男人让步。这猴子是属于他的：大家看不出来吗？

然而，男孩所不知道的——他也不可能知道的——是猴子还将自身携带的某些东西留下了。在肌肤接触之时，它身上的三只跳蚤落在了男孩身上。

其中一只不知不觉中掉到了地上，又被男孩无意中踩死了。第二只在男孩棕色的头发里待了一小会儿，还爬到了前额上。男孩在酒馆喝了一壶本地啤酒，趁他付账给老板的时候，跳蚤机敏地跃出一条弧线，从男孩额头跳到了老板肩膀上。

第三只跳蚤没动窝，一直留在男孩脖子上系的红色围巾的褶皱里——那可是家乡情人给他的礼物。

稍后，男孩回船过夜。晚餐吃了他买回来的美味坚果和汉堡肉饼，形状就像薄饼，感觉很新奇。然后他抱起船上一只通身白色，只有尾巴上带着一条条花纹的小猫。这是他的最爱，他抱着猫儿，让它的嘴在自己脖子上蹭来蹭去。那只藏在围巾里的跳蚤这下可发现了新的宿主，马上就从围巾上跳到了小猫脖子上浓密的白毛里。

猫感到不舒服就会躲到不喜欢它的人那里去。现在，这只小猫感觉自己病了，于是凭着猫科动物的准确无误的判断力，第二天便躲到了那位海军军官候补生的吊床上。当晚，军官看见吊床上的死猫，骂骂咧咧，粗暴地把尸体翻下来，抬脚踢到了房间的另一边。

小猫躺过的地方有四五只跳蚤，其中一只来自那只猴子。这只跳蚤很机灵，一心一意要在这个世界上存活并成功。它连蹦带跳地就钻进了美梦正酣的军官候补生的腋下，这里环境潮湿，易于繁衍，正好吮吸海员那特有的掺有酒精、营养丰富的鲜血。

三天后，商船经大马士革，驶向阿勒颇。①军需官进入船长室向船长报告，军官候补生身体不适，正在下面舱里卧床休息。船长点点头，仍然查看他的海图和六分仪，根本没当回事。

又过了一天，他正站在上层甲板上，军需官报告说，那位军官候补生正在胡言论语，口吐白沫，脖子上一个肿瘤把头都顶歪了。听到这儿，船长皱了一下眉，随即命令随船医生去查看。还有，军需官又补充道，船上有几只猫死了。

船长扭过头看着军需官，面带不屑和困惑。你是说猫吗？军需官点点头，低眉顺目的，样子很恭顺。这事有点怪。

船长又考虑了一会儿，冲大海挥了挥手。都扔进海里吧。

总共三只死猫，被拎着花尾巴，扔进了地中海。那个做服务生的男孩透过舷窗看到了，直用红围巾擦眼睛。

不久他们停靠阿勒颇，又卸下一批丁香，一部分咖啡，还有几十只老鼠，它们连窜带跳地就跑上了岸。随船医生敲敲船长室的门，船长正和二副讨论天气和航线的事。

"啊，"船长说，"那个人……嗯，那个候补军官怎么

---

① 大马士革为叙利亚首都、第二大城市，位于叙利亚西南部。阿勒颇为叙利亚第一大城市，位于叙利亚北部。

样啦？"

医生搔了搔假发下的头皮，想打嗝又压下去了，"死啦，船长。"

船长皱皱眉，上下打量着这位医生。他假发歪到一边，身上一股刺鼻的朗姆酒味，"什么原因哪？"

这位更适合正骨拔牙的医生眼睛向上翻着，似乎问题的答案就写在镶着木板的低矮的船舱顶上。"发烧，船长。"他说，带着酒鬼特有的肯定语气。

"发烧？"

"可能是非洲热吧，"医生含混地说，"我的看法。他浑身发黑，一块一块的，四肢上，还有别的地方，在这么舒适宜人的地方我就不直说了。我必须下一个结论，他肯定是早就得病了，然后——"

"我明白了。"船长打断了他的话，转过身仍查看海图，对他来说这事就算处理完了。

二副清清嗓子。"船长先生，"他说，"我们将安排一场海葬。"

海军军官候补生用白布裹着，被抬到甲板上。周围的海员们用布捂着鼻子和嘴，因为尸体的味道实在太大。船长念了一小段《圣经》，他也被尸体的臭气熏得够呛，尽管已有二十五年的航海经历，参加过无数的海葬仪式。

"以圣父，"船长清晰地咬着每个音节，大着嗓门压过人群后面尽量压抑着的干呕声,"圣子和圣灵的名义,我们将此遗体安葬于大海。"

"你们俩,"他指了指身边最近的两名水手,"抬起……啊……扔进大海。"

两个水手赶紧跑过去,脸都绿了。他们抬起尸体,扔出了船舷。

地中海上波浪翻滚,立刻将尸体吞噬。

等商船接到命令要装运来自北方的一批皮货而停靠君士坦丁堡①的时候,船上的猫已全部死光,鼠患成灾。二副向船长报告说,老鼠咬穿木箱,偷吃了作为船上配给食品的肉干。今天早晨在厨师居住的舱区就发现了十五六只。二副两眼凝视着舷窗外的地平线,报告说,船员们情绪低沉,一夜间便病倒了好几个。

又有两个海员病死,接着是第三个,第四个。都是非洲热,脖子肿大,皮肤发红、起泡,局部变黑。船长不得不在拉古萨②临时停靠,以便招募更多的船员。但这些人既无人推荐也无人介绍,这种匆忙马虎的做法可是航海管理的大忌。

这些新船员目光贼滑,牙齿参差不齐。他们自成小圈子,寡言少语,只讲某种波兰话。马恩岛上来的老船员们头一眼

---

① 今土耳其伊斯坦布尔。
② 今克罗地亚东南部港口城市杜布罗夫尼克。

看见他们就不信任，对他们不理不睬，也不愿和他们住在一起。

不过，这些波兰人很会捉老鼠。他们拿这个当游戏。绳子上挂上诱饵，再拿把大铁锹候在一旁。当这些小东西哧溜哧溜地钻出来，拖着大肚皮，对着船员们的配给食物大快朵颐的时候撑的，波兰人便跳将起来，又喊又唱地把它们砸个稀巴烂，脑浆、内脏溅到舱壁和天花板上。然后他们把老鼠尾巴砍下来，挂在腰带上，把一个装着清澈液体的瓶子传递一圈，一人喝上一口。

真让人恶心，船舱另一头一个马恩岛老船员看了，对服务生男孩说，你说是不是？说完，他用手在脖子、肩膀上拍打起来，那上面爬满了跳蚤。该死的老鼠，他自言自语般地骂道，然后在吊床上翻了个身。

到了威尼斯港，他们并不打算久留——船长巴不得快点将货物运到英格兰，拿回酬金，结束这倒霉的航程——但他还是趁卸货装货的当口儿，差遣服务生男孩上岸去弄几只猫来。男孩连蹦带跳，迫不及待地跑下船；他太想离开这条船了，这里挤挤插插，舱里天花板那么低，老鼠到处窜，还有发烧的，有死亡的，到处臭烘烘。今天又有两个人发烧卧床不起了，一个跟他一样来自马恩岛，另一个是波兰人，他那条缀着老鼠尾巴的皮带就挂在他身边。

威尼斯，男孩第一次出海时就来过。正如他记忆中的那

183

样，这是个新奇、万象杂陈的地方。一半海水，一半陆地；房屋的台阶被碧绿的海水拍打着，窗户被摇曳的烛光辉映着；这里没有街道，只有纵横交错、宛如迷宫般的小巷，还有那拱形的小桥。这里，很容易迷路，在雾中，在呈多边形的广场上，在高耸的房屋之间和教堂的钟声里。

他站在码头上看了一会儿。船员们正来来往往拉运木箱和麻袋，大呼小叫的，有马恩语，有波兰语，也有英语。一个威尼斯人推着一辆装满盒子的车朝人群走来，他也开始喊叫，是威尼斯语。他向船员们做着手势，指指大家，又指指他的货物。男孩注意到，他握在车把上的手缺了两根手指，手的其余部分皱皱巴巴，像烧熔了的蜡烛，看着很怪。他招呼着船员们，用那只好手指指船，又指指他的木盒子。男孩看到手推车就要向一侧翻倒了，那样那些小盒子就会撒满一地。

他一个箭步冲上去，把车子扶正，向惊愕的残手人笑笑，然后又箭一般跑开了。因为他看见一个卖鱼的摊位下，有几张长着胡须的方形的猫脸。

他们俩都不知道的是，来自亚历山大猴子身上的那只跳蚤——一周来它一直寄生在一只老鼠身上，再往前则是那个在抵达阿勒颇前已去世的厨师身上——从男孩身上一下就跳到了残手玻璃工匠的袖子上，接着又爬到他左耳耳垂后咬了一口。不过他并没感觉到，因为雾蒙蒙的运河上空气清凉，他的神经末梢感觉迟钝。再者他也急于把他这些玻璃珠装到船上，拿了钱，赶紧返回穆拉诺，还有许多订单等着呢。在他离开的这段短短的时间里，那几个司炉工一准儿又干起架来了。

等到商船绕行西西里岛的时候，二副已被非洲热击倒，手指黑紫，高烧不退，大汗淋漓，汗水顺着吊床的绳结流到地板上。在那不勒斯港外，大家把他和另外两个波兰人一起海葬了。

那几只来自威尼斯港的猫，不捉老鼠的时候便本性毕露，爱到货舱睡觉，特别是趴在穆拉诺港装船的那些木盒上——盒子的木头面，捆盒子的绳结以及用粉笔写的威尼斯文记号，似乎对它们都有明显的吸引力。

航行期间人们一般不去货舱，所以一旦猫死了——它们真的一个接一个地死掉了——它们的尸体就会留在盒子上，没人会发现。病猫身上的跳蚤爬到它们带条纹的尾巴上，又跳进木盒里，躲到用来包裹那些五彩缤纷的玻璃珠的破布条里（这正是玻璃工匠的那位工友塞进盒子里的那些布条，现在工匠师傅已回到穆拉诺，不过工厂停工了，因为很多工人都患上了一种神秘的恶性热病）。

在巴塞罗那，剩下的几个波兰人辞职离船，消失在码头的人群中。船长咬咬牙，告诉船员们尽管大家已精疲力竭，航行还是要继续，必须将丁香、纺织品和咖啡等货物运到目的地，必须立即启航。

船员们执行了船长的指令。先抵达加的斯，又到波尔图，再到拉罗谢尔，①其间又有减员，然后向北抵达康沃尔。等商船到达伦敦的时候，就只剩下五名船员了。

服务生男孩找到一条驶往马恩岛的船，那条曾经是红色的围巾还系在他脖子上，唯一存活的威尼斯母猫夹在他的腋下；另外三名船员去了伦敦桥远端的一个酒馆；船长则叫了一辆马车回家看老婆孩子。

船上的货物被卸下暂存海关，然后陆续发往伦敦各地：丁香调味品、纺织品和咖啡发给商家出售，绸缎发往皇宫，玻璃制品发给柏蒙西的一个商贩，成包的布料发给阿尔德盖特的布料商和男装店。

至于穆拉诺岛上那个玻璃工匠师傅受伤前制作的那一盒盒的玻璃珠，先是在仓库的货架上躺了差不多一个月。然后，一盒给了舒兹伯利的一位裁缝师傅，一盒发去了约克，还有一盒给了牛津的一个珠宝商。最后的一盒，也是这批货中最小的一个盒子，里面的玻璃珠还用威尼斯玻璃厂地上随便捡起来的几块破布包着，由一个信使送到了城市北部的一个客栈。在那儿又停留了一周。后来被客栈老板拿出去，连同一包信件和一包装饰用的花边交给了骑马赶往沃里克郡的一个

---

① 加的斯为西班牙西南部港口，波尔图为葡萄牙北部港口，拉罗谢尔为法国西部港口。

男人。

玻璃珠装在马鞍上的皮囊里，马一走起来就发出嗒嗒嗒的声响。六色玻璃珠在盒子里转来转去，相互摩擦着。男人骑马走了两天，暗自纳闷这包得严严实实的小盒子里究竟装的是什么，怎么会发出这么细小而清脆的声音。

有两个玻璃珠被其他玻璃珠压碎了，五个珠子的表面出现了划痕，无法修复。比较重的玻璃珠随着盒子的颠簸就慢慢跑到盒子底部去了。

这时，破布条里饥肠辘辘的跳蚤可就爬出来了，码头仓库里没有宿主的日子已把它们弄得精疲力竭。不过，它们很快就缓过来又恢复了元气，在人和马之间蹦来蹦去，然后又跑到盒子外面，见人就往身上跳——送给骑马人一品脱牛奶的女人，一个走过来在马身上拍了拍的孩子，还有就是路边酒馆出来的一个年轻人。

待到骑马人抵达斯特拉特福的时候，跳蚤早就繁衍起来，衬衣缝里，马鬃里，马鞍的针脚里，花边的金银丝线和编织图案里，当然还有包装玻璃珠的破布里，到处都有虫卵。这些虫卵已经是猴子身上的那几只跳蚤的重孙子辈啦。

他把信件、花边和一盒玻璃珠交到镇郊一位客栈老板手里。信件由一个男孩一件件送抵收件人，得一个便士。（其中一封信正好送到亨利大街，因为有一家人的大儿子在伦敦工作，写来了家信。说他如何从台阶上摔下来扭了

187

手腕,还讲到房东家的狗,以及他们即将一路巡演到肯特郡的一出话剧。)一两天后那包花边被伊夫舍姆来的一个女人取走了。

骑马人掉转马头返回伦敦,一路骑行觉得有些不舒服:腋下有个痛点,不敢触碰。但他也没在意,还是继续赶他的路。

那盒玻璃彩珠由同一个男孩送到伊利大街的一个女裁缝手里。一位商会会员的妻子订制了一件礼服,在秋收庆典仪式上穿。据说这位夫人去过伦敦到过巴斯,着装品位颇高。她告诉裁缝,礼服的上半身必须用威尼斯的彩珠装饰,不然礼服对她来说便毫无价值,一文不值。

于是女裁缝到伦敦,又到威尼斯订购,然后就等啊等。夫人很着急,担心彩珠不能及时到货。他们又写信到伦敦催促,却没回音。可现在竟然就在眼前了。

女裁缝从窗口伸出手接过男孩手中的盒子,正要打开,邻居家的小女孩朱迪丝从门口跑了进来。这孩子常来打打下手,帮助干点缝缝剪剪,清理彩线头的零活。

女裁缝把手中的小盒高高举起,叫了声,"看,这是什么?"小姑娘看上去比她的实际年龄还要小些,天使般美好,性格也可人。

女孩拍着双手,"威尼斯彩珠?真的来了?"

女裁缝笑了,"我看是的。"

"我能看看吗？能看看吗？我等不及了。"

女裁缝把盒子放在柜台上，"不只是看看。你来打开盒子，把里面的破布条都清理出来。用那边那把剪刀。"

她把彩珠盒子交给朱迪丝，孩子的小手灵活而麻利，脸上洋溢着笑容。

苏珊娜一岁的时候，夏日午后。艾格尼丝留意到房间里出现了一种新的气味。

当时她正用小勺喂苏珊娜吃饭。宝宝吃一口，再吃一口，勺子送进急巴巴的小嘴时是满满一勺粥，等从嘴里抽出来就已被舔得一条条的，闪闪发亮了。苏珊娜坐在桌角一把椅子上，屁股下垫着好几层垫子。艾格尼丝用一条打了结的头巾把孩子系在椅子上。孩子全神贯注，小手握成小拳头，像蜗牛的壳，眼睛紧盯着一会儿移到嘴边一会儿又回到碗里的勺子。

"Dat[①]。"孩子叫道，嘴里露出四颗洁白的小牙，排成一排，都在下牙床上。

艾格尼丝也学孩子那样叫着。她发现自己越来越离不开这个孩子，目光一刻也不愿从女儿的脸上移开。看着女儿玫瑰花瓣一样的小耳朵，像扇动的翅膀一样的细细的眉毛，和如同用笔画上去的贴在前额上的乌黑的头发，她怎么还有心思去看别的东西？对她来说，没有什么能比女儿更让她倾

[①] 即"that"（那）。

心：世上不会存在比这更为完美的生命了，哪儿都没有，永远不会有。

"Deet①。"苏珊娜叫着，身子熟练而利落地向前一蹿，伸手就抓住勺子，把里面的粥洒了一桌子，还溅到自己胸前、脸上，还有母亲的裙子上。

艾格尼丝赶紧找了块抹布，擦着桌子、椅子，还要擦擦苏珊娜那张不信任的脸，安抚即将爆发的大哭大闹。这时，她无意中抬起头，四下闻了闻。

那是一股很重的，湿乎乎的酸味，像放坏了的食物或几个月没晾过的床单。这种味道她从未闻到过。如果这味道有颜色的话，那一定是灰绿色。

她手里拿着抹布，转过脸又看看女儿。苏珊娜拿着小勺，有节奏地往桌子上敲，敲一下眨一下眼，噘着小嘴唇，好像这种敲击就是需要全神贯注才行。

艾格尼丝闻闻手中的抹布，又四下闻了闻。再把鼻子贴在袖子以及苏珊娜的罩衫上闻闻。她在屋子里走了一圈。什么味儿呢？ 像枯死的花朵，像在水里淹了太久的植物，像一塘死水，又像潮湿的青苔。难道屋子里有什么东西潮湿发霉了？

她看看桌子下面，担心吉尔伯特那几只狗拖进来过什么

---

① 即"eat"（吃）。

东西。她跪下来看看箱子底下。她双手叉腰站在屋子中央,深深吸了一大口气。

忽然,她领悟到两件事。她不知道自己是怎么悟到的,但就是悟到了。艾格尼丝从不怀疑自己这种顿悟,这种突然明白了什么的时刻。她接受这些信息就像一个人接到意外的礼物,感激地一笑,惊喜而颇感荣幸。

首先,她觉得自己怀孕了。今年冬末家里又要添一个孩子。艾格尼丝一直知道她会有几个孩子。她早就预测到:在她临终的卧榻边将站着两个亲生的孩子。现在,这第二个孩子来了,已初步显露迹象,孩子正在萌生。

其次,她明白这味道,这腐败的气味,并非实际存在。它只是意味着什么。是一种征兆 —— 家里要出事,什么地方不对劲了,不正常了。她觉得那东西正在什么地方滋长着,发展着,就像冬天墙皮上长的黑霉。

这两个预感本质上有些对立,她十分不解。她感到自己被朝两个方向拉伸着:将添一个孩子,好事;腐臭的味道,坏事。

艾格尼丝又走回桌子前面。她第一个也是唯一担心的就是她的女儿。这种让人伤感的、不为人知的气味是来自孩子身上吗?她把脸贴在孩子暖乎乎的小脖子上吸了一口气。是孩子吗?是自己的女儿正受到正在聚集的某种神秘力量的威胁吗?

苏珊娜尖叫起来,妈妈,妈妈。被人如此关注,她不知出了什么事,用两只胳膊紧紧抱着艾格尼丝的脖子。艾格尼丝觉得孩子想搂住自己,但手臂太短了,搂不过来,只好拼命用手指抓着母亲的肩膀。

艾格尼丝像狗追踪猎物一样用两个鼻孔在女儿身上闻来闻去,恨不能把孩子的精髓都吸出来。她嗅到了孩子皮肤上的梨花香味,头发那暖暖的味道,还有床单和粥的味道。别的也没什么呀。

她抱起女儿圆鼓鼓的小身体,说,我们要不要找片面包倒杯牛奶呀,但心里却想着肚子里蜷缩着的坚果一样的小生命,想着苏珊娜会多么爱它,他们会怎样一起玩耍,那将是苏珊娜的小巴塞洛缪,是永远的朋友、伙伴和同盟。是男孩还是女孩?艾格尼丝问自己,怪了,这回她竟感知不到答案是什么。

她把苏珊娜放在脚边,切了一片面包,抹上蜂蜜。现在她坐在桌子前面,把孩子抱在大腿上,因为她想让孩子靠近点,就待在自己鼻子底下,唯恐那种气味,那种躲在暗处的什么东西侵犯孩子。艾格尼丝不停地说话,为的是把孩子的注意力都吸引到自己身上,以免受到这个世界的伤害。孩子听着母亲嘴里发出的一连串的词语,捕捉到几个她知道的单词,随着大声说出来:面包、杯子、脚、眼睛。

她们还唱起了歌:鸟儿筑巢,蜜蜂嗡嗡叫。这时苏珊娜的父亲从阁楼上走下来。艾格尼丝注意到，丈夫拿了杯子，端起水壶倒上水，喝了一口，两口，又一口。然后绕过她们娘俩，一屁股坐进对面的椅子里。

艾格尼丝看看他，感觉自己在吸气，呼气，又吸气，又呼气，就像风中的一棵树，树冠时而胀大，时而缩小。那种酸酸的潮乎乎的味道又来了，而且比刚才还强烈。就在她们面前，就是从丈夫身上飘过来的，像烟雾一样，在他头顶上聚成灰绿色的云团。云团协同那种气味如影随形般跟着他，似乎把他罩了起来。那雾气似乎就是从他的皮肤里冒出来的。

艾格尼丝打量了一下丈夫，觉得没什么异常。也许是没看出来？大胡子遮掩下的脸庞，羊皮纸一样白里透黄；眼睛似睁似合，下眼皮黑紫。好像是在盯着窗外看，但实际并没有。他似乎对眼前的东西视而不见。他的另一只手什么也没拿，懒懒地放在他们之间的桌子上。他简直纸上画的一般，厚度不过一层画布，后面空无一物。他的灵魂似乎被吸出了身体，或在夜里睡觉时被人偷了。

这怎么可能就发生在她眼皮子底下？他怎么就成了这个样子，没有先兆，她也就没看出来？出现过什么迹象吗？她极力回想着。的确，近来他的觉比平时多，晚上和朋友在外面喝酒的时候也比较多。他已经好久没在临睡前凑着床边的烛光念书给她听了，最近一次是什么时候她已记不得。近来晚间他们还在炉边长谈吗？她觉得还是有的，很可能就是比以前少了。不过考虑到她自己很忙，忙孩子，忙家务，还得管理菜园，招呼窗口的顾客，而丈夫下午要去做家庭教师，上午要听父亲差遣。她曾想，我们所有人都在被生活裹挟着一起向前走。眼下就成了这样。

苏珊娜还在唱歌，小手拍着巴掌。手背的关节上印着一个个深深的小窝。歌儿反复唱着，同样的四个音节，同样的调子，一遍又一遍。当父亲的显然不爱听，只见他皱皱眉，用手捂住了一只耳朵。

艾格尼丝也皱起双眉。她想到肚子里的孩子，蜷缩在羊水里，正听着外面的一切，呼吸着这污秽的空气；她感觉到苏珊娜那暖暖的小身体压在大腿上的分量；她想到丈夫身上散发出的腐臭的灰色雾气。

是他们的婚姻、孩子和婚后生活导致了这种局面吗？还是他们在这个房子里筑起的这个家正在以这种方式把生命的活力从丈夫身上抽走？她不得其解。这些念头让她十分恐惧。丈夫目前这种状态，还能把肚子里孕育着新生命的事告诉他吗？那只能使他更为忧郁，而她决不忍看到丈夫对自己的好消息的回应是悲伤，或是除欣喜之外的任何反应。

她唤了一声丈夫的名字。没反应。又叫了一声。他抬起下巴看看她，那脸色着实让艾格尼丝感到恐惧：苍白、浮肿、胡子邋遢。他怎么成了这个样子？怎么回事？自己怎么就没注意到这种变化呢？她是没看见呢，还是视而不见？

"你不舒服吗?"她问丈夫。

"我?"他好像过了好久才听清妻子的话,才回了一句,"没有啊。干吗这么问呢?"

"你看上去可不太好。"

他叹了口气,用手抹了一下额头和眼睛,"是吗?"

她站起身,把孩子抱在胸前。她摸摸丈夫的额头,像青蛙的皮一样湿乎乎,凉飕飕的。丈夫烦躁地甩甩头,拨开了她的手。

"一切都很好。"丈夫说。他咬字很重,就像往外吐着一粒粒的石子,"别大惊小怪的。"

"有什么烦心事吗?"苏珊娜已经开始小腿儿乱蹬,意思是让母亲关注她,她要继续唱歌。

"没事,"他说,"我只是累了。就这么回事。"说着站起来,椅脚擦得地板吱吱直响,"我再上床躺会儿。"

"你不吃点东西?"艾格尼丝问,她上上下下颠着孩子,让她别闹,"吃块面包? 抹点蜂蜜?"

他摇摇头,"我不饿。"

"别忘了你爸爸让你早点去——"

他不耐烦地挥挥手打断了她的话,"让他派吉尔伯特去吧。今天我哪儿都不去。"他朝楼梯口走去,脚步拖曳,像一堆好久没洗的破布,带着一股晦气,"我得睡一会儿。"

艾格尼丝看着他上楼,是拉着扶手一步步往上走。她又回头看看女儿圆圆的、聪慧的黑眼睛。

"唱歌吧，妈妈。"孩子提出了建议。

夜深人静的时候，她轻声问他，出了什么事，有什么心思，要不要帮忙？她把手放在丈夫胸口上，感到他的心在自己的手心里跳动着，似乎也在提出同一个问题，但得不到回答。

"什么都没有。"他回答。

"肯定有事。"她说，"你就不能说说吗？"

他叹了口气，胸口在妻子的手掌下一起一伏。他烦躁地拽拽被子，把两腿换了换位置。她感觉到丈夫和自己皮肤间的摩擦，感到被子被不停地拉动。床帏把他们罩在里面，形成一个二人共眠的洞穴，女儿苏珊娜睡在床垫上，胳膊朝两侧伸开，嘴嚼着，头发贴在双颊上。

"是不是……"她试探着说，"……那你……你是后悔我们……结婚？是这样吗？"

他翻身面对着妻子，好像这么多天以来这还是头一次，他的表情又痛苦又吃惊。他紧紧握住妻子的手。"不是，"他说，"绝对不是。你怎么会这么说呢？你和苏珊娜是我生命的全部。其他什么都不重要。"

"那你这是怎么了？"她问。

他把妻子的手拉到唇边，一个指尖一个指尖地吻着。"我也不知道,"他回答,"没什么。精神有点压抑。有点抑郁吧。不算什么。"

她正似睡非睡的时候,丈夫说,或者好像说了句,"我迷惘。我丧失了方向。"

他向妻子身边凑了凑,搂住了她的腰,似乎是怕她被潮汐般的大浪卷走。

接下来的一段时间,她就像大夫观察病人一般细心观察着丈夫。她看到他是如何夜不能寐而清晨又赖床不起的,正午起身后又是何等地没精打采、面色苍白、萎靡低沉。他身上的气味愈发明显,那种酸臭难闻的气味已经渗透到他的衣服里、头发里。他父亲常常跑到门外,大喊大叫,让他赶紧起床,开始一天的工作。她明白,她——艾格尼丝,此时必须沉静自若,必须做强自己,只有这样才能让这个家平稳航行,不被当前的晦气压倒,闯过难关;才能保护苏珊娜不受伤害,才能堵住自己身上的裂缝,不让晦气侵入。

她看到丈夫外出教课的时候,总是脚步拖沓,唉声连连。她看见每当弟弟理查德放学回家,丈夫总是出神地望着窗外。她看到丈夫是这样满脸怒气地和父母坐在餐桌前,用一只手摆弄着食物和盘子。她看到当父亲赞扬吉尔伯特如何与皮革厂的一名工人做交易的时候,丈夫伸手去拿啤酒壶。她看到埃德蒙走到丈夫身边,把头倚在他袖子上,小弟弟要用头顶他好几下,这位大哥哥才注意到小弟弟来找他了。她注意到丈夫把孩子抱起放到膝上的时候那心不在焉、无精打采的样子。她看到埃德蒙两眼紧盯着哥哥的脸,小手摸着满是胡茬的面颊。她还看到,埃德蒙是家中唯一一个留意到大哥哥有些反常的人。

她看到不管是家里那只猫噌地跃上饭桌,风把门砰的一下关上,还是有人啪的一声把盘子重重地放在桌子上,丈夫要是坐在那儿,总是吓得一激灵。她看到父亲约翰怎样拿他撒气,冷言相讥,还撺掇着大弟弟吉尔伯特也这么干。当丈夫把啤酒洒到桌布上时,父亲冲他喊:没用的东西,倒杯酒都倒不好,嗯,嗯,吉尔伯特,你都看见啦?

她看到,丈夫头上的阴云越发晦重,积聚着越来越可怖的臭气。她真想伸手越过桌面去碰碰他的胳膊,说一声,有我在呢。但又怕自己的话不够分量,怕自己充当不了医治丈夫无名痛苦的良药,那可怎么办?她生平第一次发现自己想帮助别人又力不从心,不知如何是好。再说,在这儿,在饭桌上,她也没办法伸过手去,他们俩之间隔着那么多盘子、杯子、还有蜡烛,而且伊莱扎正站在那儿清理盛肉菜的盘子,玛丽也正在将一块块孩子的小嘴根本容不下的肉块往苏珊娜嘴里送。这么一个大家庭,有多少事要做,多少事要关照,人多嘴杂,要求迥异。艾格尼丝一边收拾盘子一边想,如果那个人能像塞紧塞子的瓶子那样把情绪封住,感情内敛,保持沉默，那自己对他的痛苦和郁闷也可以视而不见，那不难做到。但瓶内的压力会不断增加，越来越大，越来越大，直到——直到什么？

艾格尼丝也说不清。

他一个劲儿地喝酒，直到深夜，不是和朋友，而是独自坐在卧室的桌子前。他把羽毛削成笔，一支又一支，但没一支好的，他自己说。这支太长，那支又太短，再削一支又握着太细。这些笔不是把纸划裂、划破，就是字迹模糊或造成污点。想要拥有一支好用的笔难道是非分之想吗？一夜，艾格尼丝醒来刚好听到丈夫这么喊叫着，把墨水瓶还有别的什么都一股脑儿摔到墙上。苏珊娜吓得大哭。她当时都认不出丈夫了，只好把哇哇叫的孩子搂到自己一边。丈夫满脸怒气，头发散乱，声嘶力竭；墙上一片墨迹，像地图上的岛屿。

第二天早晨，丈夫还在睡觉，艾格尼丝把孩子系在背上，踏上了通往休兰兹农场的小路。半路停下来采集了一些羽毛，还有罂粟花和几把荨麻。

她循着砰砰的敲击声找到了弟弟巴塞洛缪。他就在最近的一个羊圈那儿，正挥舞着大锤把一根篱笆桩打进土里：砰砰，啪啪。这是为刚下的羊羔准备的新圈。她知道，这种活儿弟弟本可以让其他人干的，但他自己就是个打篱笆的好手：他身高力大，干起活儿来又不惜力气，不干好绝不罢休。

见艾格尼丝走近了，他把锤子放在脚下，擦擦脸，看着姐姐走过来。

"看我给你带了什么。"艾格尼丝挥了挥手里的一大块面包和一包奶酪。这是她在亨利大街的家里亲手做的，牛奶都用平纹细布精心过滤。

巴塞洛缪点点头，接过面包，咬一口，大嚼起来，但眼睛一直没离开过姐姐的脸。他微微提起姐姐的帽子，用一根手指摸了摸她睡意蒙眬的面颊，然后又一直盯着姐姐看。她冲弟弟笑笑；弟弟仍旧大口嚼着面包。

"挺好？"他终于开口了。

"挺好。"艾格尼丝回答，"没什么大不了的。"

巴塞洛缪用牙齿撕下一块面包皮，"跟我说说。"

"只是……"艾格尼丝耸耸肩颠了颠背后的孩子，"……他睡不着觉。一夜一夜地睁着眼，早晨又起不来。他不快活、脾气大，很少说话，除非和父亲吵架。他心事重重，压得透不过气。我真不知该怎么办。"

正如艾格尼丝事先预料的那样，巴塞洛缪认真思考着姐姐的话，头侧向一边，眼睛凝视着远处的什么东西。他嘴里还在嚼着面包，双颊和太阳穴上的肌肉一紧一紧的。他把剩下的面包和奶酪塞进嘴里，仍然没说什么。等把面包都咽下去了，他舒了口气，弯腰拿起大锤。艾格尼丝赶忙闪到一旁，免得他挥动大锤的时候碰到。

他接连两下打在木桩头上,又准又狠。木桩似乎在颤抖,在退缩,一下矮了不少。"一个男人,"他说着朝木桩又砸了一下,"总是需要工作的。"他又挥起了大锤,朝木桩砸下去,"适合自己的工作。"

巴塞洛缪用手试试木桩,发现已打得很牢,便朝下一个已微微嵌进土里的木桩走过去。"他有知识,"说着又挥起大锤,"他这个人,学问有余,理智不足,需要做点事稳住自己,找到生活的目标。整天给爸爸跑腿,当当家教,他不能再这样下去。这么有才华的一个人,早晚会疯掉的。"

他伸手摸摸一根木桩,好像还不大合他的意,因为他又抓起了大锤,一下,两下,把木桩又往下砸了砸。

"我听人说,"他低声说,"他那爸爸亲爱打人,尤其对你这个拉丁小子,动不动就拳脚相加。是真的吗?"

艾格尼丝叹了口气,"我没亲眼看到过,但不怀疑。"

巴塞洛缪刚要挥起大锤,又停住了,"他没跟你发过脾气吧?"

"没有。"

"跟孩子呢?"

"也没有。"

"他要是对你和孩子动过一个指头,"巴塞洛缪说,"哪怕是想打没打,也要——"

"我知道,"艾格尼丝打断他,笑了笑,"我看他不敢。"

"嗨，"巴塞洛缪咕哝着，"我谅他不敢。"他放下大锤，走到码成一堆的木桩前，挑了一根，用手掂掂分量，又举到眼前查看它的形状。

"真是难为他了。"他说，眼睛也没看姐姐，"生活在那么粗暴的一个人的阴影里，尽管并不住在同一栋房子里。连出气都不顺。很难找到生活的道路。"

艾格尼丝点点头，说不出话。"我以前没认识到，"她低语道，"没意识到情况有这么糟。"

"他需要工作。"巴塞洛缪又说。他扛起木桩，走到姐姐跟前，"他最好能离他爸爸远点。"

艾格尼丝转过脸去，看看小路，看看那条躺在树荫下、粉红大舌头吐出老长的狗。

"我一直在想，"她说，"要是建个分店，也许约翰会有兴趣。比方说在伦敦。"

巴塞洛缪抬起头，眯起眼睛。"伦敦。"他重复了一遍，声音在他舌头上滚动着。

"把他的买卖扩展到伦敦。"

巴塞洛缪顿了顿，摸摸下巴。"我明白了，"他说，"你是说，约翰就会派个人去那儿住一段时间。派个他信得过的人。比方哪个儿子。"

艾格尼丝点点头。"暂时住一段儿。"她说。

"你跟他一块儿去？"

"当然。"

"你要离开斯特拉特福镇啦?"

"一开始不走。要等他安顿下来,有了房子,然后带着苏珊娜一起去找他。"

姐弟俩对视了一会儿。艾格尼丝背上的孩子动了动,抽泣了一声,接着又睡着了。

"伦敦不算远。"巴塞洛缪说。

"没错。"

"好多人去那儿找活儿干。"

"也没错。"

"那里可以找到一些机会。"

"是的。"

"为他自己,也为生意。"

"我想也是。"

"他可以为自己找个工作。摆脱他爸爸。"

艾格尼丝伸手摸了摸弟弟手中拿着的木桩的断头,用一根手指沿着上面的圆圈划着。

"我想这种事约翰是不会听一个女人的。如果哪位在生意上有共同利益,有股份的合伙人能让他接受这个想法,而且要听上去就是约翰自己的想法,那……"

"这个想法就成了。"巴塞洛缪替她把话说完,把手放在姐姐胳膊上。"那你怎么办?"他压低声音说,"你不介意他……他要自己先去？不是一时半会儿就能安顿好的。"

"当然介意。"她说。"非常介意。但有什么办法呢？他不能再这样下去了。如果去伦敦能让他摆脱苦恼，那正是我想要的。"

"你可以回农场来，"他冲着农场挑挑大拇指，"同时，你和苏珊娜，这样——"

艾格尼丝摇摇头，"琼是不会同意的。而且我们就要增加人口了。"

巴塞洛缪一皱眉，"你说什么？又要生孩子了？"

"是的。今年冬末。"

"你告诉他了吗？"

"还没有。先不说，要等事情都安排妥当了。"

巴塞洛缪点点头，少有地冲姐姐咧开大嘴笑了，一条粗壮的胳膊搂住了姐姐的肩膀。"我就去找约翰。我知道他在哪儿喝酒。今晚就去。"

艾格尼丝坐在床垫旁边的地板上,手里拿着一块布,紧挨着朱迪丝。她已经坐了整整一夜,没起身,没吃,没睡,没休息。玛丽能做的也就是让她喝几口水。壁炉里的火很旺,烤得艾格尼丝双颊上起了一个个小红点;几缕头发从包头帽里跑出来,湿乎乎地乱贴在脖子上。

玛丽在一旁看着艾格尼丝把手中那块布在一只水碗里蘸蘸,然后再擦拭朱迪丝的前额、手臂和脖子。嘴里还跟女儿嘟囔着什么,是很轻柔的安抚孩子的话。

玛丽不知道孩子是否能听到她说了些什么。孩子的烧一直没退。脖子上的肿包已经很大,紧绷绷的,像要胀破。那可就都完了。孩子会死去。玛丽明白。可能就在今夜,在最黑暗的时候,因为对病人来说那是鬼门关。或许是明天或后天,但那一定会来的。

现在他们已经无计可施。她的三个女儿就是这么没的,其中两个还是婴儿。朱迪丝就要离大家而去,家里再没有了朱迪丝。

玛丽看到,艾格尼丝紧握着孩子细弱的手指,似乎在努力将她留住。她要保住她,把她拉回来,就凭自己坚定的信念，只要能做的她都要做到。玛丽理解这种欲望——她深有同感；她亲身经历过；她的本能如此，不论是现在还是将来。就在这张床垫前，她也做过母亲，也曾一次又一次地坚持，竭力保住自己的孩子。可一切都是徒然。给了你的，也会从你身边夺走，不定什么时候。残酷和毁灭就等在前面，藏在箱子里，门后面：它随时都会像强盗或土匪一样向你扑过来。关键在于不要放松警惕。千万不要以为你是安全的。别以为你的孩子心脏在跳，嘴在嘬奶，口鼻在呼吸，在走，在说，在笑，在吵，在玩，这就天下太平了。一刻也不要忘记，他们会消逝，会从你手中被夺走，一眨眼的工夫就会像蓟种子的冠毛那样随风飘逝。

玛丽感到眼里积满了泪水，喉咙一阵发紧。看着眼前的朱迪丝，发辫依旧，下巴脖子曲线依然。可怎么就不能再活下去了呢？用不了多久，她和艾格尼丝就将为孩子擦净遗体，梳理发辫，准备入葬了。这可如何让人接受呢？玛丽赶紧扭过头去，抓起一把水壶，拿起一块布、一只盘子，放到桌上，又拿下来。

伊莱扎坐在桌前，一只手托着腮帮，小声说："我得写信了。您看呢，妈妈？"

玛丽朝床垫瞥了一眼，见艾格尼丝低着头，像是在祈祷。整整一天，艾格尼丝一直拒绝伊莱扎给孩子的父亲写信。她不住地说，一切都会好起来的。她只是更加狂躁地捣着草药，让孩子喝下酊剂和汤剂，往孩子皮肤上涂抹药膏。我们还是别打扰他，没有必要。

玛丽回头看看伊莱扎，很快地点了一下头。她看着伊莱扎走到柜橱前，拿出墨水、纸和笔。哥哥在家的时候，这些东西就是放在这里的。伊莱扎坐在桌前，把羽毛笔往墨水里蘸了蘸，稍微犹豫了一下，便提笔写道：

亲爱的哥哥，

　　我很遗憾地告诉你，你女儿朱迪丝病重。我们觉得，她已时日不多。如可能，请速回家。尽快。

　　愿上帝祐你速归，最亲爱的哥哥。

爱你的妹妹
伊莱扎

玛丽把封蜡凑在蜡烛上化开，然后和伊莱扎一起把蜡油滴在折叠的信纸上，伊莱扎再把哥哥的地址写在信的正面。玛丽拿起信，来到旁边楼里自己的住房。她要找一枚硬币，打开一扇窗，叫住随便哪个过路人把信带到镇子外面的路边旅馆，并请旅馆老板尽快把信送到伦敦儿子那里。

玛丽出去找硬币请路人帮忙后不久，哈姆奈特懵懵懂懂地醒了。他又在被子里躺了一会儿，不知道为什么哪儿哪儿都不对劲，为什么这世界似乎有点倾斜，为什么嘴发干，心发沉，头又这么疼。

他朝一边看了看，黑乎乎的，能看见父母的床，是空的。他又朝另一边看看，看见姐姐和妹妹睡的床垫，不过被子里只有一个人。他这才记起，妹妹朱迪丝病了。他怎么能忘了呢？他踉跄着站起身，身上还裹着被单。他有两种感觉。脑袋感觉很疼，就像盛着一碗滚烫的开水。是那种奇怪的、说不清楚的疼痛，让人顾不得思考，也无法采取行动。疼痛充斥了大脑，并扩散至眼睛肌肉和眼球上，侵扰着他的牙根、耳道、鼻孔和每根发丝。这疼痛十分强烈，异乎寻常，完全超乎他的承受力。

哈姆奈特从床上爬起来，被单还拖在身上，他也不理会。他急于要找到母亲，那种急切劲儿他自己都感到吃惊，怎么说也是个十一岁的大小伙子啦。他记得，这种感觉，这种欲望，是他还更小的时候就有的：对母爱的强烈渴求，希望得到母亲目光的关注，赖在母亲身旁，最好一伸手就能触摸到母亲，因为别的任何人都代替不了她。

天肯定就要亮了，清晨的光线已经像淡淡的牛奶一样慢慢渗入各个房间。他一步一步走下楼梯，觉得眼下的阶梯都在摇在晃，他不得不扭身扶住墙，因为四周的东西都在晃动。

他看到了楼下的情况：姑姑伊莱扎头枕胳膊趴在桌子上

睡着了。蜡烛都已燃尽，摊成了一片蜡油。壁炉里的火已变成一堆死灰。他母亲弓着腰，头枕在床垫上，睡着了，手里还攥着那块布。只有朱迪丝正直勾勾地看着他。

"朱迪丝。"他说，或者应该说他想说，因为嗓子似乎出了毛病，沙哑、刺痛，声音没法从又干又痛的喉咙里发出来。

他跪到床垫上，爬到妹妹身边。

朱迪丝眼里闪着怪异的银光，看得出，病情更重了。她双颊深陷，面色苍白，嘴唇干裂没有血色，脖子上的肿块红得发亮。他紧紧蹲缩在双胞胎妹妹身旁，小心翼翼地尽量不惊醒母亲。他伸手拉住妹妹的手，兄妹俩的手指绞在了一起。

他看到妹妹的眼球向后翻着，一下，两下，然后睁大眼睛，目光移向他这边，似乎很费力气。

妹妹的嘴角向上翘了翘，算是个微笑。他觉得妹妹握住了他的手指，低声说了句："不要哭。"

他有生以来一直就有的一种感觉再次涌上心头：妹妹是他的另一半，就像核桃的两瓣那样，他们是不能分离的。没有妹妹，他便不完整，不知所属了。把妹妹从他身上夺走，会给他留下终生无法愈合的开放性伤口。没有妹妹，他可怎么活？他没法活。那就像心离不开肺，就像把月亮从天上挖下来，让星星补上去，就像没有雨水大麦无法生长。他看到妹妹脸上魔幻般地出现了像银豆一样的泪珠。哈姆奈特知道，那是自己的眼泪，从自己眼里滴落下来的。当然也完全可能是妹妹的。他们本是合为一体的一个人。

"你要好好的。"妹妹低语着。

他生气地握住妹妹的手。"我不要。"他用舌头舔了舔嘴唇,咸咸的,"我要随你去。让我们一起走。"

妹妹又是微微一笑,手指握了握哥哥的手。"不,"她说,脸上闪着哥哥的泪珠,"你得留下来,大家需要你。"

哈姆奈特感觉得到,死神就在屋子里,在阴影里徘徊,在门那边,背着脸,但一直在留意着房子里的一切,在等待,伺机而动。它将悄然走过来,移动着没有皮肤的双脚,喷出湿灰一样的气息,一把抓住妹妹,纳入它冷冰冰的怀抱。而他,哈姆奈特又无法把妹妹夺回来。他要坚持和妹妹一起去吗?他们应该像往常那样形影不离一起归去吗?

突然他心里闪过一个念头——他不知道为什么没早一点想到。他蹲在妹妹身旁,忽然想起他们可以跟死神玩个他们从小就玩熟了的一个把戏:换穿衣服,交换位置,让人们把妹妹当成哥哥,或把哥哥看成妹妹。他们长得太像了,人们都这么认为,每天都有人这么说。只需哥哥戴上妹妹的头巾,或妹妹戴上哥哥的帽子,就能以假乱真。要是俩人并坐桌前,低眉不语,微笑深藏,母亲走进来就会拍拍朱迪丝的肩膀,叫着:"哈姆奈特,能抱些木柴来吗?"而如果一个躲起来,只留一个在屋里,父亲走进来就会把穿着男生坎肩的朱迪丝当成儿子,让她把某个拉丁语动词的变化形式背出来,却发现是女儿。这时女儿则窃笑不已,觉得这把戏真好玩,再拉开屋门叫出藏在里面的那个真正的儿子。

他们能不能把这个游戏再玩一次呢? 他觉得可以。他觉得能做到。他回头看看门边那黑洞洞的甬道,黑得深邃柔和彻底。转过身去,他对死神说,闭上眼睛。一会儿就好。

他将手伸到妹妹身体下面,一手托肩,一手托腰,往壁炉那边一推,觉得妹妹比他预料的要轻许多。只见妹妹随着也侧了侧身,眼睛睁开了一条缝,重新躺好,皱皱眉,看着哥哥躺在了自己刚才躺过的位置上,把头发放下来遮住双颊,把被单往上拉了拉,掖在下巴底下。

他相信,他和妹妹现在完全一样,没人能分辨出谁是谁。死神很容易弄错,把他当成妹妹带走。

身旁的妹妹动了动,试图坐起来。"不,"她说,"不,哈姆奈特。"

哈姆奈特知道,妹妹立马就明白他要干什么了。她懂哥哥,一向是这样的。她不停地摇着头,只是太虚弱了无法从床垫上坐起来。哈姆奈特紧紧拉住被单,盖住两个人的身体。

他深吸一口气,然后呼出来。他扭过头冲着妹妹的耳郭出气,想把他的气力,他的健康,他所有的一切都传递到妹妹身上。你要活下去,他低声说,让我走。他向妹妹表示:我要你把我的生命拿去,那是你的,我给你的。

两个人都活下去，这没有可能。这一点，他知道，妹妹也明白。没有足够的活力，足够的空气，足够的血液，来同时支持两个人。也许一直就没有过。如果他们俩有一个要活，那一定是妹妹。他希望如此。他拉住被单，紧紧地，用双手。他，哈姆奈特，决定了。确定无疑。

苏珊娜就要两周岁了，她坐在祖母客厅地板上一只大篮子里，双腿交叠，裙子下摆像充了气似的散铺在身体四周。她一手拿着一只大大的木勺子，快速地划动着——她在河里划船呢。水流湍急，蜿蜒。水草漂浮，散乱。她要不停地划呀划才能漂在河上，如果不划了，谁知道会怎么样呢？野鸭和天鹅与她一起游动着，表面很是平静不惊，但苏珊娜知道它们的蹼在划动，只是藏在水里罢了。这些小动物只有苏珊娜看得见，别人都不行。母亲看不见，她正站在窗前，背对着屋内，在窗台上撒谷粒。祖母也看不见，她坐在桌子那儿，面前摆着个打开的针线盒。父亲也不行，那就是裹在深色长袜里的一双腿，从这面墙走到那面墙。鞋底就在苏珊娜的河水上踩得嗵嗵响。他走过一只鸭子，又从一只天鹅身上穿了过去，还蹚过了一片芦苇。苏珊娜想告诉父亲要小心点，想问问他会不会游泳。幻觉中，她看见父亲的头——黑黑的，像他的袜子——一下消失在了黄绿色的水波下面。这么一想，她不禁喉咙发紧，眼睛刺痛。

她抬头看看父亲，见他不再来回走动了。腿站得直直的，一动不动，树干一般戳在祖母面前。而祖母正在做针线活儿，手中的针一会儿扎进布面，一会儿又钻出来。在苏珊娜看来，那就像一条银白色的小鱼，米诺鱼或是茴鱼，一会儿跃出水面，一会儿又钻入水里。她正幻想着自己那条小河，忽地看到祖母把针线活儿猛地一放，站起身，直冲着父亲的脸就大喊起来。苏珊娜惊呆了，眼巴巴看着，手里的木勺船桨也停滞不动了。这场面她还从未见过，深深印在了脑子里：祖母脸都气得走了样，一手抓住父亲的胳膊；而父亲呢，一甩就挣脱开了，说话的声音低沉，语气中带着威胁；这时祖母指了指母亲，气呼呼地叫着她的名字——这名字从祖母嘴里说出来，听着像艾尼丝——母亲立即扭过头来。母亲的裙子肚子那儿鼓鼓的，那里面有个小弟弟或小妹妹，母亲对她这样说过。母亲胳膊上还架着一只松鼠。这是真的吗？苏珊娜觉得是真的。那东西的尾巴红红的，在玻璃窗透进来的阳光中像一团火。它顺着母亲的衣袖一下一下往上蹿，最后依偎在母亲的帽子下面，紧贴着头发。母亲的头发有时是允许她弄散了，拿梳子梳好，然后再编成辫子的。

母亲的脸此时很平静。她打量着眼前的客厅和孩子的祖母，还有自己的男人和把篮子当船玩儿的孩子。她捋捋松鼠的尾巴，苏珊娜看了也想伸手去摸摸，不过那小东西从来不让她靠近。母亲只管捋着松鼠的尾巴，祖母对她说什么，她都耸耸肩了事。母亲淡淡一笑，扭过身去，把松鼠从肩膀上放下来，让它从打开的窗口逃走。

苏珊娜把这些都看在了眼里。她那条河里的鸭子和天鹅越游越靠拢，都挤成了一团。

玛丽坐在那儿穿针引线，针一会儿从布料的接缝里扎进去，一会儿又抽出来。但她几乎意识不到她在做什么，只知道，听着儿子的这番讲述，她手下的针脚可是越来越大，越来越不齐了。这使她很恼火，因为她的针线活儿是出了名的。她尽量保持理智，保持冷静，但儿子在说，他的计划肯定能行，一定能把父亲的买卖扩展到伦敦，玛丽简直无法克制自己的愤怒和轻蔑。她的那位儿媳自然是没参与他们母子间的谈话，只是站在窗前，傻乎乎地弄出各样的响动。

他们住房外的树上养着一只长了一张老鼠脸的红毛松鼠，艾格尼丝喜欢时不时地喂喂它，逗逗它。玛丽一辈子也弄不明白这有什么用，她告诉儿媳，不许把那东西弄进屋里来，谁知道它身上是不是带着什么病菌或瘟疫什么的，可艾格尼丝哪里会听。她什么时候俯首帖耳过呀，即使是现在这样的时候。现在她的丈夫向母亲提出要离开这个家，要远走高飞、藏踪隐迹。他马上需要做的应该是双膝跪下，请求母亲原谅，是母亲三年前接纳了他和他的新娘加上她的大肚子；请求父亲原谅，父亲虽然有错，但上帝明鉴，他一直是兢兢业业维持这个家的。我行我素是艾格尼丝的一贯做法。

玛丽无意看儿子一眼，对儿媳更是不屑一顾。她这位儿媳正站在那儿，又一次挺着个大肚子，爱抚着手里那只倒霉的松鼠，好像身边也没什么大事发生。

在约翰眼里，艾格尼丝就是个傻婆娘，乡下白痴。在家里走个面对面，或坐在饭桌上，他会冲儿媳点个头，说句：今天不错吧，艾格尼丝？就像对小孩那样。要是儿媳从衣袋里掏出一把脏兮兮的什么植物的根茎，或是张着手让他们看她采集的油亮的橡子，他也总是和颜悦色的。他对儿媳的种种异常行为——比如夜间四处游荡，有时衣冠不整，时不时提出些可笑的想象和预言，还把各种小动物带回家来——都是宽容的。她带回过一只蝾螈，放在水壶里；还有一只没毛的病鸽，后来给她养得羽翼丰满。每当晚上躺在床上，玛丽向他抱怨的时候，他总是拍拍她的手说，那小姑娘，就让她去吧。她来自乡下，不是城里人。这时玛丽就会提出三件事：第一，艾格尼丝可不是小姑娘了，她是女人。她诱惑一个比她小得多的男孩，我们的儿子，和她成婚，居心叵测。第二，你对她太宽容，只为看中了那笔丰厚的嫁妆。别以为我不知道。第三，我也来自农村，长在农场，可我深更半夜四处乱跑了吗，把什么乱七八糟的动物带回家了吗？没有，我没有。她对丈夫抱怨道，我们某些人也应知道该怎么做，不该怎么做了吧。

"那对我们有益，"玛丽的儿子还在跟她解释，毫无顾虑，坚持不懈，"对每个人都有益，能扩展爸爸的生意。这是爸爸的神机妙算。上帝知道,这镇上的情况对他已经很不利。如果让我去伦敦发展,我肯定能——"

玛丽一下子就站了起来,她自己都来不及意识到她的忍耐已经从她身下出逃了,就像脚踩冰面打滑一样。她起身抓住儿子的胳膊,摇晃着说:"这整个计划都是白痴妄想。真不知你爸爸是怎么起了这个念头的。你什么时候对爸爸的生意发生过哪怕是一点点的兴趣?你可曾证明过你有能力担起这样的责任吗?伦敦,亏你想得出!那次派你去查理克特取鹿皮,半道上就都给弄丢了;还有一次你用十几双手套就只换了一本小书。这些你还记得吧?你们爷俩怎么会想到要去伦敦发展?你以为伦敦没卖手套的吗?他们一看见你,就会把你活吞了。"

玛丽真正想说的就是:别去。她真实的想法是:儿子快跟这个血管里流淌着野性的乡巴佬离婚;但愿儿子从未碰到过这个女人,这个生于丛林、荒诞不经、不宜结婚的家伙。这女人干吗偏偏看上了自己既无工作又无财产的儿子?真后悔当初让儿子去那个森林边上的农场当家教。要是能让这一切重来,她一定会推翻原来的想法。她讨厌让这个女人待在她家里,讨厌她悄然无声地就出现在房间里的那个样子;讨厌她看人的样子:好像你只是水或空气,她能把你一眼看透,看穿;还讨厌她给孩子轻声唱歌的那副模样。她真希望儿子没听到约翰要去伦敦发展的消息。一想到那座城市,人喧马叫，瘟病肆虐，她就胸口发闷。

"艾格尼丝，"看儿子生气地挣脱了胳膊，她转而叫了声儿媳，"艾格尼丝，你一定是站在我这边的。他不能去。他不能就这么说走就走。"

艾格尼丝终于从窗口那儿转过头来。玛丽生气地看到，儿媳手里还在摆弄那只松鼠。松鼠的尾巴在艾格尼丝手指缝里溜来滑去，带黑点的金色眼球紧盯着玛丽看。玛丽很痛苦地注意到艾格尼丝的手指竟那么漂亮。十指尖尖，又白，又嫩。玛丽不得不承认，艾格尼丝是个惊艳的美人。只不过美得有点不对劲，看着让人揪心：黑黑的头发和金绿色的眼睛怎么看也不搭配；皮肤比牛奶还白；牙齿倒是挺齐，但是尖尖的像狐狸的利齿。玛丽发现她不能长时间地盯着儿媳看，她受不了那眼神。是这个生灵，这个女人，这个小妖精，这个女巫，这个森林女妖，迷住并俘获了她的儿子，诱惑他组成了家庭。这是玛丽永远不会宽恕的。

但现在玛丽有求于艾格尼丝了。在这个问题上，她们是能齐心协力的。她相信，儿媳会站在她一边，不让丈夫走，让他好好待在家里，每天都能见到。

"艾格尼丝，"玛丽说，"咱们意见是一致的，对吧？他说的那些都是毫无道理的愚蠢计划。他必须待在这儿，跟我们在一起。你生孩子时他不能不在。他必须待在你身边，待在孩子身边，在这里，斯特拉特福。他不能说走就走。他能走吗？艾格尼丝？"

艾格尼丝抬起头，帽子下面的脸一时间闪现出来：她笑了，是她最神秘、最令人不安的那种笑，玛丽不禁心头一沉，知道自己想错了，知道艾格尼丝是永远不会和她站在一起的。

"我看不出有什么理由，"艾格尼丝用她清脆悠扬的声音说，"非要违背他的意志让他待在家里。"

一股怒气冲上她的喉咙。她真想上去揍她一顿，管她怀没怀孩子。真想用手中的钢针扎进她儿子千般爱抚、亲吻的这细皮嫩肉里。想到这儿，想到自己的儿子，还有他这个女人，玛丽一阵恶心，胃里直翻个儿。

她发出了一种说不出是什么的声音，半像抽泣，半像尖叫。她把针线活儿一把扔到地上，噔噔噔地大步从桌边走开，丢下手中的活计，撇下她的儿子，迈过坐在壁炉旁篮子里还拿着木勺船桨的小孙女。

她走向过道的时候，还不失时机地注意到，笑声已从儿子和儿媳那边传来，先是轻轻的，然后笑出了声，还嘘嘘地相互提醒先不要笑。然后又传来踏在石板地上的脚步声，无疑是俩人正往一起凑呢。

几周后，艾格尼丝手挽丈夫的胳膊，并排走在斯特拉特福镇的街道上。她挺着大肚子，走不了太快，肚子里的孩子越长越大，害得她喘气都困难。她感觉得到，丈夫为照顾她在刻意放慢脚步，她感觉丈夫的肌肉在颤动，在极力克制着内心用力、行动、加速的欲望。这对丈夫来说，无异于口干舌燥却不能饮水。丈夫已经做好准备，就要离家而去了：这一点她看得明白。近来，要准备的事太多了，有太多的事情要商议，太多的事要安排，要写信联系，要打理行囊，还要洗衣服——那都是玛丽一个人在洗，别人不准插手。还有带上些手套样品，约翰要亲自过问，然后包了又拆，拆了又包，直到满意。

现在，分手的时刻就要到了。他计划要走了，他快要走了，他就要走了——艾格尼丝念叨着"走"这个动词的不同时态表达形式，把这一连串的状况都连在了一起。是她启动了这一系列的程序，她就像躲在幕后的木偶艺人，轻轻牵动着系在那些木头人身上的绳子，轻松地导控着它们的去向。她要巴塞洛缪找约翰谈话，又等着约翰找丈夫谈。要不是她设法让弟弟把这个计划装进公公的脑子里，那后来的一切就都不会发生。创造了这一时刻的是她，而不是别人。然而，当这个时刻就要来临时，她却发现这实际上与她所真正期望的竟大相径庭。

她所希望的是依偎在丈夫身边，握着他的手；是孩子降临这个世界的时候，有丈夫在家陪伴。一家人要在一起。不过，她的期望无关紧要。丈夫就要走了。而一直在暗地里安排丈夫离开家门的正是她。

丈夫的行囊已经打好,背在背上。等他安顿下来,再把货物运过去。他的靴子已清洁擦光,考虑到伦敦街上潮气大,艾格尼丝还特别在接缝的地方多涂上些油。

艾格尼丝侧目看看丈夫。他的仪表收拾妥当了,络腮胡子修剪得整整齐齐,还涂了油(这也是艾格尼丝亲手而为,昨晚她把个刮脸刀在皮带上蹭了又蹭,再把那致命的刀刃放在爱人的皮肤上——这其中包含了多少信任、多少顺从啊)。他眼睛低垂,不想和别人打招呼或说太多的话。他的手放在妻子的手上,手指紧握。他急于出发。赶紧和妻子告别。踏上去伦敦的路。

他向妻子提到到伦敦后就要去找的堂兄,谈到堂兄怎样为他弄到了一个房间。

"那房子是在河边吗?"她下意识地问,其实答案她是知道的,丈夫告诉过她。只不过他们必须不停地交谈,哪怕是些无关紧要的话题,这似乎很重要。斯特拉特福镇的人都聚在了他们周围,观察着,倾听着。为了他们俩,为了他们的家庭,也为家族生意,他们必须表现得和谐一致,同心同德,这至关紧要。他们俩的言行举止能使许多谣言不攻自破:什么这小两口过不下去了,什么约翰的生意要黄了,什么去伦敦都是因为丑闻缠身,如此等等。

艾格尼丝将下巴又抬了抬。她直挺的后背说明,根本没什么不光彩的事。她骄傲地腆着的大肚子在告诉人们,我们的婚姻毫无问题。丈夫锃光发亮的皮靴标志着生意依然兴旺。

"是的,"他回答,"而且,我觉得离那几家制革厂也不远。我可以考察考察,替爸爸,看哪家最好。"

"明白了。"她应声道,尽管她明确地预感到,丈夫在手套行业里待不了多久。

"那条河,"他接着说,"据说会涨潮,挺危险。"

"真的?"她现出吃惊的样子,尽管她早就听丈夫和婆婆讲过。

"堂兄说,关键是过河的时候一定要挑个好船夫。"

"那是。"

丈夫还在滔滔不绝地讲着,讲大河两岸的不同景象,讲河上的各个码头,讲一天里哪个时段更为安全。她在脑海里勾勒出一条宽宽的大河,激流翻滚,点点船影,像衣服上点缀的彩珠。她想象着丈夫正站在某一条船上,顺流而下,头发乌黑,没戴帽子,衣服上溅满了河水,沾着一条条的泥巴,靴子里灌满泥沙。她赶紧摇摇头,紧紧抓住丈夫坚实的胳膊,好让自己摆脱想象中的情景。那不是真的,不会是真的;只是大脑耍了个把戏而已。

她陪丈夫一直走到可以寄信的那家旅馆,丈夫还在讲怎么租房子住的事,还说他会出其不意地回来看她,说他每天都会想念妻子和女儿苏珊娜。他会尽快在伦敦为她们找到住处,这样一家人就又可以团聚了。路旁的里程碑上画着个箭头,指着前方的地名"London"(伦敦)。这个词艾格尼丝是认识的:一个大大的、雄赳赳的"L",两个圆圆的"o",像一双眼睛,两个弓背的"n"。走到这儿,他们停住了脚步。

"你会写信给我吗?"说着他脸上堆起了皱纹,"到了时候就写?"他伸出两只手捧住妻子的大肚子。

"那当然。"她回答。

"我爸爸,"他苦笑一下,"可希望是个男孩啊。"

"我知道。"

"可我不在乎。不管是男是女,都是我的孩子。我得到消息以后就安排来接你们。这样我们就又在一起了,在伦敦。"

他紧紧搂住妻子,双臂围着她的腰,他们之间挤着肚子里那个孩子。"你难道没感觉?"他耳语道,"这次感觉不出来了? 是男还是女?"

她把头埋在丈夫胸前,紧贴着衣领开口。"不知道呢。"她说,自己也觉得这语气里充满迷惑。她觉得很奇怪,这次怎么预测不出来男孩还是女孩了,自己也说不清。她没发现任何明确的征兆。那天她把桌子上的一把刀碰到了地上,落地时刀尖冲着壁炉。这预示着是个女孩,她想。但就在当天晚些时候,她不知不觉中就拿起一把勺子刮着苹果吃起来,顿觉清脆可口,心想:这么说是男孩了。一切的一切都稀里糊涂。她梳头时感觉头发又干又脆,这说明是个女孩,但是她的皮肤柔嫩,指甲坚硬,又是生男孩的征兆。那天走着走着一只雄性凤头麦鸡飞到眼前,然后又有一只雌性野鸡从树丛中咕咕叫着飞出来。

"我预测不了啦,"她说,"而且不知道这是为什么。这——"

"你别担心,"他说着两手捧起妻子的脸,俩人面对面地注视着,"一切都会好的。"

她点点头,目光垂下去。

"你不是总说你要两个孩子吗?"

"是的。"妻子说。

"那好。"他将一只手的手掌抵在妻子身上,"这不又是一个,都蓄势待发了。一切都会好的,"他又一次说,"我肯定。"

他吻着妻子,嘴对嘴的,然后又撤回身看着她。她脸上泛起了微笑,暗自希望镇上有好多人都在看着他们。她一边这么想着,一边抚摸着丈夫的脸颊,指尖轻触着丈夫的头发。丈夫又一次吻了她,这回时间更长。然后,他叹了口气,双手搂在妻子的后脑上,脸紧贴妻子的脖子。

"我不去了。"他低声咕哝了一句,但她却感到了这话的力度和分量,明白他是怎么说出来的,不过同时也感到这并不是丈夫的真实意思。

"你要去。"她说。

"不去了。"

"必须去。"

他又叹了口气,呼出的气息冲到妻子上了浆的包头帽上,沙沙作响。"也许我现在不该离开你,你就要……我想也许——"

"你必须走。"她说。她的手指触到了他背上的帆布包。她知道丈夫偷偷把父亲让他带的一部分手套样品换成了书籍和文章。她冲丈夫苦笑一下。丈夫或许知道露馅了,但也许还以为妻子没看出来。

"我有你妈妈和妹妹,"她继续说着,手压在背包上,"还有全家人。当然还有我娘家人。你应该走。你在伦敦给我们找个家,我们会尽快去和你团聚的。"

"我没把握,"他低声说,"我不愿意离开你。如果我失败了怎么办?"

"失败?"

"找不到工作怎么办?业务扩展不成怎么办?如果——"

"你不会失败的,"她说,"这个我知道。"

他皱皱眉,更仔细地打量着妻子。"你知道?你都知道了什么?告诉我。你预感到什么了吗?你已经——"

"别问我知道了什么。你是必须去的。"她推了推丈夫的胸口,俩人之间拉开了一点距离,她感到丈夫的手臂从自己身上滑脱,两个人的身体分开了。他脸上的肌肉紧绷,神情沮丧,犹豫不定。妻子冲他一笑,吸了一口气。

"我不跟你说再见。"她尽量让声音保持平稳。

"我也不会。"

"我也不目送你走远。"

"我要倒着走,"他说着往后退了两步,"这样就能一直看着你。"

"就这么倒着走到伦敦?"

"对,只要有必要。"

妻子笑了,"你会掉进沟里。要不就是撞上马车。"

"那又怎么样。"

他往前一纵身,抱着妻子吻了一下。"这是给你的,"又吻了一下说,"这是苏珊娜的。"再吻一下,"这是给未出生的孩子的。"

"我保证让它平平安安降生,"她说,极力保持着脸上的笑容,"当那个时刻来临的时候。现在,出发吧。"

"那我走啦,"他说完,开始面向着妻子往后倒着走,"这么走,我不觉得是要离开你们。"

妻子拍起手来。"出发吧。"她对丈夫说。

"我走啦。我会出其不意地回来把你们都接走的。"

还没等丈夫走到转弯的地方,她就转身往回走了。去伦敦要走四天,如果路上有赶车的农夫愿意带上他一程,就会快一些。她鼓励丈夫登程,但又不愿看他远去的身影。

她沿原路返回,不过比来时走得慢多了。还是那几条街,只是走的方向相反,觉得怪怪的,就像在写好的字上再描一遍，她的脚就是笔，重走和覆盖着已经走过的路。离别可真奇怪。看起来很简单：一分钟，四分钟，五分钟之前，他还在这儿，在她身旁，可现在就不见了。刚才还和他在一起，现在就只身一人了。她不禁感到一阵寒意，像洋葱被剥了皮，失去了保护。

一家堆满了锡制器皿和雪松木刨花的店铺，他们刚刚从这儿路过。刚才看见正在挑东西的那个女人也还在，一手举着一只锡壶在掂量着。她怎么还在这儿，还在挑东西，而与此同时艾格尼丝的生活却发生了如此的变化和转变。她的世界已经给劈成了两半，而刚才看见的那条狗还趴在门口睡大觉。一个年轻女人正把衣服打成捆，和刚才他们路过时的动作一模一样。还有一个男邻居，头发花白，瘦脸蜡黄（艾格尼丝觉得，他活不过年底了。这个念头如同掠过蓝天的燕子，在她脑子里一闪而过），走过时冲她严肃地点了一下头。难道这个人看不出，艾格尼丝熟悉的日子已经不复存在，她丈夫远去伦敦了？

肚子里的孩子猛地抽动了一下，一只手，一只脚，一侧的肩膀抵在肚皮的内壁上。她用手盖在那个地方——外面一只大手，里面一只小手——好像一切都没变，这世界似乎和刚才毫无二致。

伊莱扎写的信被一个走在亨利大街上的男孩顺便捎走了。男孩的家和他们就只隔着几座房子。他天还没亮就起身，父亲让他去河对岸照看要下崽的母牛。玛丽在窗口叫了他一声，把信交给他，让他带到驿站旅馆，还给了孩子一个硬币。

男孩把信塞进衣袖里，还看了看信封上的倾斜潦草的字迹。他不识字，当然是看不懂，不过他倒挺喜欢那一个个的圆圈，那些字的形状，那黑重的双重笔迹，就像树枝刮在盖满冰霜的窗玻璃上划出来的。

他把信带到大桥附近的旅馆，然后接着赶路去看他的牛。那头牛还没下崽，嘴巴嚼动着，大眼睛瞪着他，男孩觉着挺恐怖。那天上午晚些时候，旅馆老板把信连同其他信件交给了一位当天骑马去伦敦的粮商。

伊莱扎写给哥哥的这封信在粮商的皮包里一直被带到班伯里，又由马车送到斯托肯彻奇哥哥寄宿的地方。房东眯起眼，把信凑近过道里斜射进来的阳光。老板眼睛不好，但还是看清了那名字是他的一个房客，但不巧昨天去了肯特郡。由于疫情的关系，法院命令剧院关了门，所以这位房客便和他的演出班子去附近镇上巡演了，那里还允许民众聚集。

房东要把信再转到那位房客手中,就必须等他去齐普赛街办事的儿子回来。后来儿子倒是回来了,可情绪很不好,因为他约好要见的人没到,又赶上大雨,淋了个落汤鸡。好几个小时之后,他才找出笔和墨水,把那封信从壁炉台上取下,撇着个嘴,极不情愿地把肯特郡一家旅馆的地址写上——房客告诉过他,会住在这家旅馆。

于是,这封信一个人传一个人地来到市郊一家旅店,在那儿等待去肯特郡的人。机会来了,是一个男人推着个车,车上坐着一个女人,还有一条狗,一只鸡。

等信送到的时候,我们这位兼房客、哥哥、丈夫、父亲还有演员等各种身份于一身的收信人,正站在肯特郡东部一个边缘小镇的行会大厅里。大厅里一股熏肉和煮甜菜的味道;角落里堆了一堆农具和粗麻布;一条条狭长的光线透过高处长了霉斑的窗户照射进来。

他身体微微后仰,注视着那一道道微弱的光线,思考着不同方向射来的光线如何在半空相互交叉,构成一道道光线拱门,又如何给大家一种身在水下的感觉,就好像他和戏班的同事们都成了鱼,游弋在这绿色池塘昏暗的深处。

一个孩子——他想应该是个男孩——跑了进来,光着脚,没戴帽子,罩衫破旧,面带病态,好像叫了一声他的名字,声音自信,尖厉,手里晃了晃一封信,像挥舞着一面旗子。

"是我的？"他举举手，无精打采地应了一声。什么信，要钱的，投诉的，还是赞助人的指示？"听着，"他对正在舞台上瞎转悠的几个同事说，心想，这哪像不到三个小时后就要演出的样子，在这些人看来，这满是灰尘的大厅里并没发生什么要他们特别上心的事，"你得从左到右数着点步子，像这样，"他一边做着样子，一边朝光脚男孩走过去，"不然就会掉下舞台，一头栽进观众席。这台子比以往的小，要尽快习惯。"他站到男孩面前。孩子长得有些不一般：淡得没有颜色的头发，分开好远的两只眼睛。下嘴唇有伤，指甲里都是泥。六七岁的样子，也许更大一些。

他一把拿过男孩手中的信。"给我的？"说着伸手在钱包里拿出一枚硬币。"给你的。"他把硬币丢给男孩。男孩顿时有了生气，瘦骨嶙峋的身体一跃而起。

他笑笑，转过身，撕开红色的封蜡，上面有他家的徽章，只是盖得有点偏。他看了看是妹妹的笔迹，便抬起头，见台上一个年轻的男演员正朝一个年纪大些的演员走过去，双腿僵硬，小心翼翼地只沿着舞台的边缘走，好像地板下面都是沸腾的铅水。

"我的上帝！"他大叫一声，声音直冲厅里的木头柱子和墙上的灰皮。他懂得如何发声，如何让自己听起来像有个巨人的嗓门。演员们僵住了，嘴张得老大。"在这个大厅坐满肯特郡的可爱观众之前，我们只剩下几个小时了。你们是要给他们看马戏吗？我们是要让他们笑呢，还是要上演一出悲剧？用点儿心，不然明天就没饭吃了。"

他把手中的信纸在空中挥得哗哗直响，两眼盯着演员们看了好久，为的是震慑一下大家。这招果然有用。那个年轻演员都快哭了，手指不断拧着身上的戏服。他却回过头，掩住笑，然后开始看信。

"亲爱的哥哥。"他看到。还有"病重""你女儿""请速回家""时日不多"等字样。

他突然觉得喘不上气来。大厅里的空气热得像火炉，弥漫着烧焦的麦秸微粒。他觉着胸口在上下起伏，可是吸不进空气。他盯着信纸，看了一遍又一遍。信纸的白颜色似乎在跳动，硬生生，白花花，过了一会儿才又退到了黑色字体的后面。一时间他看见了自己的女儿：她抬着小脸，双手合在一起，目不转睛地注视着他的眼睛。他想把衣服松一松，解开所有的纽扣。他得到外面去，必须离开这座大厅。

他手里攥着信，冲到门口，用力把门撞开。外面，各种色彩映入眼帘：蓝色的天空，绿色的路边植物，树上的白色花朵，还有牵马走在路上的女人的粉色披风。马背上搭着一边一个编制的篮子。他一眼就看出来，一只篮子比另一只要重，一高一低，有一边明显往下坠着。

就算来到了外面路上，他还是想冲人喊叫，就像刚才在大厅里对那些演员那样。但他没有了气力。他的肺还在一吸一呼地起伏着,他的心脏在胸腔里怦怦跳着,跳几下,停一停,又猛跳几下。他觉得视野的边缘一闪一闪的,树上那白色的花变得摇曳不定,像是透过火焰上方的热气在看东西。

病重,他想着,时日不多。

他想把蓝天一把扯下来,把树上的花都揪下来,他还想拿根点着的树枝把那个红衣姑娘连同她的马赶下悬崖,就是要把这一切都赶走,从自己的眼前清除掉。他和女儿之间隔着百十英里,要走那么远的路,而剩下的时间只有几个小时了。

他意识到有一只手搭在了肩膀上,一张脸凑近了他的脸,又有一只手握住了他的胳膊。他的两个朋友来到他身旁,问:怎么啦,出什么事了吗?其中一个叫赫明格的,想掰开他的手指,拿过他手中的信,他没松手,不让拿。因为一旦别的什么人看了这封信,那事情就变成真的,就落实了。他挥挥手让他们俩走开,让大家都走开,因为人越来越多了,戏班的演员都围到了他的身边。但不知怎么,他感到膝盖触到了铺满沙砾的地面,还听到他的朋友赫明格正大声读着信里的内容。许多只手拍着他的肩膀,他被人们搀扶着站了起来。有人招呼叫一匹马来,什么马都行,必须尽快把他送回斯特拉特福镇。快去,赫明格催促着那个男孩 —— 刚才还战战兢兢地沿着舞台边走场呢 —— 赶快去找匹马来。小伙子纵身跑上大路，蹚起一阵尘土，他那件用绸缎和天鹅绒缝制的荒唐可笑的戏装，本意是把他扮成一个男孩模样的女子，现在在他身后扑啦啦飘扬着。

他透过围在他身旁的一条条大腿的缝隙，眼望着男孩远去了。

艾格尼丝第二个妊娠期快结束的时候,玛丽变得格外精心。她不让艾格尼丝一个人单独待太久。她已经注意到儿媳的肚子越来越大,似乎大得出奇。她看到艾格尼丝把一些东西偷偷藏在一个袋子里放在桌子底下,有一块块的布、剪刀、麻绳、一袋袋的药草和干果皮。儿媳的样子令人惊叹,就像在裙子里偷偷藏了个大南瓜。真不明白她怎么还能走得了路,那晚约翰和妻子躺在被床帏罩得严严实实的床上咕咕哝哝地感叹着。她怎么还能站得住?

玛丽随时观察着儿媳,还指示伊莱扎和用人们也都留点神。她绝不允许这个孩子——大家都希望是个男孩——又像那可怜的苏珊娜一样降生在林间野地。不过她自我安慰地认为,那都是因为他们当时对艾格尼丝离经叛道的怪异行径估计不足。

"只要她说要把苏珊娜托给你照看,或看见她要去拿桌子下面那个大口袋,就立刻告诉我,"玛丽悄悄告诉女用人,"要立马汇报。听见啦?"

那姑娘点点头,眼睛睁得大大的。

艾格尼丝正在火上加热蜂蜜，打算拌进一些从缬草根里提取的药末和用繁缕制成的酊剂。她用一只木勺在蜜里搅动，先朝一个方向，再换另一个方向，看着蜜汁在勺尖上来回滑动。蜂蜜受热开始融化，硬硬的结块慢慢松软，变成液态。她心里琢磨着丈夫本周早些时候的一封来信。信已经让伊莱扎读过一遍，今天要是能看见她就再请她读一遍。信中，丈夫告诉艾格尼丝，他已经搞定了一份为某剧场制作手套的合同。艾格尼丝就是要伊莱扎把这部分内容再念一遍，确保自己没理解错，还要把那几句话指给她看，这样她自己以后再看就能认出来了。演员。剧场。手套。他们需要这样的手套，伊莱扎念得断断续续的，皱着眉，努力辨认着那些不大熟悉的字眼。武士用的长长的金属手套，国王、王后以及宫廷场景里用的镶着宝石和彩珠的高级手套，女士戴的软皮手套，但尺寸要大些，因为是要戴在男演员手上的。

这封信有许多要仔细思考的东西。艾格尼丝花了好几天时间去琢磨其中的细节；她用指头点着那些词语，在脑子里过了一遍又一遍，直到印在脑子里。宝石和彩珠。宫廷场景。男演员的手。还有女士戴的软皮手套。丈夫写这些干吗，写得那么详细，大段地讲演员需要什么样的手套，这样的写法让艾格尼丝不由警悟到了什么东西。是什么，她还一时说不清。反正丈夫有点变了，有点改弦更张的意思。为签了个合同这样的小事写这么多，这是第一次。不就是个合同，和其他合同有什么两样。还有，就是她怎么感觉自己好像变成了个小动物，在警觉地捕捉着远方传来的声音。

她俯身拿起繁缕酊剂正要一滴一滴地往蜂蜜里加，忽然感到下腹一阵发紧，这感觉又奇怪又熟悉。一种往下坠、肌肉紧缩的感觉：持续不断，非同一般。她停下手中的活儿。怎么会呢。太快了吧。胎儿发育完全起码还要等一个月呀。一定是那种虚张声势的疼痛，是在告诉身体有事情要发生了。她直起身来，手撑着壁炉。她的肚子太大了，比上次大很多，险些要栽进壁炉里去了。

她紧紧抓住壁炉架，指关节绷得发白。她以一种少有的超然态度注视着四周。这是怎么啦？她本想今明两天就请伊莱扎给丈夫写封信，让他回来。她想好了，孩子出生，当爹的要在。她想在孩子出生前看到丈夫，抓着他的手；她想看着他的脸，弄清楚他生活中都发生了些什么事情，问问他那些为国王、王后等角色订制的手套是怎么回事。她站在壁炉前，忽然意识到，其实自己想要做的就是：看看他还是不是以往那个丈夫，看看伦敦是否把他变得面目皆非，无法辨认了。

她深吸了一口气，蜂蜜甜甜的，带着花香，缬草根气味辛辣，还有繁缕那酸酸的麝香般的味道。下腹的疼痛感不但未减，反而加剧了。她感觉到肚子在紧缩，就像腰间箍了个铁箍。这次看来不是假痛。这是在一次一次地施加压力，直

237

到把孩子生出来。这过程可能延续几个小时,也许是几天。她发现这次她自己也不知道要用多长时间了。艾格尼丝慢慢呼出一口气,一只手还撑在壁炉上。这种情况她始料未及,事先也毫无预兆。

她本以为还来得及告诉丈夫一声,但现在看来来不及了。这次太快了,她明白。但她也知道,这种疼痛是没商量的,绕不过的。

艾格尼丝转身面对房间。忽然间周围的一切都变得陌生起来,似乎是头一次看到。这张桌子还有那些椅子她哪天不是又擦又洗,这满屋的石板地她也不知扫过多少遍,墙上挂的饰物、壁毯她也曾多次清扫,可眼下这一切都好像从未见过一样。这狭长的房间,尽头是铅制的窗户,还有放着瓶瓶罐罐和各种药粉的一排长长的架子——是谁在这儿住呀?一只罐子里插着几枝榛树枝,为的是让上面紧实的嫩芽早点长出鲜艳、褶皱的叶子来——可这是谁干的呢?

一切都不确定了。一切都和她原来想的不一样。本以为时间还来得及;本以为孩子还要过一段时间才出生,可现在看来不对了。她一向料事如神,一向能感知将要发生什么,一向能自如地行走在这个一看就透的世界上,可现在却落得个措手不及,毫无准备。这是怎么回事呢?

艾格尼丝摸摸自己的肚皮,像是要和里面的胎儿说话。很好,她想对孩子说,该来的一定会来。你会得到关注。我将为你做好准备。

她得抓紧时间了。她必须尽快离开这座房子。不能把孩子生在这儿，生在屋子里。她知道玛丽一直监视着她。她需要的是速度、镇定，还有智慧。现在就立即动身。

她身旁，苏珊娜正蹲在地上，抓着玩具娃娃的一条腿，自顾自地喊叫着。

"快过来，"艾格尼丝对孩子说，努力让自己的语调显得自信、欢快，"咱们去找伊莱扎，好吗？"

苏珊娜正全神贯注地倒提着洋娃娃玩，猛见一只大人的手从头上伸过来，吓了一跳。刚才还在跟自己的娃娃玩——这娃娃就是个人，会飞，只是看不见她的翅膀，而她苏珊娜也会飞，和娃娃一起飞上天，和鸟儿们一起在树梢上掠过——可突然间怎么伸过一只手来。

孩子扬起头，看见是母亲站在身边，腆着个大肚子，脸离着很远很远，正对自己说着什么伊莱扎，什么快跟她走。

苏珊娜低下头，眉毛一皱。"不。"她说着，双手搂住洋娃娃的一只腿。

"听话。"母亲说，声音和往常有些不一样，紧绷绷的，像穿小了的衬衫。

"听话，"母亲又说了一遍，有点生气了，因为她可不想这么耗下去，她的耐心正在蒸发，正在散去，她直冲着孩子喊道，"不能由着你！"

"好啦。"艾格尼丝话音未落，苏珊娜只觉得双脚离了地，壁炉毯从脚下滑开，炉子里的火苗一闪而过，她就这么被不体面地、连抱带拖地出了房间，把个洋娃娃也甩在了身后的地上。她被抱出房门，沿小路来到洗衣房，那里一个女用人正站着搓洗一个盆子里的什么东西。

"给，"艾格尼丝说着把又哭又闹的孩子塞进用人的怀里，"带她去找伊莱扎。"她俯身亲亲孩子的小脸，又亲亲额头，再亲了一下脸蛋，"对不起，孩子。我一会儿就回来。就一会儿。"

艾格尼丝快步顺原路返回，走到壁炉前的时候又一次阵痛袭来。现在，要发生什么已经毫无疑问。上次的情形她记得清清楚楚，只是这次感觉有些不同。来得快，来得早，而且持续不断。现在该去的地方还没去，她本打算去树林里，以枝叶做篷独自分娩。可现在她仍然和大家在一起，在镇上，在自己家里。一分也不能耽搁了。啊——啊——啊，她听见自己在大口喘着气。她抓着椅子背往前艰难挪步，穿过房间来到桌子前面，因为那里放着她准备好的提包。

她用手指勾住提包带子，几秒钟就来到了前门，小心地穿过门框，来到外面。关门前，她侧耳听了听，然后点点头，挺满意：苏珊娜不哭了，这说明她正和姑姑玩呢。

她正想穿过街道，来了一匹马，只好停下来等它过去。可就在这时，有个人站到了她身旁。回头一看是丈夫的大弟弟吉尔伯特，咧嘴冲她笑着。

"这是要去哪儿呀？"他问，眉毛向上一扬。

"我哪儿也不去。"艾格尼丝回答。一阵恐惧感就像悸动的脉搏一样直冲脑门。她得到树林里去，必须要去。要是被缠在这儿，真不知会发生什么。不会有好事。肯定会出问题。这一点她再清楚不过，但又说不出为什么。"我是说，是的。我要去……"她试图看着吉尔伯特，但他的脸、胡子都变得模糊不清了。她又一次吃惊地想，这个弟弟怎么这么不像他的哥哥呢。"我要去……"她环顾四周想说出一个听起来还合理的地方，"……去面包房。"

吉尔伯特于是一只手握着她的胳膊肘。"那就走吧。"他说道。

"去哪儿呀？"

"回家。"

"不，"艾格尼丝说着挣脱了胳膊，"不去。我得去面包房。你必须让我走。千万别拦着。"

"不，我就得拦着。"

"不，你不能。"

这时，玛丽风风火火赶过来，上气不接下气的。"艾格尼丝，"她说着拽住了儿媳的另一只胳膊，"你就得回家里去。我们一切都准备好了。别担心。"然后冲着吉尔伯特从嘴角蹦出几个字，"去叫接生婆。"

"不，"艾格尼丝现在是在喊叫了，"放开我。"她不能待在这儿，她不能这样生孩子。可她如何才能向这些人解释清楚呢？又怎么才能让他们明白，自从接到丈夫那封信，她内心一直充满了何等的恐惧？

艾格尼丝被拉着，拖着，并没去自己房子，而是去了相邻的大房子，穿过宽宽的大门，走过门厅，爬上窄窄的楼梯。一扇门开了，她双脚并拢，不由自主地就进了房间，像个囚犯，像个疯子。

她可以听到一个声音在喊，不，不，不；她能感到一阵疼痛正向她袭来，就像虽未眼见但感到有一片雨云正在逼近。她想直起身，蹲下去，摆好姿势，自如地面对一切，但只觉有一个人压着她的肩膀硬把她推回床上，另一个人则扳住她的额头。接生婆也来了，撩起她的裙子，说她得看看，还说女人们可以留下，男人必须离开。

艾格尼丝所需要的是树林中的绿色。她渴望林地上斑斑点点、生机勃勃的光的图案，渴望枝叶搭成的天篷下那仁慈的树荫，渴望那种不十分安静的静谧，渴望那望不到尽头的由树干组成的一道道的屏障。可现在她去不了树林了。时间不够了。她知道，这座房子的门可多得是。

他要是能回来该有多好。他一准儿能把这些人都赶走。一准儿会认真倾听自己的诉求，一如他以往做的那样，身体微微前倾，像是准备要把你的话当成美酒喝进去。他一准儿能确保自己去到树林里,而不会像现在这样被逼到这个房间。自己都做了些什么？干吗要把他送走？如今他们身处异地,那边,丈夫费尽心机挣剧团的银子,为男演员做手套让他们假扮女人；这里,她自己被关在房间里,远离丈夫,没人能为她说话——如此下去,他们将面临何等结局呀？当初自己都干了些什么？

艾格尼丝把大家推开,爬下床,从这面墙到那面墙来来回回走着——这里不是树林,她不能绕来闪去地在树木间穿行。她无法梳理和控制自己的思绪。她多想让疼痛消失,独自待上一会儿,也好把事情都想想清楚。她焦急地绞动着双手,她能听到自己,或是其他什么人在哭泣,我干吗要那么做？尽管她自己也不清楚"那么做"指的是什么。她知道,这个房间就是丈夫出生的地方——他的弟弟妹妹们,包括几个夭折的,也都在这里出生。丈夫第一次呼吸到世间的空气就在这里,在这靠近窗户的厚厚的帷幔之中。

这里,她无法与树林,还有那魔幻的十字架以及地衣上的图案和花纹进行沟通,也无法和死于分娩的母亲对话,她心烦意乱,只好默默地对远方的丈夫讲几句。请你回来吧,她在大脑里默默念叨着,我需要你。求你了。真后悔当初把你送走。保佑这孩子能顺利生下来,保佑它能存活,我也能活下来照顾它。让我们共渡难关。求求你。别让我死。别让我在一张沾满血污的床上僵挺、冰冷地了此一生。

一定是什么事情出错了,不正常,不对劲儿了。可她说不出是什么。就像一把琴有根弦没调好,听上去吱吱呀呀,觉得一切都不是那么回事。事情来得太快,太急了。她根本没料到。她现在待的地方不对。丈夫也没在该待的地方。她自己应付不了,力不从心了。此刻,母亲也许正在召唤她去那个有去无回的地方。

接生婆和玛丽开始朝她下手了:她们想要她坐在一把木凳上。只不过那不是普通的木凳,黑黑的,涂了油,有三条向外张开的腿,下面放了个盆,座位就是个空洞。艾格尼丝可不喜欢,谁愿去坐那个似有似无的座位,那个空洞,她直往后躲,把胳膊从俩人手里挣脱出来。她才不去坐那个黑凳子。

又想到那封信了。信中有什么东西不对劲儿吗?细节没问题,那一连串要订制的手套也没什么。那就是为妇人们制作的细指长手套了?她是听到丈夫提到妇人而心烦意乱吗?她以为不是。问题应出在信纸所透出的那种感觉,那字里行间像蒸汽一样升腾起来的快感。如今他们却相隔百里,难以相见,就是这让人感觉不对劲儿。丈夫考虑的是手套尺寸,珠子的样式,绣什么样的图案才适合台上的皇帝,而她却深受分娩之苦,痛不欲生。

她想自己就要死了。要不然怎么会对眼下发生的一切竟毫无预感呢?怎么就没预料到自己将死去,将离开这个世界,将永远见不到他,见不到苏珊娜了。

艾格尼丝坐到地上,被这种不祥的预感击倒了。不能再这样。她用手掌支撑着直起身,双腿弯曲,蹲了起来。她念叨着,要死就快一点。要让孩子活下去,让丈夫快回来照顾孩子,让丈夫永远亲切地想念她。

接生婆还在拽她的衣袖,不过婆婆此时似乎已放弃了让她坐到凳子上的念头。艾格尼丝可不是听人摆布的主儿,婆婆大概已经明白了这一点。玛丽一屁股坐在那可恶的木凳上,手拿一块平纹细布,随时准备接住降生的婴儿。

丈夫在信里写道,剧场位于伦敦东面一个叫肖迪奇的地方。伊莱扎不得不一个字母一个字母地把这个地名读出来,以便让艾格尼丝听懂其中的意思。"S-h-o-r-e"她念道,是"岸边"的意思,然后是"d-i-t-c-h","沟渠"的意思,连在一起就是"Shoreditch","岸边 — 沟渠"?艾格尼丝念叨着,脑子里想象出一条河的河岸,一片泥沙,河边长满芦苇,可能还长着黄色的菖蒲,水鸟还能在那儿做窝;又想到一条小沟,中间一摊泥水,边上又陡又滑,挺危险。先是"岸边"后是"沟渠",前面听起来是个好地方,后面可有点可怕。好好的岸边怎么跑出一条沟呢?她当时就问伊莱扎,可人家只顾继续往下念了,说趁着等候签手套合同的工夫,看了一场戏,说的是一个嫉妒心很重的公爵和他不忠的儿子的故事。

接生婆不耐烦了,撩起裙摆和围裙,爬到地上,说这可

245

得多加点工钱,她的膝盖受不了啦。她在毯子上几乎是趴平了身体,抬起头向上望着。

"很快就好了,"她判断道,"往下使劲儿。"她说着粗鲁地碰了碰艾格尼丝。

玛丽一只手放在艾格尼丝肩上,另一只手握住她的胳膊。"坚持住,"她小声说,"马上就好。"

艾格尼丝觉得她们的声音很远很远。她现在脑子里能想的很简单,只是些简短的念头,已经短得不能再短。她想的是:丈夫、手套、演员、彩珠、剧场、嫉妒心很重的男爵、死亡,还有体谅。这些念头是她的一种感觉,大概还顾不上想出相应的词语。她觉得丈夫没什么异常,而是还和往常一样。还是原来的他。复原了。更好了。回到了从前。

她以一种超然的、着迷的心态看着一个圆鼓鼓的东西出现在她两腿之间。她低下头,看着自己的身体,一个头顶慢慢露出来,转动着,扭动着,滑溜溜的像个水里的生物;接着露出个肩膀,长长的后背,印着一节节的脊梁骨。接生婆和玛丽一起接住孩子,玛丽说,男孩,是个男孩。艾格尼丝看到了酷似丈夫的下巴,小嘴噘噘着;她看到了酷似自己父亲的金色头发,尖尖的一小撮支棱在头顶上;她还看见了和自己母亲一样的纤细的手指;她看见了自己的儿子。

艾格尼丝和儿子躺在床上,孩子在吃奶,小拳头霸道地握在母亲的乳房上。她说，自己先不擦洗，头等大事是给孩子喂奶。她坚持要把脐带和胎膜用布包好，扎紧；还抬起头看着玛丽和接生婆完成这件事。她告诉她们，等孩子满月了她要亲自把这些东西埋在一棵树下。接生婆忙着收拾工具，打理随身携带的袋子，还把一张床单叠起来，把一只盆里的东西倒出窗外。玛丽坐在床边，对艾格尼丝说，必须把孩子用襁褓裹起来；这样做很有好处，她的孩子无一例外，看他们一个个长得多壮实，包括伊莱扎。而艾格尼丝一个劲儿地摇头。不要用襁褓，谢谢你，艾格尼丝说。屋子一角的接生婆听了暗自好笑，因为玛丽最小的三个孩子都是她接生的，她觉得这女人是过分地自我感觉良好了。

接生婆用一块布擦着盆子，她不得不服，都说这个儿媳非比寻常，跟这个婆婆可谓是棋逢对手。这她都看在眼里了。她敢拿她所有的家当（就是藏在她家茅屋墙皮后面的一只瓦罐，世上没有第二个人知道）打赌，给这孩子裹上襁褓，那是休想。

她不知怎的回过头看了看，手里还拿着湿抹布。后来她跟镇上的人（得有十来个人吧）讲起这件事，说自己也不知道为什么会回头。这大概就是接生婆的直觉吧，她用指头指指自己的鼻子这么说。

艾格尼丝在床上坐直了身子，一只手压在肚子上；另一只手仍然搂着孩子喂奶。

"怎么啦？"玛丽问着，从床上站起来。

艾格尼丝摇摇头，又蜷起身体，低声呻吟着。

"把孩子给我吧。"玛丽说着伸出双手。她神色惊恐，但很柔和。接生婆看得出，不管怎么说玛丽还是喜欢这个孩子的，尽管她有过八个孩子，尽管她已经一把年纪。她想和孩子亲近，想抱着抚摸，搂搂那包得严严实实的暖融融的小身体。

"不。"艾格尼丝从紧咬的牙缝里蹦出一个字，身体蜷缩成了一团。她的表情很困惑，既紧张又害怕。"这是怎么啦？"她小声说，声音像孩子那样沙哑、恐惧。

接生婆走过来，一只手放在艾格尼丝小腹上，向下压了压，觉得皮肤在收紧，在向内收缩。她撩起裙摆往上一看，原来如此：又冒出一个圆圆的小脑袋。一准儿没错了。

"又要生了。"她叫道。

"你说什么？"玛丽问道，一副颇有权威的样子。

"她又要生了，"接生婆重复道，"又来了一个。"她拍拍艾格尼丝的腿，"你是双胞胎呀，孩子。"

艾格尼丝听了并没作声。她躺平了身子，仍然紧紧抱着孩子，精疲力竭，面色土灰，四肢疲软，低头不语。唯一能让人看出她正在经历剧痛的只有她那张煞白的脸和噘起的嘴唇。她任凭她们把孩子抱走，放在了壁炉边的摇篮里。

玛丽和接生婆分别站在床的两侧，艾格尼丝盯着她们，眼睛睁得大大的，但没了神采，脸色白得吓人。她伸出一根手指，先指指玛丽，又指指接生婆。

"你们俩。"她厉声说。

"她说什么？"接生婆问玛丽。

玛丽摇摇头。"没听懂。"她又对艾格尼丝说，"艾格尼丝，去坐在凳子上吧。都弄好了。就在这儿。我们都会帮你。该生了。"

又一阵疼痛袭来，艾格尼丝的身体向这边扭扭，又朝那边扭扭，手指抓着床单，把床单从床垫上拉起来，硬塞进了自己嘴里。她的喊叫声于是变得呜呜咽咽的，听不清了。

"你们俩，"她小声说，"总以为站在床边的是我的孩子，却怎么是你们呢。"

"她说什么？"接生婆问了一句，就又趴到艾格尼丝的裙子下面去观察了。

"我也不知道。"玛丽说。她并不感到紧张，而她的语气还更要轻松些。

"她是在说胡话呢，"接生婆耸耸肩，"都不知道她自己在哪儿了。有的产妇就是这样的。好啦，"她说着重新站直了身子，"又要生了，咱们得让她离开这张床。"

她们俩一边一个把艾格尼丝从床上搀起来。这回艾格尼丝顺从地让她们搀着从床边走到了木凳上，一句抱怨的话都没说就坐了下来。玛丽站到艾格尼丝身后，支撑着她虚弱的

249

身体。

过了一会儿,艾格尼丝说话了,只不过断断续续的,让人听不明白。"我不该……"她咕哝着,声音很低,喘不上气来,"……我不该……我弄错了……他不在家……我不能——"

"你能,"接生婆说,此时她已经又趴到了地板上,"你肯定能行。"

"我不能……"艾格尼丝抓着玛丽的胳膊,脸上都是汗,眼睛睁得大大的,亮闪闪的,却呆滞无神,她希望玛丽能听懂自己的话,"……你看,我妈妈死了……还有……还有我让他走了……我不能——"

"你——"接生婆刚一开口,就被玛丽打断了。

"闭上你的嘴,"她生气了,"干你的活儿吧。"她用手托住艾格尼丝毫无血色的脸,"你怎么啦?"她低声问。

艾格尼丝看着她,她那带着金斑的眼睛里满是恳求和恐慌。玛丽还从未见过儿媳脸上出现这样的表情。

"问题是……"她低语道,"……是我……我让他走的……还有我妈妈死了。"

"我知道她死了,"玛丽说着有些激动,"可你不会死。我敢肯定。你身体好。"

"她……她身体也很好。"

玛丽拉住她的手,"你会好的,你会的。"

250

"但问题是……"艾格尼丝说,"……是……我不该……我不该……"

"不该什么?你不该做什么?"

"我不该让他……去……去伦敦……我错了……我应该——"

"不是你让他走的,"玛丽安慰说,"是约翰。"

艾格尼丝的头,懒懒地支撑在脖子上,突然转过来冲着她。"就是我呀。"艾格尼丝咬着牙咕哝着。

"那是约翰。"玛丽坚持着。

艾格尼丝摇摇头。"我怕是坚持不住了,"她喘着气,抓住玛丽的手,手指掐进肉里,痛痛的,"你们会照顾好他们吗?你和伊莱扎。你们愿意吗?"

"照顾谁?"

"这几个孩子呀。行吗?"

"当然啦,可是——"

"千万别让我继母把他们接走。"

"当然不会。我绝不会——"

"就是琼,就是不能让琼把孩子接走。答应我。"她脸上的表情有些狂躁,似乎把力气都用尽了,她的手指掐着玛丽的手,"答应我由你们照看孩子。"

"我答应。"玛丽说。她皱皱眉,紧盯着儿媳的脸。她是看到了什么吗?她预见到什么了吗?玛丽打了个寒战,感到浑身不适，一阵恐惧袭来，皮肤发麻。人们都说艾格尼丝能预见未来，会看手相，能干这能干那——对这些，她一般都不相信。可眼下她头一次明白人们说的是什么意思了。艾格尼丝是另一个世界的人。她不属于这里。然而，一想到她就要死在自己面前，心中顿感一阵绝望。她不能让她死去。不然该怎么向儿子交代？

"我答应你。"她再次承诺道，眼睛直视着儿媳的眼睛。艾格尼丝松开了婆婆的手。俩人一起看着艾格尼丝的大肚子，还有趴在下面的接生婆的肩膀。

生第二个孩子时间很短，很快，但很困难。阵痛接连袭来，没有间隔，一波紧接一波。玛丽看得出，艾格尼丝就像溺水的人一样，已是上气不接下气。到后来，尖叫声已变得声嘶力竭，完全绝望。玛丽搂着她，自己也已是泪流满面。她脑子里开始考虑对儿子该怎么交代。我们尽力了。该做的都做了。但最后还是没保住她。

孩子露头了，她们知道一直所担心的死亡已不属于艾格尼丝。孩子身体呈灰白色，脐带紧紧绕在脖子上。

大家都不说话了，接生婆一只手慢慢引导孩子的身体，另一只手顺势接住。是女孩，个头只及第一个的一半，而且无声无息。眼睛紧闭，双手握拳，嘴唇噘起，似乎很是痛苦。

接生婆麻利地解开脐带，把孩子倒提起来，在屁股上拍了一下，两下，但没回应。不哭，也不叫，没有生命的迹象。

接生婆第三次扬起手来。

"不用了,"艾格尼丝说着伸出双手,"给我来抱。"

接生婆嘟囔着说她不能看孩子,会带来厄运的。还说,你还是别看的好。我会把她抱走,保证体体面面地埋掉。

"把孩子给我。"艾格尼丝说着就要从凳子上站起来。

玛丽上前一步把孩子从接生婆手里抱过来。这孩子的脸蛮好看的,她暗自想着,像哥哥,一样的额头,一样的脸蛋和下巴。孩子有睫毛,有指甲,身体还有温度。

玛丽把这小小的躯体交给艾格尼丝。艾格尼丝接过来紧紧搂住,用手托着孩子的头。

房间里一片寂静。

"你有多漂亮的一个儿子呀,"过了一会儿,接生婆说话了,"我抱来给你喂奶吧。"

"我来抱。"玛丽说着就朝摇篮走过去。

"不,还是我来。"接生婆说着抢先一步,挡在她前面。

玛丽生气地推了她肩膀一下,"你给我让开。我抱我的大孙子。"

"夫人,我必须说——"接生婆不服软,但她只说了半句,就听到身后传来一声弱弱的由低到高的哭叫声。

俩人齐刷刷地回过头。

艾格尼丝怀里的孩子,那个女婴,在哭叫,小胳膊由于气愤挺得直直的,那小小的身体随着她的呼吸一下变得有了

253

血色。

这么说,是两个孩子,不是一个。艾格尼丝对自己说。她躺在床上,四周围着床帏,以防受风。

产后头几周,女婴是否能存活还是个未知数。这一点,艾格尼丝明白。她不但脑子里明白,就连骨头里、皮肤里,直到心里都明白。这只需看看公婆的举动就知道了:她看见婆婆蹑手蹑脚走进来,瞥一眼孩子,往孩子的胸口上很快地摸一下;她知道婆婆急于催促公公带孩子去教堂:他们给孩子一层层地裹好毯子,再揣进怀里赶去见牧师。过了一会儿,玛丽风风火火地回来了,就像刚刚跑赢了对手的女选手。她举起双胞胎中弱小的那个对着自己,说,好啦,大功告成,女娃保住啦。

看来,艾格尼丝是没法睡觉了,没法离开这张床,也别想让哪只手腾出空来歇一会儿。两个孩子无时无刻不得抱在怀里,起码也得抱着一个。她得先喂一个,再喂另一个,然后回过头来再喂头一个;或者同时喂,一手托着一个,两只小脑瓜聚在她胸口上。她喂呀,喂呀,除了喂奶还是喂奶。

男孩哈姆奈特长得挺结实——这她头一眼就看出来了。这孩子找起奶头来又准又狠,嘬起来就没完。而女儿朱迪丝得哄着她去找奶头,有时她小嘴张着,奶头也放进她嘴里了,可她还一脸懵懂,好像不明白自己究竟要干吗。艾格尼丝还得摸摸她的小脸蛋，拍拍她的小下巴，再用一根手指划拉一下她的下颌骨，来提醒孩子使劲嘬，使劲吸，只有这样才能活。

艾格尼丝对死亡的想象，好长一段时间以来都是这样的：孤零零一个房间，里面点着灯，四周是一大片荒原。活着的人住在屋子里；死了的围着屋子打转，把手掌、脸和指尖都压在窗玻璃上往里看，拼命想回到屋里，回到活着的人身边。屋子里的人，有的能听到、看到外面的人；有的还能透过墙壁和他们讲话；不过大部分人不行。

怀里这个小小的生命也许就要跑到外面去了，那是寒冷多雾的荒原，没有母亲照顾，艾格尼丝不敢想下去了。她绝不让女儿离开自己。人们都知道，双胞胎中小的容易夭折。大家也都在屏住呼吸，等待着这一刻的到来。她也知道，对自己女儿来说，通向外面的门是开着的；她都感觉到那阵阵的阴风和冰冷的气息了。她知道自己是有两个孩子的命，可她不接受。在最黑暗的夜里她对自己这样说。她不允许这样的事情发生，今晚不行，明天不行，什么时候都不行。她要找到那扇门，把它牢牢地关上。

她把两个孩子裹得严严的，放在身边，一边躺一个，一边的耳朵听着一个孩子呼吸。每当哈姆奈特醒来，哇哇哭着要吃奶的时候，她也叫醒朱迪丝。吃奶啦，小宝宝，她对女儿小声说，该吃奶了。

她对自己的预见感到恐惧；十分恐惧。她清清楚楚地记得站在她死亡之床前的那两个人影。她现在明白有一个孩子夭折是可能的，完全可能的，因为这是常事。但是，她不认命，她不能接受。她一定要给这个孩子，给自己所有的孩子注入活力。她要挡在孩子和屋门之间，俨然屹立，龇牙咧嘴，挡住去路。她要保护三个孩子不受外面世界的伤害。她可以不休息，不睡觉，直到确信孩子们是安全的。她一直觉得自己只能有两个孩子，这样的预见她绝不认可，必须摒弃，必须推翻。她一定要做到。她有信心。

丈夫终于归来，但一时都认不出妻子了。他记忆中的妻子手持木杵站在她的瓶瓶罐罐前，洒脱迷人，双唇丰满，而他眼前看到的只是卧榻之上一个弱小的身躯，虽孱弱不堪，睡眠不足，却信心满满，目标专一，几近痴狂。他看到的女人因哺育孩子而变得十分消瘦，双眼围着黑眼圈，但一脸的坚毅和专注。他还看到两个婴儿，长着一样的令人捉摸不透的面庞，其中一个只有另一个的一半大小。

他一手抱一个，接住他们坚定的目光，端详着他们一样的眼睛。他把他们连头带脚地放在膝上，看一个把另一个的拇指放进嘴里吸吮。他看得出，他们从一开始就是一起生活的。他用手掌摸摸他们的头。你，他说，还有你。

艾格尼丝尽管精疲力竭，昏昏欲睡，还没摸到丈夫的手，就已经感觉到，丈夫想要的生活，想从事的工作，已经找到了，他目前正在适应着、充实着这种新生活。她躺在床上，看着丈夫高大的身影，宽阔健硕的胸膛，一扫愁容和沮丧的脸庞，感受着他心满意足的心绪。

他们坐在产房里，仍然相信他们很快就会在伦敦团聚，她将把三个孩子都带到伦敦，一家人生活在一起。他们相信这马上就会成为现实。她已经在盘算哪些东西应该打包带走，她已经在跟苏珊娜讲，他们很快就会去一个大城市，会看到很多房子、船舶，还有大黑熊和宫殿。弟弟妹妹也去吗？苏珊娜瞥了一眼摇篮问道。当然，艾格尼丝回答，极力掩饰着笑容。

丈夫已经看过一些房子；正攒钱准备安家。他想象着让苏珊娜骑在肩膀上去看那条大河，带他们去剧场。他想象着他那些新朋友们看着妻子黑亮的双眸和戴着手套的纤细的手腕，看着三个可爱的孩子，又羡慕又嫉妒的样子。他眼前出现了一幅画面：厨房里放着两只摇篮，妻子俯身在火炉前，后院里养着鸡和兔子。家里只有他们五口人，也许会更多：他允许自己有这样的想法。家里没有外人，旁边也没有邻居。没有哪个兄弟或父母或近亲会在不方便的时候突然闯进来。没有别人，只有他们一家人，厨房，还有这两只摇篮。他简直都嗅到厨房的气味了：桌面上的蜂蜡味，孩子身上的奶味，还有衣物上淀粉浆的味道。妻子一边干活一边哼着小曲，两个婴儿咯咯笑着，咿呀学语，苏珊娜在后院里正和小兔子说话，看着它们水一样的眼睛，摸着它们光滑的皮毛；而他自己则坐在壁炉前，妻儿就在身边，再不用挤在公寓房里写那些花四天时间才能送到的家信。人隔两地，情深难寄的生活将成过去。妻儿终日相伴，抬头就能看见。在那座大都市里，他将不再孤独：他将站稳脚跟，有妻子，有家庭，有房子。有了艾格尼丝的陪伴，他会创造出怎样的业绩，这谁又能估量得出哇？

但此时夫妇二人坐在房间看着初生的婴儿，谁也没想到他们的幻想是没有机会成为现实的。妻子将不能带着孩子去伦敦和丈夫团聚；丈夫也无法在伦敦购置房产。

女婴会活下去，将从一个婴儿长成幼儿，长成儿童，但生命力脆弱不稳。她会全身抽搐，手脚发抖，会患上热病，会遭受胸腔淤血、皮肤生疹、呼吸困难等病症的折磨。其他两个孩子要是得了感冒，她就得发场疟疾；如果人家只是咳了几声，她就得又咳又喘闹个不停。艾格尼丝不得不一次又一次地推迟去伦敦的计划，一耽搁就是几个月。她让伊莱扎写信说，等孩子好了就去，等春天再去，等过了夏天再去，等秋风过去再走，等冬天的雪化了再动身。

朱迪丝两岁了，母亲一夜一夜地无法入眠，把松枝和丁香花放在碗里在床幔里熏，这样孩子才能呼吸，嘴唇上的紫色才能褪去，最终才能入睡。大家都看出来，伦敦再也去不成了。这孩子身体如此羸弱，到了大城市根本无法存活。

孩子们的父亲只能在瘟疫流行,剧场关门的时候回来看看。他已经不再卖手套,不再为自己的老爹吃喝,完全和家族生意脱离了关系。现在他的精力都放在了剧场上。一天晚上,他看着妻子抱着小女儿在地板上走来走去;孩子患上了胃瘟热病。

这是个漂亮非凡的小姑娘,这只需随意瞥上一眼就看得出来:明澈透亮的蓝眼睛,精细柔美的鬈发。当母亲抱着她从屋子一边走到另一边的时候,她的目光越过母亲的肩头盯在父亲身上。眼泪无声地流下面颊,两只小手紧紧抓着母亲的衣服。他回头注视着女儿。他清了清喉咙。他告诉妻子,他已决定,要用积攒下来准备在伦敦买房子那笔钱,在斯特拉特福镇外面买一块地。他对妻子说,那能收一笔不薄的地租。他站在那儿,对自己的决定,对自己的将来都是信心满满的样子。

在双胞胎兄妹出生的这个房间,丈夫把两个婴儿放在腿上,一只手搂着一个孩子的头。他对妻子说,他同意她的判断:原来说命中只有两个孩子的预言是错误的。或许那只是说,要生双胞胎了。他目光仍注视着一对双胞胎儿女,说就是要生双胞胎的意思 —— 苏珊娜加双胞胎。

妻子没说话。他往床上一看,妻子已经睡着了。看来,妻子所盼望的只是他能回到家里,把孩子抱在膝上,一手搂着一个小脑瓜。

艾格尼丝一惊,醒了。她猛然抬起头,嘴唇和舌头都准备好要说出某个词,可又搞不准是个什么词。她刚刚梦见起了大风:一股巨大的看不见的力量,头发像鞭子般左晃右甩,衣服像有人在用力拉扯,脸上只觉一阵阵尘土、沙砾袭来。

她低头看看自己,没在床上,而是半坐半卧在一张床垫的边上,身上还穿着长裙,手里还拿着那块布,湿湿的,皱皱的,在她的手心里都攥热了。她干吗拿着这块布呢?为什么这么坐着就睡着了呢?

忽然间,就像梦里那股风又在房间里一扫而过,她一下醒悟过来:朱迪丝,发烧,夜晚。

艾格尼丝摇摇晃晃地站起来。她刚才睡着了吗?她怎么能睡觉呢?她摇摇头,一下,两下,似乎在竭力驱散刚才的睡意,摆脱刚才的梦。屋里漆黑一片:是夜的最深处,是死神在招手的时刻。炉火几近熄灭,只有几块木头仍带着红红的余火,蜡烛也早就烧尽。她朝孩子身上胡乱摸索着:这是一条腿,在被单下面,还有膝盖、脚踝。往上摸,又触到手腕和两只握在一起的手,摸上去都热乎乎的。她一边转过身在柜子里摸蜡烛一边想,热乎乎就好,因为这说明孩子还活着。

这是好事,她自言自语道,是好事。她摸到一根凉凉的蜡烛,凑到炉子里的余烬上。活着就有救。

烛心点燃了,火焰闪闪烁烁,几乎要灭,然后才着起来。艾格尼丝伸着手臂,四周亮起来,光圈不断扩大,驱赶着黑暗。

她看到了壁炉、壁炉架,还有地上她自己的拖鞋和掉落的围巾。床垫上朱迪丝的小脚丫从被单里露出来;还有孩子的腿、膝盖;还有那张小脸。

艾格尼丝看着,不禁惊得捂住自己的嘴。脸色白得几乎没了颜色;眼皮半睁,眼珠上翻;嘴唇开裂,没有血色;张着嘴一小口一小口地在吸着气。

她仍然捂着嘴,低头看着自己的女儿。她觉得自己整个人被分成了两半,一半说:孩子没多少时间了;因为她照看过各类病人——病轻的、病重的、康复中的,还有装病的、情绪悲伤的、疯疯癫癫的。另一半却在说:不会的,不会有事,老天保佑,怎么也不会轮到她;因为这孩子,她亲生、亲养,日日亲自照料,喂奶穿衣无不精心,还没抱够,也没亲够。

艾格尼丝俯身到孩子近前,摸摸头,摸摸脉,试图让孩子好受一点。这一凑近,她看清了原来没想到的情况,觉得挺奇怪,盯了好一会儿才确信自己究竟看到了什么。

她看到的是：朱迪丝的手不是她刚一看到的那样握着自己的另一只手，而是和另一个人的手握在一起，也就是说，床垫上还躺着另一个人，另一个酷似朱迪丝的身体——两个朱迪丝，一起蜷缩在即将熄灭的壁炉边。

她眨眨眼，抖抖身体。原来是哈姆奈特。这孩子半夜跑下来，跟妹妹挤到了一张床垫上。现在他静静地躺在那儿，握着妹妹的手，沉沉地睡去了。

艾格尼丝高举着蜡烛，看着眼前的情景。以后她回忆起此时此刻将会问自己：我什么时候才明白我一开始是看错了？什么时候才注意到是两个而不是一个孩子？是什么使她警觉到究竟发生了什么？

一个是女儿，病得很重，仰面而卧，高烧不退，脸色苍白；一个是儿子，蜷缩在妹妹身旁，一只胳膊搭在妹妹身上。可这只胳膊有些不对劲儿，艾格尼丝盯视着，入了神。这手臂是哈姆奈特的，可又不像。

她把目光移向哈姆奈特握着的另一只手，朱迪丝的手，发现这只手的指甲上染着一些黑色的东西，像是墨汁。

朱迪丝什么时候用过墨汁吗？艾格尼丝问自己。

就像有一百只蜜蜂在嗡嗡乱叫一样，艾格尼丝的脑子完全给搞糊涂了，她觉得这太离奇了，简直让人发疯。她往前紧迈了两步，把蜡烛插在壁炉架的烛台上，伸出双手在两个孩子身上抚摸着。

她的儿子，肤色健康，紧靠着壁炉，她女儿躺在床垫的另一侧。可是当她把手伸向哈姆奈特的脖子的时候，摸到的却是朱迪丝的长辫子；而从朱迪丝的衬衫里伸出来的是哈姆奈特的手，手腕上还留着小时候被镰刀割破的月牙形的伤疤。哈姆奈特的短发汗涔涔发黑，可那竟是朱迪丝发烧时流的汗；像好人一样睡得香香的竟是朱迪丝。

　　艾格尼丝搞不懂她看到的是什么。是在做梦吗？是夜游的鬼魂在作祟吗？她一把掀开被单，看着躺在床垫上的两个孩子。生病的孩子的脚伸得更长些，也就是这个个头更高的孩子。

　　生病的是哈姆奈特，不是朱迪丝。

　　这时，身材较小的孩子可能是感到有寒气，睁开了眼。她看着母亲手拿被单高高地站在床边。

　　"妈妈？"孩子说。

　　"朱迪丝？"艾格尼丝心存疑窦，声音很小，因为她仍然没法相信看到的一切。

　　"是的。"孩子回答。

　　哈姆奈特当然不知道他父亲正骑马狂奔在回家的路上。他永远也不会知道，是父亲的朋友为他租了一匹马，一匹烈性母马，放火的眼睛，坚实的肩头，全身皮毛像七叶树的果实那样闪闪发亮。

哈姆奈特不知道，现在父亲正策马加鞭，催促那坏脾气的母马尽快赶路，只在必要的时候才停一下匆匆喝点水，吃点东西。从坦布里奇到韦布里奇，再到泰姆，又在班伯里换了马，心里只惦记着女儿，一心拼尽全力缩短和女儿间的距离，尽快赶到家里，在女儿呼尽最后一口气，去到另一个世界之前，把女儿抱在怀里，最后看上她一眼。

这些，他的儿子当然不知道。其他家人也不知道。苏珊娜不知道，母亲让她去房后的草药园，在那儿挖龙胆草和欧当归的根，准备做成膏药。玛丽也不知道，她正在厨房里数落那个女用人，因为她整个下午都又哭又闹的，说想回家看看母亲。伊莱扎也不知道，她正在窗口和一个上门求医的女人解释，说艾格尼丝今天没空，明天也不行，让她一周后再来看看。艾格尼丝自己当然也不知道，她正蹲在床垫边，背对着窗户。

朱迪丝，她最晚出生的小女儿，正坐在椅子里。艾格尼丝看了仍然难以置信。孩子虽然脸色苍白，但眼睛明亮有神；虽然很瘦、很弱，但已经张口喝粥，眼睛盯视着自己的母亲。

艾格尼丝坐在儿子身旁，抱着他瑟瑟发抖的身体，她的心给撕成了两半。她的女儿得救了，被又一次放回来了，但是作为交换，儿子哈姆奈特似乎就要被带走了。

她给儿子喂了泻药，给他服用了迷迭香和薄荷做成的胶冻。给朱迪丝用过的法儿，她都用上了，而且还更多：在枕头下放一块带眼儿的石头；几个小时前，还让玛丽弄来一只蟾蜍，用布绑在孩子胸口上。

可这些方法无一奏效，无一能减轻症状。她觉得对孩子怀有的希望，就像扎了眼儿的水桶里的水，越漏越少了。她简直是个笨蛋，瞎眼的白痴，最蠢的傻瓜。她一直以为要保护的是朱迪丝，可实际上哈姆奈特才是被厄运选中的那一个。命运如此捉弄自己，这是否太残忍了？这难道是故意让她把精力错误地集中在一个孩子身上，然后声东击西，出手夺走另一个孩子？

她想到她的后花园，还有那一架子一架子的各种药末、药水、药草和液体，越想越怀疑，越想越生气。这些东西有什么用呢？有什么意义呢？这么多年的精心栽培，又是除草，又是剪枝，又是采集，最终又有何用？她真想出去把这些植物统统连根拔起，扔进火里。她真是个傻瓜，一个无能而自负的傻瓜。她怎么也想不到，她种的药草竟然落得如此一文不值！

她的儿子正遭受着地狱般的折磨，不断翻滚着，扭动着，身体蜷缩，左抓右蹬。艾格尼丝搂住他的肩膀，稳住他的上身，好让他安静下来。她看出来了，自己已无计可施。她可以守在儿子身边，尽力安抚他，但这种瘟疫太强大，太邪恶，她已无力战胜。它的触角紧紧缠绕在儿子身上，不肯做出任何让步。这东西一股麝香般的又潮又咸的味道，艾格尼丝觉得一定是来自某个封闭、潮湿、腐臭的地方。如今它已在人类、兽类和昆虫等生物中杀开一条血路，享受着痛苦、不幸和悲伤给予它的滋养。它贪得无厌，绝无罢手之意，是最邪恶、最黑心的魔鬼。

艾格尼丝一直守在儿子身边，用湿布擦拭孩子的前额和四肢。她把盐包成一包包的放在孩子身边。为了让儿子感到舒服，得到安慰，她还把一束缬草和天鹅羽毛放在孩子胸口上。但哈姆奈特的高烧持续攀升，肿块也绷得越来越紧。她抬起儿子的手，贴在自己脸上，那手的边缘已呈现出让人揪心的蓝灰色。为了儿子，她什么都肯尝试，什么都肯做。她宁愿割开自己的血管，打开体腔，把自己的血液、心脏、器官都给孩子，只要有哪怕是一点点益处。

哈姆奈特大汗淋漓，体液正透过皮肤渗出来，像是要把身体排空。

然而，哈姆奈特的心灵已经到了另一个地方。好长时间以来，他还一直能听到母亲、姐姐、妹妹、姑姑和祖母的声音，意识到她们就在身边，给他喂药，跟他说话，抚摸着他的身体。不过，现在这些人都隐去了。他自己也来到了一个他认不出的地方。这里凉爽、清净。他独自一人。雪在下，轻轻的，连绵不断，无法阻止。四周雪越积越厚，盖住了小路、台阶和岩石；树枝被压弯；一切都变成了白色，空荡荡，死沉沉。这份安静，这种冷清，这不一样的银光，对哈姆奈特而言，不仅仅是一种慰藉。他多想躺在这片雪地上，就此休息身心。他的腿累了，他的胳膊疼了。在这晶莹的厚厚的白雪地毯上躺一躺，放松放松，那将是何等的惬意。不过有个声音在告诉他，他不能躺下，不能屈从这个意愿。这声音是谁？他又为什么不能躺下？

那是他身体之外的艾格尼丝在说话。艾格尼丝正试着把膏药敷在脖子和腋窝上的肿块上，可是孩子抖得太厉害，膏药根本贴不住。她一次次地呼唤孩子的名字。伊莱扎抱起朱迪丝，朝屋子的另一端走去；朱迪丝扯着嗓子尖叫着，小脚往姑姑身上乱踢。伊莱扎在想，那些用"悄悄离去"或"安详而逝"等词语描述死亡的人，恐怕从来就没亲眼见过死亡是如何发生的。死亡是暴力的，是一场搏斗。人的身体就像攀在墙上的藤蔓，死死抓住生命，不肯轻易放弃，不肯毫不挣扎地就松开双手。

苏珊娜看着弟弟躺在壁炉旁浑身抽搐，看着母亲拿着那些没用的膏药和绷带忙个不停。她真想把这些东西一把夺过来，扔到墙上，大叫一声，别瞎忙啦，住手吧，让他自己待一会儿。你看不到一切都太晚了吗？苏珊娜愤怒地把手握成拳头，挡住自己的眼睛。她不忍再看了；她受不了了。

艾格尼丝还在低声念叨着。求你了，哈姆奈特，求求你了，千万别离开我们，可千万不要走啊。窗户那边，朱迪丝还在哭闹，非要躺回哥哥身边，说她需要哥哥，必须跟哥哥说说话,让她替哥哥走吧。伊莱扎抱着她,说,听话,听话,但自己也说不清要表达什么意思。玛丽跪在床垫的一头,抓着孙子的一只脚。苏珊娜把额头抵在墙上,双手捂着耳朵。

突然间,哈姆奈特不抖了,房间里一下静了下来。他身体不动了,眼睛聚焦在上方远远的什么东西上。

哈姆奈特,在这片冰天雪地里,双膝一软慢慢倒在地上,先是一只手掌,然后是另一只,撑到清爽、晶莹的雪地上。感觉是那么惬意,那么称心。不太凉,也不太硬。他躺下来,脸颊贴着松软的雪花。一片耀眼的白色,刺痛着他的眼睛。他闭上眼,就那么一会儿,就是歇一歇,喘口气,恢复一下气力。他不是要睡去,不是,他要坚持下去,但需要休息,就那么一会儿。他睁开眼,看看这个世界还在,然后才又合上双眼。就一会儿。

伊莱扎把朱迪丝抱在胸前,轻轻摇晃,她下巴抵在孩子头上,嘴里还不住低声祷告着。苏珊娜对着墙壁已是泪流满面,此时也转过脸来,看着弟弟。玛丽一手抓着艾格尼丝的肩膀,一手在胸前画着十字。艾格尼丝俯身将双唇吻在孩子的额头上。

此时,偎依在母亲怀里,在火炉边,在他曾嗷嗷待哺、蹒跚学步、牙牙学语的房间里,哈姆奈特咽下了最后一口气。

他吸了一口气,又呼出来。

随后,一片沉寂,一切归于静止。就此完结。

貳

我死了,

你还活在世上;

……留在这一个冷酷的人间,

替我传述我的故事吧。

——《哈姆莱特》第五幕第二场

（朱生豪 译）

房间又窄又长，地面铺着石板，光滑得像面镜子。一群人站在窗户附近，围成一圈，面面相对，轻声交谈着。窗户上挂着布帘，光线很暗，不过有人将窗户撑起来，开了个小缝。一阵微风掠过房间，搅动着空气，摆弄着墙上挂的饰物和壁炉架上铺的台布；随风飘进来的是街上的气味，干燥的路面上的尘土，涂了焦糖的苹果的酸甜味，还能闻到附近什么地方好像在烤馅饼。不时地，会飘进过路人的只言片语，不知说的是什么，只是给沉寂的气氛添加了些许声音的泡沫。

桌子四周整齐地摆放着几把椅子。花瓶里花束插得端端正正，花瓣张开，花粉落在下面的桌面上。睡在垫子上的一只狗一个激灵醒了，舔舔爪子，愣了一会儿神儿，觉得还是趴下睡觉为好。桌上放着一只水壶，边上是几只杯子。没人喝水。窗户那边的人还在小声交谈着；一个人伸出手，和另一个人握了握；这个人令众人点头哈腰，把一个个浆洗得白白的包头帽帽顶展示给他人。

他们不时朝壁炉所在的那一边望望，然后又回过头来。

门扇已从门框上卸下来，用两个木桶支在壁炉旁。一个女人坐在门板边，一动不动，弯着背，低着头，简直看不出她是否还在呼吸。她头发披散，一缕缕落在肩上。她身体向前弯曲，双脚收紧，双臂张开，露出了整个脖颈。

她面前是男孩的尸体，一双赤脚向外张开，脚趾弯曲。脚底和指甲上残留着他人生最后时日留下的痕迹：路上的沙砾，后花园的泥土，河岸上的泥沙，一周前他还和小伙伴在那儿游过泳。他两臂放在身侧，头微微侧向母亲。皮肤已渐渐失去活力，变得像羊皮纸一样惨白，硬邦邦向下凹陷。孩子还穿着睡衣。是他的两个叔叔把门板卸下，抬到壁炉旁，又小心翼翼地，屏住呼吸，把他从床垫移到坚硬的木门板上。

小叔叔埃德蒙伤心地哭了，眼泪模糊了他的视线，他觉得这样也好，因为看着侄子那僵死的五官，实在是太令人心疼了。这孩子是他看着一天天长大的，他教侄子怎样接住木球，怎么给狗择虱子，怎么把芦苇秆削成一支笛子。另一个年纪稍长的叔叔理查德非但不哭，还憋了一肚子火，埋怨这伤心的活儿不好干，抱怨这个世界，抱怨命运，说一个孩子怎么能就这么病倒，死了。抬孩子的时候还气呼呼地责怪埃德蒙偷懒，说要抱牢孩子的腿应该抱膝盖，而不是只抓住两个脚踝，说埃德蒙笨手笨脚，什么都干不好。

两个叔叔先是和屋里的人们聊了几句，然后就借口手里有活要干，要出去办事，必须去个什么地方，很快就都走掉了。

屋子里留下的大都是女人：孩子的祖母、面包店老板娘——她是孩子的教母，还有孩子的姑姑。能干的事她们都干了：把床上用的东西、垫子、床垫里的草和亚麻床单都用火烧掉；给房间通风；安顿朱迪丝上楼睡觉，因为她虽然日渐康复，但还很虚弱，还未痊愈；她们把房间清扫一遍，洒上薰衣草水，并开窗透气；她们买来一块白布单、结实的绳子和好使的针。她们虔敬地低声说，装殓遗体的事她们愿意帮忙，她们就在这儿，不会离开，会随时准备着。孩子的遗体必须做好入葬的准备，不能耽搁了。镇里有命令，死于瘟疫的人必须在一天之内尽快埋葬。女人们特别跟艾格尼丝又讲了一遍，怕她深陷悲痛之中，对这条指令没上心，或是根本就忘了。她们把温水和白布放在艾格尼丝身旁，清着嘶哑的嗓子。

可是艾格尼丝根本无动于衷，头不抬，耳不听；大家提醒她该准备下葬了，要清洗遗体，还要缝制裹尸布，可她似乎一句也没听进去。放在身边的一盆盆清水都凉掉了，她看都没看一眼。叠得方方正正、放在门板一头的白布，她也无心顾及。

她只是坐在那儿，低着头，一只手摸着孩子拳曲的手指，一只手放在孩子头上。

在艾格尼丝脑子里，思绪一会儿扩展开去，一会儿又缩至眼下，伸伸缩缩，反反复复。怎么会是这样呢，她想着，不该是这样，我们可怎么活，我们能干什么，朱迪丝怎么能受得了，我跟别人怎么说，生活怎样才能继续下去；我当初本该怎么做，丈夫现在在哪里，他会怎么说呢；我起初该怎么做才能挽救孩子的生命，怎么就没救成呢，我怎么就没意识到，真正处在危险中的是哈姆奈特。然后她的思绪收了回来，只是念叨着：他死了，他死了，他死了。

死了，死了，死了，她不知其所云。她无法接受这样的概念。她的儿子，她的孩子，她的男孩，她三个孩子中最健康、最强壮的儿子，仅仅几天之内就患病、死亡，这无论如何也无法让人接受。

像所有母亲那样，艾格尼丝时不时就会把她惦念的鱼钩抛向她的孩子们，想着他们都在什么地方，在干什么，过得怎么样。一坐在壁炉边，她的一部分大脑就会习惯地列出孩子们的所在：朱迪丝，在楼上；苏珊娜，在隔壁屋里；哈姆奈特呢？她的大脑下意识地抛出思念的鱼钩，一次又一次，十分困惑，因为没人上钩，没有答案，只有她自己的回答：他死了，他不在了。哈姆奈特呢？大脑又在问。在学校，在玩耍，去河边了？哈姆奈特呢？哈姆奈特呢？他究竟在何处？

就在这儿，她试图告诉自己。浑身冰冷，已无生机，停在门板上，就在你的眼前。看啊，就在你眼前。

哈姆奈特呢？他在哪儿？

艾格尼丝背朝门口，面向壁炉，炉子里只剩下一堆灰烬，还脆弱地保持着原来那堆圆木的形状。

艾格尼丝知道人们一会儿进，一会儿出，从一个门走到街上，或从另一个门走到院子里。这些人包括她的婆婆、伊莱扎、面包店老板娘、一个邻居、约翰，还有一些她不认识的人。

这些人都过来和她讲话，她也听到了他们的声音，但就是没回头。她一直垂着头。这些进进出出的人，冲着她的耳朵说这说那，她一概没理会。他们要做的，她也一概不需要。

她一只手抚摸着孩子的头，另一只仍然抓着孩子的手。孩子全身，只有头发和手指还保持着她所熟悉的样子。她不由自主地这么想着。

孩子身体的其他部分可就全变了。随着时间的推移，变得越来越不一样了。似乎刮来一阵大风——她觉得，就是她梦到的那股风——一下把儿子从地上抛起来，狠狠撞到岩石上，又围着悬崖边打转，最后再摔回地上。孩子被误选、被胡抛乱撞、被无端虐待了：病痛把孩子给毁了。孩子死后的一段时间里，身上的瘀伤和黑斑一直在扩展变大，后来就停止了。孩子的皮肤变得蜡黄，骨头凸起。眼睛上方的伤痕——她也不知道是怎么划的——仍旧清晰、鲜红。

她注视着儿子的脸，或者说是曾经属于儿子的那张脸，那后面的头颅里容纳着他的灵魂，产生着他的语言，储存着他的眼睛所看到的一切。孩子干裂的嘴唇，紧紧闭在一起，她要蘸点水给孩子滋润一下；孩子的脸颊由于发烧变得松弛、凹陷；眼睑呈淡淡的紫灰色，就像初春的花瓣。她亲手给孩子闭上双眼，用她自己的手、自己的手指。她的手指感到热乎乎，滑溜溜的。自己湿滑的手指颤巍巍触到孩子的眼睑上，那眼睛是何等亲切，何等熟悉，要是有人给她一支炭笔，她凭着记忆就能画出来。将死去的孩子的双眼闭上，何人可做到？人们说，找两个硬币压在眼窝上，眼睛就闭上了，那怎么可能？谁会那么做呢？那不合情理。行不通。

她握住孩子的手。她皮肤上的热度传到儿子手上。要是她不去看孩子的脸，不去看那永远也不再起伏的胸口，不去看那渐趋僵硬的身体，她几乎相信，这小手还是原来的小手，孩子也还活着。她就得把孩子的手握得更紧更紧，就得不断地抚摸孩子的头发，头发还是那么光滑，那么柔软，末梢参差不齐，大概是做功课的时候揪的。

她用手指捏着哈姆奈特的虎口，转着圈儿地轻轻揉着虎口上的肌肉，然后等待，倾听，屏息凝神。她就像自己那只老红隼一样，审视着天空，聚神倾听，捕捉着任何一个信号，任何一丝声音。

但什么都没有，没有。而这过去从未有过，她一向都是能感受到某种信息的。即使是从最神秘、最内向的人身上，她也能探知一二;从自己孩子身上,能收集到的就更多了,有各种形象,有乱糟糟的声音,有各类秘密,还有种种细节和事实。稍大点的苏珊娜已经知道,到了母亲身边要把手背到身后,因为她知道一旦让母亲抓住手,自己的小心思就都暴露了。

可是,哈姆奈特的手什么都摸不出来。艾格尼丝用心听着,竭尽全力。她想知道这沉寂下面、后面藏着些什么。儿子会不会从远方发出某种低语、声音或信息,告知他在哪里,到哪里可以找到他?可是什么都没有。就像教堂的钟声过后,空荡荡的,声息皆无。

她感觉有人来到她身边,蹲下来,碰了碰她的胳膊。不用看就知道是亲弟弟巴塞洛缪:那又大又有力的手,拖在地上的皮靴和沉重的脚步,还有身上那股干草和羊毛的清新气息。

弟弟摸摸她干燥的面颊,叫着她的名字,一声,两声。他说,很抱歉,很痛心。说,没人想到会是这样。他多希望孩子好好的,哈姆奈特是个好男孩,最好的男孩,损失太大了。他握住了姐姐的手。

"我会把后事都安排好,"他低声说,"我已经派理查德去教堂。他会确保一切都准备好的。"他吸了一口气,在那气息中她听到了周围那些人对她讲过的那些话,"女人们都在,随时给你帮忙。"

艾格尼丝摇摇头，没说话。她用一个指头按了按哈姆奈特的手掌心。她记得这对双胞胎还躺在婴儿床上的时候就查看过他们的手心。她掰开稚嫩的小指头，识别着孩子的掌纹。他们手掌上的纹路太神奇了：跟母亲的一模一样，就是小了点。哈姆奈特有一条贯穿掌心的深深的纹路，像用画笔画出来的，象征长寿；而朱迪丝的这条掌纹很淡，不清晰，而且越来越细，然后在另一个地方才又显现出来。她当时皱了皱眉，把拳曲着的小手拿到眼前不住地亲吻，爱得恨不得咬上一口。

"她们……"巴塞洛缪又开口了，"可以把孩子装殓好。或者，你来做，她们帮忙。怎么都行。"

艾格尼丝还是一动不动。

"艾格尼丝。"巴塞洛缪叫了一声。

艾格尼丝掰开哈姆奈特的手指，看着孩子的手掌。和刚才比，手指头并没有明显地变硬，绝对没有。那条长长的、粗粗的生命线——那条从手腕一直延伸到指头根部的掌纹仍清晰可见。那是条美丽的线，完美的线，是田园里流淌的一条小溪。你看，她想对弟弟说，看见了吗？这个你能解释吗？

"我们必须准备入殓了。"巴塞洛缪说着用力握了握姐姐的手。

艾格尼丝紧咬嘴唇。如果屋里只有他们俩，她和弟弟，那她或许可以说出一直憋在喉咙里的话。可现在周围都是人，在默不作声地看着他们，叫她怎么说得出口。

"孩子得入殓啊。这你知道。不然镇上就会来人，把人抬走下葬的。"

"不，"她说，"现在还不行。"

"那要等到什么时候呢？"

她低下头，转过身，又去看她的儿子。

巴塞洛缪的身子动了动。"艾格尼丝，"他说，声音压得很低，艾格尼丝知道其他人可能想听也听不到，"有可能他还没接到信。他知道了，肯定会回来的。我敢保证。不过咱们先把丧事办了，他也不会觉得有什么不妥的。我们不得不这么做，这他能理解。我们现在要做的就是再写一封信，同时——"

"我们得再等一等，"艾格尼丝说，"等到明天。你可以告诉镇上。我负责给孩子装殓。别人都不用。"

"那好吧。"巴塞洛缪说着站起身。艾格尼丝看见弟弟动情地打量着孩子的遗体，目光从孩子黑乎乎的光脚，一直看到那张备受痛苦的小脸。只见弟弟双唇咬成一条缝，眼睛紧闭片刻，双手在胸前画着十字。转身离开之前，他伸出手，放在孩子胸口上，放在不久前还在跳动的那颗小小的心脏上。

这件事必须完成，而且艾格尼丝要独自完成。

她一直等到傍晚，等到大家都离开了，等到大部分人都上床睡觉了。

她右手拿着一盆水，还在水里加了几滴油。油与水无法混合，只是在水的表面形成了一个个金黄色的小圆圈。她把布在盆里蘸一蘸浸湿。

她从孩子头部，身体最上面的部位，开始。哈姆奈特前额很宽，头发从额头上直往上翘。最近一段时间以来，孩子自己总是在早晨把头发弄湿，好让它平贴在头上，可头发就是不听话。现在，艾格尼丝也把头发弄湿，可还是翘翘着，人死了也还是不行。你看你，她对孩子说，生来就有的你不想变，父母给的你也不愿改。

孩子没有回答。

她把手在水盆里浸湿，然后用手指去梳理孩子的头发，发现有布毛，有一根起绒草，还有一片李子树叶。她把这些都放在一只盘子里，因为这是孩子身上留下来的。她用手指梳理着，直到头发干净了。我可不可以，她问孩子，剪下一缕头发？你不会介意吧？

还是没有回答。

她拿起一把刀——这是她那天从巷子里遇见的一个吉卜赛人那里买的，用它挖水果核很是好用——在孩子脑后割下一缕头发。如她所料，刀子很轻松地就把头发割下来了。她把头发举起来，发尖给夏日的太阳晒成淡黄，发根颜色加深，近乎棕色。她将头发小心地放在盘子旁边。

她擦拭着孩子的额头、紧闭的双眼、面颊、嘴唇，还有眼眉上方的伤痕；清洗着孩子的耳郭和细嫩的脖颈。她多想把瘟热从孩子身上擦掉，把邪气从皮肤下面吸出来。睡衣无法脱下，只好用那把吉卜赛刀沿着袖子和前胸割开。

她用湿布轻轻地，轻轻地擦拭着腋窝上的瘀伤和肿块。这时婆婆玛丽走了进来。

婆婆站在门口，低头看着孩子的遗体。她脸上挂着泪水，眼睛红肿。"我看见有灯光，"她声音沙哑，"我也没睡觉。"

艾格尼丝朝一把椅子扬扬头。哈姆奈特出生时，玛丽在一旁帮助接生，现在孩子要下葬了，她也要送一程。

蜡烛燃得很旺，火苗很高，把屋顶照得挺亮，房间四周仍在昏暗中。玛丽坐在椅子上，艾格尼丝能看见她睡衣的白边。

艾格尼丝在水盆里把布蘸湿，给孩子擦一擦，然后再蘸再擦，反反复复。她的手指划过孩子手臂上的一块伤疤，那是在休兰兹农场翻篱笆墙时摔的；还有一块皱起的疤痕，是丰收节上给一条狗咬的；右手第三指由于握笔起了硬茧；肚皮上有一个个小坑，是小时候生天花留下的。

她擦洗着孩子的腿、脚踝和双脚。玛丽把盆拿走去换水。艾格尼丝又把脚洗了一遍，然后擦干。

两个女人相互对视了一会儿，然后玛丽拿起叠着的白布单,一手拿着一个角。白布单展开了,像一朵花瓣很大的花,艾格尼丝一惊,只觉眼前白花花一片。在这昏暗的屋子里,这白光像星星一般耀眼,无法躲避。

艾格尼丝拿起白布单,把脸贴上去,闻到有刺柏、雪松,还有香皂的味道。被单毛茸茸的,又宽宏,又包容。

玛丽帮助她抬起孩子的腿,然后是上身,以便将布单铺到身体下面。

要把孩子包裹起来,难啊。拉起布单的四角,把孩子盖上,让他在这白色底下窒息,难啊。这以后,她就再也看不到孩子的手臂、指关节、小腿、那根大拇指、那块硬茧,看不到孩子的脸庞——难啊,这想都不敢想。

她不忍心一下把孩子盖住。再试,还是不行。她拿起布单,盖在孩子身上,又拿开来。又盖上,又拿开。孩子躺在布单中间,赤条条,白净净,双手交叉在胸前,头微微扬起,眼睛紧闭。

艾格尼丝坐在门板边上,手里攥着白布单,大口喘着气。

玛丽看着,从孩子另一侧伸过手来,摸摸艾格尼丝的手。

艾格尼丝看着儿子。鸟笼般的肋骨,交叉的手指,圆圆的膝盖骨,安静的脸庞,棕色的头发——现在已经干了,又像从前一样在前额上翘翘的。这孩子不像朱迪丝,体格一直很壮实,看着让人放心。他进出房间,艾格尼丝一听就知道:脚步咚咚,身后带风,往椅子上一坐,总是扑通一声,没错,准是儿子。可现在,她不得不放弃孩子,让他入土,永世再不能相见。

"我做不到啊。"她叫道。

玛丽从她手中拿过布单,先盖好孩子的腿,再盖上胸部,动作挺熟练。艾格尼丝看了,不禁觉得,这种事婆婆以前就干过,而且不仅一次。

然后,她们一起去够屋顶椽子上挂着的各种药草。艾格尼丝选了芸香、聚合草和长着小黄花心的洋甘菊,还拿了紫色的薰衣草、百里香和一把迷迭香。没选三色堇,因为哈姆奈特不喜欢那种气味。也没选白芷,因为这种药草没什么用,起不到应有的疗效,不能退烧,没救活孩子,说什么都晚了。缬草也不选,也是同样的理由。水飞蓟也不行,因为它的叶子上有许多锋利的刺,会将皮肤扎破流血。

艾格尼丝把选好的药草放进白单子里,贴着孩子的身体,希望能默默无声地给孩子一点慰藉。

接下来就是用针缝了。艾格尼丝用的是合股粗线,从脚缝起。

针尖儿很锐利,刺透白布从另一面扎出来。她神情专注地把被单缝合,做成一个裹尸袋,就像一名水手在缝制风帆,好让小船把儿子顺利送到另一个世界。

她已经缝到小腿了,觉得有人过来,便抬起了头。楼梯口站着一个人。艾格尼丝几乎叫出了声,心像拳头一样紧握起来。快来吧,是你回来了吗,然而定睛一看却是朱迪丝。两个孩子一样的面庞,只是这一个还活着,尽管备受打击,满脸的焦虑。

玛丽从椅子上站起来,说,快回床上去,听话,朱迪丝。但艾格尼丝却说,不,让她过来吧。

她把针线小心放好,以免扎到儿子,即使是现在。她伸出双臂。朱迪丝从楼梯口跑进屋里,扑到母亲身上,脸贴着母亲的围裙,说着小猫的事,又说生病的事,说她和哥哥换了位置,说都是自己的错。女孩啜泣着,浑身颤抖,像疾风刮过小树。

艾格尼丝对孩子说:那不是你的错。你有什么错。瘟热是冲着哥哥来的,我们也没有办法。我们必须努力承受这一切。然后又问女儿:你想看看哥哥吗?

艾格尼丝拉了拉单子,露出哈姆奈特的脸。朱迪丝站过来,低头看着,双手举起,紧握成拳。脸上的表情从不相信变为羞怯,变为遗憾,再变为悲痛,最后又回到不相信。

"哦,"她说着吸了一口气,"这真的是哥哥吗?"

站在一旁的艾格尼丝点点头。

"不大像呀。"

艾格尼丝又点点头,"是啊,他走了。"

"去哪儿了?"

"去了……"艾格尼丝相当平稳地深吸了一口气,"……

去了……天堂。可身体却落下来。我们要精心照看好。"

朱迪丝伸出一只手,摸了摸哥哥的脸颊。泪珠沿着面颊淌下来,一颗追着一颗。这孩子的泪珠可是大得很,像沉沉的珍珠一般,和她那弱小的身躯很不相称。她把头使劲摇了两下,说:"他永远也不回来了吗?"

艾格尼丝觉得,她什么都能忍受,就是看不得孩子痛苦。分别、生病、挫折、分娩、穷困、饥饿、不公、孤独,这些她都可以忍受,但眼前的这一幕她实在不忍看:女儿看着死去的孪生哥哥,泣声连连,痛苦不堪。

艾格尼丝头一次流泪了。泪水一下子涌上眼窝,模糊了视线,泉水般流下面颊、脖子,打湿了围裙,在衣服和皮肤间流淌。这泪水似乎不是来自眼窝,而是来自身体的每一个毛孔。死去的儿子、年纪尚小的两个女儿、久盼未归的丈夫,她所有的亲人,这些都是她心头所念,大家都为孩子的早逝悲痛万分。"是的,我的乖女儿,哥哥永远也回不来了。"

乳白色的晨光已迟疑着探进房间。艾格尼丝正在裹尸袋上缝最后的几针,把肩膀处的布边折进去缝好,又把膝盖处的布边理齐。玛丽把盆里的水倒了,把布拧干,又把地板上散落的叶子和花蕾扫干净。朱迪丝的脸靠在哥哥的肩膀处,苏珊娜也从隔壁房间跑来,坐在妹妹身旁,头低着。

大家已经齐心合力把哈姆奈特装殓好,孩子现在干干净净裹在白布袋里，就准备下葬了。

艾格尼丝的脑子一想到即将立起的一座新坟，就像马儿遇到沟渠一样，直往后缩。她可以想象和孩子一起去教堂——巴塞洛缪，或是吉尔伯特和约翰都可以抱着他；她可以想象牧师为孩子祈祷。但是一想到要将孩子葬入地下，埋在黑暗的深坑里，再也无法相见，她无论如何不能接受，想都不能想。她怎么能让这样的事发生在自己孩子身上。

她已经是第三次或是第四次试着把线穿进针眼里去了——脸上面的布还开着口，必须缝合，这是最后一步，必须要做啊——但是，线比平时用的粗，而且分了叉，纫不进针眼里，试了几次都不行。她正要把线头放进嘴里抿湿，突然听见有人敲门。

她抬起头。朱迪丝还在抽抽搭搭，也抬起头来。玛丽也从壁炉那儿转过身来。

"这能是谁呢？"她说。

艾格尼丝放下针线。四个人都站起来。敲门声再次响起，是一连串的啪啪声。

好一会儿，艾格尼丝觉得是有什么非人的东西要闯进来，把其他两个孩子也带走，把她的儿子带走，哪管她有没有准备好，哪管遗体有没有装殓完。因为时间太早，不可能是哪个来吊唁的人或哪位邻居来最后看孩子一眼，也不可能是镇上的什么官员来敦促处理尸体。肯定是某种幽灵，某个鬼魂来敲门。但是为谁而来呢?

敲门声又来了:砰砰砰,啪啪啪。门扇在铰链上跳动着。

"是谁呀?"艾格尼丝大声问道,她自己竟没觉得,那声音还是很勇敢的。

门闩提起,门一闪开了。门口蓦地现出丈夫的身影,站在门楣下。他迈步走进来,衣服和头都被雨打湿,黑乎乎的,头发一缕缕贴在面颊上。"我太晚了吧?"他问道。

然后,他的目光落到站在蜡烛旁的朱迪丝身上,脸上绽出一抹笑意。

"你,"说着他大步走过来,张开双臂,"是你吗,挺好的呀。我好担心,马不停蹄往回赶,一接到信就动身了,不过现在我看——"

他戛然而止。他看见了门板、裹尸布和一个装殓好的人形。

他环视四周,一个人一个人地看,脸上写满恐惧和迷惑。艾格尼丝看得出,他在一个一个地排除:妻子、母亲、大女儿、小女儿。

"不,"他说,"不是……?难道是……?"

艾格尼丝看看丈夫,丈夫也看着她。她多想把眼前的时刻放慢一些,好尽量让丈夫晚点知道发生了什么,晚点遭受打击。最后,她才迅速地点了一下头。

丈夫喉咙里发出一种沉闷、窒息的声音,是怀疑,是痛苦，就像牲畜被迫担负过重的货物那样。那声音艾格尼丝一辈子都忘不了。直到晚年，丈夫已去世多年，她仍能回忆起那声音有多高，有多么痛彻肺腑。

丈夫疾步走过去，扯开裹尸布。儿子的脸露出来，像惨白的百合花，眼睛紧闭，双唇噘起，孩子似乎对刚发生的事很不高兴，很不以为然。

他一手托着孩子的下巴，另一只手的手指颤抖着悬在孩子额头的伤痕上。他说道：不，不，不。他说道：我的上帝。然后伏在孩子身上，低声说：这事怎么发生在了你的身上？

家里的女人们聚拢来，紧紧地拥抱着他。

于是，送孩子去教堂，当父亲的就责无旁贷了。他伸出双臂，将门板连同上面的孩子举在胸前。孩子身体包裹在白布里，四周摆着各种花卉。

跟在后面的是艾格尼丝，一手领着苏珊娜，另一手拉着朱迪丝的手——朱迪丝是让巴塞洛缪抱着的，孩子的小脸偎依在舅舅的脖子下面，眼泪打湿了舅舅的衬衫。再后面是玛丽和约翰、伊莱扎和几个弟弟，以及艾格尼丝的继母琼、娘家的几个弟弟妹妹、面包房老板和老板娘。

父亲一个人抱着孩子的遗体，沿亨利大街走着，泪水和着汗水流下面颊。快到十字路口时，埃德蒙离开送葬人的队伍，走到哥哥身旁，俩人一起抬着门板，哥哥抬头，弟弟抬脚。

看见默默无语的送葬队伍走过来,邻居们、乡亲们以及街上的行人都纷纷让开。人们站到路边,放下手中的工具、包裹或篮子。大家摘下帽子。抱着孩子的看见手套商的儿子抬着裹在裹尸布里的孙子走来,不禁紧了紧搂在孩子身上的手。他们在胸前画着十字。他们说着安慰和悲痛的话语。他们祈祷着,为死去的孩子,为这个家庭,也为他们自己。有人啜泣。还有人低声议论着这个手套商和他的家庭,议论着他的老婆如何摆谱,还说他的大儿子一向被人们认为是个一事无成的公子哥,可现在,人家成了伦敦的大人物,你看,袖口上那精美的绣工,脚下那油光锃亮的皮靴。这谁能想得到呢?光靠剧场就能挣那么多钱,这是真的吗?这怎么可能呢?不过,所有人见到包在白布里的孩子,看到牵着两个女儿小手、满脸悲痛的母亲,都十分同情。

对艾格尼丝来说,去墓地的路太慢,又太快。她受不了那一行行探查的眼睛,在她家人脸上扫来扫去,裹尸布里儿子的形象被人们锁进眼皮,儿子的魂魄也被他们窃走。这些人曾每天都从她家门前和窗下走过,每天都能见到哈姆奈特,和他说话,摸摸他的头,要是上学要迟到了还会催促他快点走。哈姆奈特也曾和他们的孩子一起玩耍,在他们家里或铺子里跑进跑出。他还为他们捎过信,逗过他们的狗,看见他们的猫在窗台上晒太阳也会伸手在背上捋一把。而如今,他们都活得好好的，一切如故，他们家的狗还在壁炉前打着哈欠，他们的孩子还在哭着叫着要吃晚饭，而哈姆奈特呢，没了。

所以，艾格尼丝受不了他们的目光，也不愿面对他们的眼睛。她不需要他们的同情，他们的祈祷，还有他们咕咕哝哝的低语。她讨厌人们先是给她和家人让开路，随后又重新聚拢起来，把刚才的路一下抹掉，好像什么都没有过，什么都没发生过似的。她真想把路面刨一刨，比方用锄头什么的，给她脚下的路做个记号，一个永久性的记号，让人们都知道哈姆奈特曾经从这儿走过——他是存在过的。

时间过得太快太快了，不一会儿，送葬的队伍已快走到墓地。一行人穿过大门，走在点缀着柔软的红色莓果的一排排紫杉树间。

墓穴触目惊心。一条深深的、黑黑的土坑，就像是一只巨兽用利爪在地上随便刨了一下。它位于墓地的那一头。再过去一点点，一条河在这儿缓缓地打了个大弯，把水引向了另一个方向。今天河水有些浑浊，泥水翻滚，像打成辫子的绳索，向前冲去。

哈姆奈特会喜欢这个地方吗，艾格尼丝发觉自己脑子里现出这么一个问题。假使儿子能自己选择，假使儿子此时就在身边，假使她能回头问问儿子，她相信，儿子一定会伸出手指着这里：要靠近河边。孩子生来就喜欢水。她曾告诫儿子不要去长满芦苇的河边，要远离那些潮乎乎的井口、臭气熏天的排水沟，要躲开被羊群弄脏了的泥坑，可苦口婆心到头来还是白费口舌。现在好了，孩子将永远被封进泥土，身旁就是一条河。

孩子的父亲正在将遗体放进墓穴。他怎么能这么做，这怎么可能？可艾格尼丝心里也明白，必须这么做，丈夫只是在做应该做的事。不过她觉得，自己肯定是做不来的。她怎么也不忍心把孩子就这样放进土里，孤孤零零，冷冷戚戚，不见天日。她看不下去了，她不忍再看了。丈夫的双臂用尽全力，脸上，表情扭曲，肌肉紧绷，汗水涔涔。巴塞洛缪和埃德蒙走上前帮他。后面有人在哭，是伊莱扎吗？或是巴塞洛缪的妻子，不久前她的一个孩子也夭折了。朱迪丝在抽泣，苏珊娜抓着妹妹的手。艾格尼丝永远也忘不了眼前这一刻，忘不了眼睁睁看着儿子裹在她亲手缝好的布袋中缓缓消失在被河水浸透的黑暗土穴里。这一会儿，儿子还在，可她低头看一眼朱迪丝的工夫，儿子就不见了。再也见不到了。

艾格尼丝发现，离开墓地比进入墓地更让人难受。要走过那么多个墓穴，有那么多愤怒的哀魂拉住她的裙摆，冰冷的手指触到她身上，拉着她，纠缠着，恳求着，说，别走啊，等等我们，别把我们落在这儿。她只好把裙摆收紧，用双手紧紧拽在身上。她还有一个奇怪而令人不解的念头：来墓地时她带了三个孩子，离开时却只带回两个。她对自己说，她是有意留一个在这里的,可她怎么能这么做呢? 怎么能把孩子丢在这么一个鬼魂哀嚎、紫杉滴水、利爪无情的所在。

走到墓地大门时,丈夫挽住她的手臂;她回头望望丈夫,怎么觉得像从未见过似的,脸看上去有点异样,有点扭曲,一下老了许多。是因为分开得太久了,还是因为心情悲痛,抑或是流泪太多了? 她一边看着丈夫,一边在想。身旁紧紧挽着自己手臂的是谁呀? 在这个人的脸上,她可以看到刚刚死去的儿子的颧骨、额头,别的就没什么了。她看到的是生机、血气——一颗充满活力的怦怦跳动的心脏的表征,是泪光闪烁的眼睛,是由于情绪激动而涨红的脸颊。

艾格尼丝觉得内心已被掏空,外壳也变得模糊、虚幻。她随时都会像掉在树叶上的雨滴那样,摔得支离破碎。她不能离开,不能跨过这座门,不能把孩子孤零零留在这里。

她一把抓住木头门柱,双手死死握上去。一切都支离破碎了,觉得只有抓住这门柱才是好办法,才是唯一能做的。只要能待在这儿,站在这大门口,一边是两个女儿,另一边是儿子,她就能保持身心的完整。

她的丈夫、弟弟,还有两个女儿都走过来,这才掰开她握在门柱上的手,把她拉走。

艾格尼丝变成了一堆碎片,分崩离析,散落四周。这些日子,她毫不奇怪,说不定一低头就会看到角落里有她一只脚，地上有她一条胳膊，或地板上有她落下的一只手。两个女儿也心神不定。苏珊娜脸色阴沉，低着头，似乎很生气的样子。朱迪丝只知道哭，无声地哭，泪水涟涟，似乎永远也不会停止。

过去，他们哪里知道，哈姆奈特竟是把他们连在一起的一颗销钉；他们也不知道，没了他，大家都会变成碎片，像掉在地上的玻璃杯那样分崩离析。

葬礼后第一天夜里，这个家庭的丈夫兼父亲，在楼下来回踱步，第二天又是如此。艾格尼丝在卧室里都听到了。没有其他的声音，没哭，没啜泣，也没有叹息。只有丈夫连续不断的踢踏踢踏的脚步声。走呀，走呀，就像一个人要找到回去的路，可偏偏地图又丢了。

"我没预料到。"她冲着俩人之间黑暗的空间低声说。

他转过头来；她看不见他的动作，但可以听见床单发出的沙沙的声响。床帏紧紧围在他们四周，尽管夏日炎炎，闷热不减。

"没人能料到。"他说。

"可我怎么就不能料到，"她低声说，"我本来是应该料到的，我应该看得出，这是个可怕的把戏，骗我只为朱迪丝担心，可实际上——"

"别这么说，"他说着转过身，一只胳膊搭在妻子身上，"能做的你都做了。谁也救不了他。你尽了最大力量——"

"我当然尽力了，"她突然生气了，一下子挣脱了丈夫的胳膊，坐了起来，"我恨不能把心都掏出来给他，只要能救孩子的命，我——"

"这我知道。"

"你不知道。"说着她用拳头重重地砸在床垫上。"你没在家，朱迪丝，"她小声说着，泪水夺眶而出，淌到脸颊上，顺着头发滴下来，"朱迪丝病得很重。我……我……全部心思都放在了她身上，就没想到……我应该对哈姆奈特也多留点心……我没看出将要发生什么事……总以为被带走的应该是朱迪丝。我不明白，我怎么就这么没眼力，这么愚蠢——"

"艾格尼丝，该做的你都做了，该试的你也都试了，"他重复着说，想安慰她重新躺下，"孩子这病实在是太重了。"

她没理丈夫，双手抱膝，身体蜷成一团。"你没在家。"她又一次这么抱怨着。

他在孩子葬礼两天后去了趟镇上。他必须找一个租了他土地的人谈一谈，提醒他该交租金了。

他从前门出来，发现街上阳光明媚，孩子也很多。他们走在街上，互相招呼着，拉着父母的手，有的笑，也有的哭，有的趴在大人肩头睡觉，还有的家长正为他们系上斗篷上的扣子。

但他却看不下去。嫩嫩的皮肤，小小的头颅，细细的肋骨，纯真的大眼睛：孩子们的这一切都是那么的脆弱。你们知道吗？他想冲他们的母亲、父亲喊叫：你们怎么能让孩子离开家，跑到外面来？

他刚刚走到市场，却停下了脚步，转身就往回走，一个堂兄和他打招呼，还伸出手来，他理也不理。

回到家，见朱迪丝坐在后门门口，在干削苹果皮的活儿。他坐在女儿身边。过了一会儿，他伸手在篮子里又拿了一个苹果递给女儿。女儿是左手拿刀——一直就是左手——就用左手削果皮。果皮随着刀锋垂落下来，一条长长的绿卷儿，像美人鱼的头发。

那时，双胞胎兄妹还小，大约周岁前后，他曾扭头对妻子说，看哪。

艾格尼丝从工作台上抬起头来。

他把两小片苹果推到桌子对面的小兄妹面前，哈姆奈特伸出右手抓住果片，与此同时，朱迪丝伸出的却是左手。

同样是不约而同地，他们同时将果片举到唇边，哈姆奈特用右手,朱迪丝用左手。

就像有个无声的信号在指挥着,他们把果片同时放下来,然后互相看看,再同时举到唇边,朱迪丝左手,哈姆奈特右手。

这简直就像照镜子,他曾说。或者说,他们就是一个人,竖着从中间给劈开了。

没遮没掩的两个小脑袋瓜,像金丝一样闪闪发光。

他在门廊里碰上了刚从作坊里走出来的父亲,约翰。

俩人都停下来,相互盯着看。

父亲抬手摸摸下巴上的胡茬子,咽口吐沫,喉结别扭地上下滑动着。然后不知是哼了一声还是咳了一声,闪开儿子,又回作坊里去了。

他无论往哪儿看,都有哈姆奈特的影子。两岁的时候,手扒窗沿,伸直脖子往街上望,用一根小指头指着路过的马。还是个婴儿的时候,跟朱迪丝一块儿裹得整整齐齐的躺在摇篮里,像两条面包。放学回来推开前门,因用力太猛,把墙皮撞了个坑,惹得祖母又叫又骂。窗外,他对着球筐,一次又一次地把球投进去。做作业时忽然扬起脸,问父亲一个希腊语时态问题,脸颊上还留着粉笔画的痕迹,像个逗号,暂停一下的意思。后院传来他的呼叫声,说你们快来看啊,一只鸟落到猪背上了。

妻子呆呆的，静静的，脸色苍白，大女儿对这个世界十分不满，总是怒言怒语地顶撞大家。小女儿呢，只是哭。或头枕着桌子，或站在门口，或躺在床上，只是哭，他或妻子只好用手搂着她，劝她别哭了，不然要生病的。

还有就是身边的各种味儿：皮革的味儿，鞣皮时发出的味儿，兽皮味儿，毛皮烧焦的味儿，等等。没处躲，无处逃。这些年他在这房子里是怎么过来的？现在他觉得再也呼吸不了这种酸臭味了。人们敲开售货窗口，要买手套，要挑挑拣拣，还要戴在手上试，嘴里不停地讨论着彩珠配得好不好，扣子、花边好看不好看。还要和好多人无休无止、翻来覆去地谈生意，不是这个商人就是那个商人，不是哪个鞣皮匠就是哪个农场主、哪个贵族，谈绸缎多少钱，羊毛怎么卖，谈谁上了行会会议，谁下来了，明年的高级市政官会是谁。

这简直忍无可忍——所有这一切。他觉得自己被套进了一张无形的大网，不管去哪儿，都逃不开网丝的裹挟和纠缠。现在他回到了这个镇子，回到了这个家，可这里的一切都让他担心，他再也无法逃脱了；丧子的悲痛和家庭的损失很可能把他拖住，从而毁掉他在伦敦已为自己创下的事业。没有他，他的剧团将陷入混乱和无序；他们会散尽资财，分崩解体；他们也可能找另外一个人替代他；他们将无法为即将到来的演出季排练新剧目，或许也能排出一部新剧，而且比他以往写的剧本都更好，而那样的话，出现在节目单上的就将是那个人的大名，而不是他的，他将被踢出剧团，不再有人雇用。他将失去已经建立起来的一切。演艺生涯就是这样脆弱，不堪一击。他常常想，这特别像父亲作坊里那些手套上的刺绣：显露出来的只是美丽的图案，只是一小部分，而藏在下面的是丝缕交错、日积月累的无尽辛劳、巧工、沮丧和汗水。他必须赶回剧团，继续干，以确保那些日积月累的东西能够持续下去，确保一切都能按部就班地进行。说真的，他渴望回到他租住的那个小房间，虽徒有四壁，只一张床、一个柜子、一张书桌，但绝无人探头探脑，打扰滋事。再没有别的地方能让他避开嘈杂，远离生活和人群；再没有一个地方能让世界退却，让自我消失，只留下他的一只手，握着一支蘸了墨水的羽毛笔，任凭文字自笔尖一泻而下。当这些文字一字一句地流淌出来的时候，他就能蜕出自我，找到一片宁静——那么诱人，那么舒心，那么清净，那么愉悦。独一无二，无可代替。

这种追求他绝不放弃，不能待在这儿，待在这房子里，困在这个镇上，困在他父亲的手套生意里，即使是为了妻子也不行。他看到，他完全可能就此在斯特拉特福镇陷入困境，永远无法自拔，就像一个小动物被铁夹子夹住了腿，旁边住着父亲，教堂冷冰冰的墓穴里长眠着他渐成白骨的儿子。

他来到妻子身边,说他必须走了。他不能长时间离开剧团。他们需要他:他们很快就将返回伦敦,为下一个演出季做准备。其他剧场巴不得看到他们一蹶不振,演出季开始的时候,竞争尤其激烈。要做的准备工作繁繁杂杂,他必须回去亲自安排,不能交给别人,其他人都不可靠。他必须走了,很遗憾,希望妻子能理解。

艾格尼丝一言不发,只由丈夫在那里讲着,就像没听见一样。她继续把盆里的猪食往食槽里倒。动作很简单:举起盆子,把里面的东西倒出去。别的什么都不需要做,只是站在那儿,俯身在猪圈的矮墙上。

"我会写信来的。"他在妻子身后说。妻子吓了一跳,好像忘了丈夫站在身后。他刚刚都说什么来着?

"写信?"她重复了一句,"给谁呀?"

"给你呀。"

"给我?为什么?"她指指自己,"我不是就在这儿,在你眼前吗?"

"我是说,等我到了伦敦就会给你写信。"

艾格尼丝一皱眉,把最后一点猪食倒下去。她想起来了,刚才他是在说伦敦,说他的朋友,还说什么"准备工作",还有"必须走了"什么的。

"伦敦?"她重复道。

"我必须走了。"他又说,带着很急迫的样子。

她都气笑了,这想法也太荒唐,太离谱了。

"你不能走。"她回答。

"可我必须走。"

"你不能。"

"艾格尼丝,"他说,已经是怒火中烧了,"世界并没有停下来。多少人还在等着我。演出季就要开始,我的剧团随时会从肯特郡返回,我必须——"

"你怎么竟想到要走呢?"她满脸迷惑。要怎么说才能让丈夫理解呢?"哈姆奈特,"她觉得儿子的名字充满了口腔,就像个熟透的梨,"哈姆奈特刚刚死。"

丈夫听了,身体一缩。他不敢看妻子;低下头,盯着自己的皮靴。

在艾格尼丝看来,道理很简单。他们的儿子刚死,尸骨未寒。怎么就说要走呢? 应该留在家里才是。应该关上房门,一家四口聚在一起,就像一曲里尔舞跳罢舞者们所做的那样。他应该留下来,陪着妻子、朱迪丝和苏珊娜。怎么能提到走呢? 毫无道理。

她顺着丈夫的目光也往下看去,原来他脚边还放着一只旅行袋,装得鼓鼓囊囊的,像待产孕妇的肚子。

她无声地用手指了指,说不出话来。

"我必须走了……现在。"他低声说,磕磕巴巴的。这还是那个说起话来像溪水轻快淌过鹅卵石陡坡的丈夫吗?"有一帮……商人今天动身去伦敦……他们有……一匹马还没人骑。这是……我需要……你看,我是说……我得跟你告别……我就能及时,不然,就——"

"你现在就走? 今天?"她简直不相信自己的耳朵,转过身来看着丈夫,"家里需要你。"

"那帮商人……我……我是说……他们不能等了……这是个好机会……我也好有个伴……你不是不希望我一个人出远门吗,记得吧……你亲口说过……好多次呢……所以我——"

"你的意思就是马上要走?"

他把妻子手中的猪食盆子拿过来放到矮墙上。双手握住她的手,"伦敦有很多人还要指望我呢。不能耽搁了。我不能撇下这些人,他们——"

"可撇下我们就行了吗?"

"不行,当然不行。我——"

她把脸凑到丈夫脸上,气呼呼地说:"那干吗还要走?"

丈夫把对视的目光从妻子脸上移开,但仍握着她的手。"我跟你说,"声音仍旧很低,"那个剧团,那些演员,我——"

"究竟是为什么?"她追问道,"是你爸爸吧? 出什么事了吗? 告诉我。"

"什么事也没有。"

"我不信。"说着就想把手挣脱出来,可丈夫不松手,只由她的手腕在他的大手里扭来扭去。

"你提到你的剧团,"俩人的脸挨得如此近,都能呼吸到对方的气息,"你提到演出季和准备工作,但这些都不是真正的原因。"她极力想把手和手指挣脱出来,以便去握丈夫的手;丈夫明白她想做什么,哪能让她如愿。这一来,可把艾格尼丝气坏了,她火冒三丈,长大以后她还从来没这么生气过。

"这都不是理由。"她全力想挣脱丈夫的手,可又没那么大力气,弄得气喘吁吁。他们身旁是那些呼噜呼噜正吃得欢的肥猪。"我知道,你是被那个地方给勾住了,像上了钩的鱼。"

"什么地方? 你是说伦敦?"

"不是,是你脑子里的一个地方。很久以前我就看见过,整整一个王国,一片土地。你已经去了那个地方,现在,对你来说,它比任何地方都更真实。没有什么能阻挡你对它的追求。儿子刚刚离世也不行。我是看明白了。"她对丈夫说。可此时的丈夫却用一只大手抓住她两个手腕,腾出另一只手提起地上的旅行包,"不让我走,你休想。"

丈夫把包甩到肩上,这才松开妻子的手腕。艾格尼丝两只手晃了晃,见手腕上都掐出了红印儿,赶紧用指头揉了揉。

丈夫站在离她两步远的地方,大口喘着气,手里攥着帽子,回避着妻子的眼睛。

"你连再见也不说一声了?"她对丈夫说,"就这么一转身走掉了?这难道不是为你生儿育女,为你照料病危的儿子,为你儿子操持丧事的那个女人吗?你就这么丢下她走了,一句话也没有吗?"

"好好照看两个女儿。"这简简单单几个字,就像轻柔而尖利的针尖一样刺了过来。"我会写信来的。"他重复着刚才说过的话,"希望圣诞节前能再回来看你。"

艾格尼丝转过身去,面对着那群猪,看着那毛毛扎扎的背、呼扇呼扇的大耳朵,一个个心满意足地哼哼着。

他突然上前搂住妻子的腰,转过她的身体,和自己面面相对,头紧挨着妻子的头。她闻到了丈夫手套上的皮革味和他眼泪的咸味。俩人就这么合一而立,相拥良久,她感觉到丈夫身上那种一如既往的吸引力,就像有条看不见的绳索,拴住了她的心,系在了丈夫的心上。她心想,儿子的身体就是由他和我结合而成的。他们一起给了他生命,一起将他葬入地下。他再也回不来了。她内心有那么一部分,喜欢把时间像纺线一样聚合起来。现在她想让纺车倒转,把哈姆奈特那股线从死亡一路倒回去——童年、幼年、出生,一直回到她和丈夫在床上交媾造人那一刻。她希望能够把时间的毛线拆散,拆成最原始的羊毛,一直追溯到那生命发源的一刻。她要挺身而起,面对群星,面对苍穹,面对明月,吁请诸位神灵改变孩子的命运,恳求他们为孩子设计一种不同的归宿,愿上天恩典,上天恩典。为了孩子她做什么都可以,她愿付出一切,上天想要怎样她都愿意听从。

丈夫紧紧抱着她,她也不顾一切地用双臂紧紧搂住丈夫,就像那晚丈夫进入自己身体时那样。他大口吸了一口气,又呼出来,气息冲到妻子包头帽的弧形帽边儿上。他似乎要说话,不过艾格尼丝并不想让他说什么,她不需要。她的目光越过丈夫的肩膀,落在丈夫脚下的旅行包上。

没有回头路了。眼下的状况已经无法改变。儿子死了,丈夫要走,但她得留下来,猪还要天天喂,时间只会单向流动。

"那就走吧,"她说着,把丈夫推开,转过身,"既然决定了。有机会就回来看看。"

她发现人是可以整天整夜地哭的。哭的方式也很多:可以是泪如泉涌,突然爆发;也可以是伤心欲绝,发自内心的啜泣;还可以是泪水无声无息地从眼睛里滴落,连绵不止。眼睛四周的皮肤红肿了,可以用小米草和洋甘菊制成的酊剂加上点油涂上去。她发现,可以哄两个女儿说,死后可以去天堂,享受无穷的乐趣,他们将来死了都会到那里团聚,哈姆奈特会等着大家——这些,当然她自己是不信的。她发现,对一个丧失幼子的妇人,人们往往不知道该用什么样的话去安慰。就因为这，有的人路上见到了还有意躲到马路对面去。倒是有些过去关系不那么密切的人，反而倍显爱心，要么在窗台上放几块面包和点心，要么礼拜后对你说几句贴心的话，还会摸摸朱迪丝的头发，捏捏她苍白的小脸蛋。

哈姆奈特留下的衣物该怎么处理，艾格尼丝可犯难了。

好几周了，儿子卧床不起之前留在椅子上的衣服，她一动没动。

葬礼后大约过了一个月，儿子的一条裤子，她拿了拿又放回去；一件衬衣，她拿起来用手指摸摸领口；地上的一双靴子，她挪挪一只的鞋尖，把两只对齐，摆好。

随后，她把脸埋在衬衣里，把裤子贴在胸口上，把一只手伸进靴子里，就像又摸到了儿子的小脚丫；她把领口系上，又解开；把扣子扣进扣眼，又脱出来；她把衣服叠好，展开，又再一次叠好。

她的手指在衣服上滑动，把衣缝理齐，把皱褶在空中抖平，这时她的身体便记起了这些熟悉的动作。她被带回了逝去的时光。给儿子叠衣服，整理衣服，呼吸着儿子的气息——这么做着，她几乎能让自己相信，儿子还活着，还等着穿戴好上学呢。儿子不知什么时候就会从门口走进来，急急地问，我的袜子呢？我的衬衣呢？他怕迟到呀。

艾格尼丝和朱迪丝、苏珊娜一起睡到了挂着帷帐的大床上，这不用商量，两个女儿的小矮床现在一直塞在大床底下，就没拿出来过。她把床四周的帘子拉得严严实实的，包住她们母女三人。她对自己说，什么东西也别想来伤害她们，窗户进不来，烟囱也进不来。她大部分时间都保持警醒，听有没有敲门声，防备着什么邪恶的鬼魂会找个缝钻进来。她把手护在熟睡的女儿身上，夜里常常醒来看孩子们有没有发烧，皮肤上有没有出现肿块或奇怪的斑点。整个夜晚，她不时地从床的一侧换到另一侧，一会儿挡在朱迪丝身边，一会儿又挡在苏珊娜身边，将她们与外部世界分割开来。什么东西她都不会放过的，她要时刻警惕，什么鬼神都别想再夺走她的孩子。永远别想。

苏珊娜说，她要去旁边的大房子里过夜，跟祖父母睡一起。我在这儿睡不着觉，她抱怨着，眼睛都不敢看母亲。这儿夜里太折腾了。

她拿起她的睡帽、睡衣，离开了房间，裙摆带起地上的尘土。

艾格尼丝觉得，扫地没必要，反正还会脏的。做饭似乎同样没必要。她做了，大家吃光，过一会儿，还得再吃。

两个女儿连吃饭也去祖母家了,艾格尼丝也不阻拦。

每当礼拜天走过儿子的墓前,心里既感到痛苦,也感到一丝慰藉。她想躺下来,让身体覆盖在上面。她想用自己的血肉之手挖下去。她想拿起一根树枝在上面敲打。她想在上面造一座房子,好为儿子遮风挡雨。也许她还会进到里面去,和儿子生活在一起。

一天,牧师在礼拜后拉着她的手说,上帝需要他。

她猛地转过身去对着牧师,真想大吼一声,揍他一顿。我才需要他,她心里说,让你那个上帝等等吧。

她什么也没说,拉起两个女儿的胳膊走了。

她梦见自己来到了休兰兹农场的田野上。暮色朦胧,光秃秃的大地,挖成一条条垄沟。前面出现了母亲的身影,朝着土地弯下腰,又直起身,走近了才看清楚,是往土里播种一颗颗珍珠般洁白的小牙齿。她走上去,但母亲既没扭头,也没停下来,只是笑笑,仍旧种她的洁白的小牙齿,一颗又一颗。

夏天真难熬。傍晚漫长、烦人,热气从窗口飘飘而入,流经镇上的河水也放慢了流速;玩到很晚的孩子们在街上大呼小喊，马用长尾驱赶着身上的苍蝇，路边灌木丛上布满花和莓果。

艾格尼丝真想把这些花呀果呀都扯下来、撕碎，抛入风中。

秋天来了，照样可怕。清晨，寒气逼人。院子里聚起团团雾气。母鸡在窝里咕咕乱叫，瞎折腾，就是不肯出来。叶子的边缘已经发黄。这个季节，哈姆奈特已经没有机会来了解和接触；这个世界，已经没了哈姆奈特的份儿。

伦敦来信了。苏珊娜大声读着。后来艾格尼丝仔细翻看那些信纸，发现信的内容都很简短，还不到一页，字迹也显得潦草，大概是匆忙中写的。这些信没说剧场，也没提观众、演出以及他写的剧本。这些都没有。反而讲了上周伦敦的一场雨如何弄湿了他的长袜，房东的马怎么变瘸了，他又怎样遇到了一个卖花边针织品的，给她们每人买了一条手绢，每条的花边都不同。

她知道，上学、放学的时分，她最好不要朝窗外看。她总是找个事占着手，头也扭向屋里。这时，她不会出门到街上去。

街上每个金发男孩都像自己的儿子，那步伐，那神态，那气质，都会让她的心像小鹿那样乱跳。有时候，一眼望去，她觉得街上尽是哈姆奈特。他们走着，跳着，跑着。他们朝她走来，从她身边走过，又消失在街道的拐角处。

有时候，她干脆就不出家门。

哈姆奈特那绺头发保存在一个小陶罐里，放到壁炉架上，朱迪丝还特意用绸子缝了个袋子。觉得没人看见的时候，她就会凑到壁炉前，把小罐拿下来。

里面的头发，颜色和她一样；就像是从自己头上剪下来的。用手理一理，柔软似水。

朱迪丝问母亲，一对双胞胎，一个去世了，剩下来的那一个该怎么称呼？

母亲正把一根折起来的灯捻往融化的油脂里蘸，听她这一问，顿了一下，但没回头。

一个妻子，丈夫死了，就叫寡妇。一个婴儿，双亲都去世了，就叫孤儿。那我应该叫什么呢？

我不知道，母亲说。

朱迪丝看着融化成液体的油脂从灯捻的一端流到下面的灯碗里。

也许就没这么个词吧，她思忖道。

也许没有，母亲回答。

楼上，艾格尼丝坐在哈姆奈特用过的书桌前，桌上摆着四罐鹅卵石，都是儿子收集的。他喜欢过一段时间就把石子儿都倒出来，然后按不同的方式分类。她一个罐子一个罐子看着，看他最后一次是怎么分的：是按颜色，而不是大小和——

她一抬头，见两个女儿站在面前。苏珊娜一手提只篮子，另一手拿着把刀。朱迪丝站在她身后，也拿着一只篮子。俩人的表情都挺严肃。

苏珊娜说："该去采集野蔷薇果啦。"

采蔷薇果，他们每年都去，就在这个夏秋交替的季节，沿路边的灌木丛一路横扫，篮子里满满的，装的都是花瓣褪去、刚刚长出来的小小的果实。她曾经教她的两个女儿怎么才能采到最好的，然后用刀切开，用水煮熟，做成糖浆，专治咳嗽和气管炎，保一冬平安。

但是今年，蔷薇果熟了，变红了，黑莓变紫了，接骨木也结出黑黑的莓果，可这一切都让人看了伤心。

艾格尼丝握着装鹅卵石的罐子，只觉得双手无力，什么也干不了。她觉得再也无力拿起刀，抓起带刺的树枝，去割下那表皮像蜡一样光滑的蔷薇果了。采好一篮篮的蔷薇果，提回家，去叶除茎，再放火上煎煮——这些她再也无心去做了。她宁愿用毯子蒙上头，躺在床上。

"走吧。"苏珊娜说。

"走吧,妈妈。"朱迪丝也说。

两个女儿用手摸摸母亲的脸,拉拉母亲的胳膊;她们把母亲拽起来,领她走下楼梯,来到街上,不住地跟母亲讲着,她们找到了一个地方,到处都是蔷薇果,告诉她,那简直满眼看去都是红红的果实。她们撺掇母亲一定要跟她们去,她们带路。

路边的灌木丛简直就是点缀着火红的蔷薇果的一片片星空。

婚后不久的一个晚上,丈夫把她带到大街上,静悄悄,黑漆漆,空荡荡的,一时觉得挺怪。

抬头看哪,丈夫说着从身后搂住她,双手搭在她圆鼓鼓的肚子上。她就势把头向后一仰,靠在丈夫肩膀上。

一排排屋顶的上方,展现出点缀着颗颗宝石、被穿成一个个银色小孔的星空。他对着她的耳朵,轻声讲述着一个个名字和故事,还伸出一根手指指点着那些星星,画出不同形状、人物、动物的样子,还让她看由星星组成的一个个大家庭。

那叫星座,他说。这是正式的叫法。

当时还在娘胎里的苏珊娜转了转身子,好像也在听。

朱迪丝的父亲写信来，说剧团经营得不错，说爱她们，还说因为路不好走，要等冬天过后再回家。

苏珊娜大声念着。

他的剧团演了一出喜剧，大获成功。他们去皇宫演出，据说女王很欣赏。伦敦的河封冻了。他计划在斯特拉特福镇再买些地。还说，他去参加了一个叫康德尔的朋友的婚礼；婚礼早餐棒极了。

大家沉静片刻。朱迪丝看看妈妈，又看看姐姐，再看看那封信。

一出喜剧？她们的母亲有些不解地问。

朱迪丝发现，在这样一座房子里，想一个人单独待一会儿的机会并不好找，不知什么时候，就会有人闯进来找你，有人叫你的名字，或有人跟在你后面。

朱迪丝和孪生哥哥哈姆奈特还小的时候，发现了一块绝对属于他们两个人的地方，就是厨房外墙和猪圈围墙间夹着的那块楔形的小天地：入口很窄，侧着身子才能钻进去，里面呈三角形，地方就大多了，两个孩子坐下，两腿伸开，背靠石头墙，绰绰有余。

朱迪丝在手套作坊的地上捡了不少灯芯草，一根一根地藏在裙子下摆的褶皱里，趁人不注意的时候钻进楔形空地，用这些草梗编成个小顶棚。她那两只小猫现在都长大了，都是条纹脸、白爪子，也随她钻进来。

然后，她就可以坐下来，十指交叉合拢，哈姆奈特要是想进来，她也欢迎。

她为自己，为小猫，也为头顶上的草棚哼起歌来，图拉—鲁拉—提拉—里拉—啊—啊—阿咿，有调有词，唱个不停，直到歌声找到了她身体里的空穴，倾泻而入，充满着，充满着，当然永远也不会完全充满，因为这空穴既无形也无边。

两只小猫看着她，瞪着那永远不变的绿眼睛。

市场上，艾格尼丝手里端着个盛蜂巢的盘子，跟四个女人站在一起，其中就有她的继母琼。其中一个抱怨儿子，说她和丈夫如何费尽苦心要他去学点手艺，可他不愿当学徒，一跟他谈就吵，说就是不愿意去，他们也没法。即使，那女人睁大眼睛说，即使给他爸揍一顿也不服。琼往前凑了凑，谈起小儿子早晨赖床的事。其他女人嘟嘟囔囔地点着头。她一脸苦相地又接着说，可到了晚上又不上床睡觉了，要么在屋里到处跑，要么去火炉上乱拨，喊着要吃的，弄得谁也别想睡。

另一个女人也回应着，讲了自己儿子的事：码放劈柴就是不按她的意思摆，还有女儿，人家来提亲硬是不答应。这样的儿女可让她怎么办？

傻瓜，艾格尼丝心里想，一群傻瓜。她和继母间保持着相当的距离，只管低头看着盘子里那些形状雷同的蜂巢，真恨不能变成个小蜜蜂，一头钻进去。

"你是不是觉得，"朱迪丝一边问苏珊娜，一边和姐姐一块儿把衬衫、内衣和长袜浸泡到水里，"爸爸不回家是因为……因为我的脸？"

洗衣房里又热又憋气，满是热气和肥皂泡。苏珊娜最讨厌洗衣服的活儿，没好气地说："你说什么呢？爸爸不是回来嘛。他什么时候不回来啦？回不回家跟你的脸有什么关系？"

朱迪丝搅动着盆里的衣服，用手指戳戳一只衣袖、一道折边，还有一顶女式便帽。"我是说，"她平静地回答，也不看姐姐，"因为我长得太像哥哥。也许爸爸看见我的脸就会伤心。"

苏珊娜没话可说了，只是仍用大姐姐的口气说，别傻了，净瞎说。不过，父亲是有好长一段时间没回来了。葬礼后就没回来过。但，这事没人直接说，也没人提起这个话题。父亲有信来，由姐姐读，母亲把信放在壁炉架上，趁人不注意的时候就会拿下来看看。过几天信不见了，母亲怎么处理的，苏珊娜也不知道。

她看着小妹妹,看得很仔细。她把洗衣棒放进盆里,双手放在妹妹稚嫩的肩膀上。"跟你不太熟悉的人,"苏珊娜边说边打量着妹妹,"会说你们长得很像。你们俩——现在只剩你一个了——也确实很像,有时都难以让人相信。但和你们生活在一起的人还是看得出差别的。"

朱迪丝抬头看着姐姐,很惊奇的样子。

苏珊娜用一根抖动的手指触一下她的脸蛋,说:"你的脸比他窄,下巴小了一圈,眼睛的颜色也要淡一些。他眼睛上的斑点比你多,而你的牙齿更整齐。"苏珊娜痛苦地咽了口吐沫,"这些,爸爸当然也是知道的。"

"你真这么认为吗?"

苏珊娜点点头,"我从来都不会把你们俩弄混的。即使你们还是婴儿的时候,我也看得出谁是谁。你们过去玩游戏,互换衣服或帽子,可那都瞒不过我。"

朱迪丝眼里流泪了。苏珊娜赶忙撩起围裙的一角给妹妹擦。然后抽了抽鼻子,回到洗衣盆那儿,拿起洗衣棒。"咱们还是干活儿吧。我听见有人来了。"

艾格尼丝想儿子,日思夜想。儿子已离开数月,却一直让她魂牵梦绕,思念不绝。夜里,她常常起身坐在床上,肩上披一条毯子,身旁燃一支蜡烛。她坐在原来放儿子睡床的地方,坐在丈夫的椅子上——而椅子正摆在儿子呼尽最后一口气的地方。她走到薄霜涂地的院子里,站在光秃秃的李子树下,大声叫着:哈姆奈特,哈姆奈特,你在听吗?

没有回答,没有人。

她怎么也想不明白。她一向可以听见死人的话语,没人说出口的,没人知道的,她都能听到。她只需用手一摸就能听到一个人脉管里潜伏的疾病。她可以感觉到肺上或肝上滋生的肿瘤。她能像读书一样读懂一个人的眼神和心灵。而现在她却无法找到,也无法确定自己孩子的灵魂所在。

她在这些地方等候着,支着耳朵听,尽力把其他嘈嘈杂杂、各色人等的声音、诉求、抱怨过滤掉,但还是听不到她唯一想听的儿子的声音。什么都听不到,什么有用的声音都没有。

然而,朱迪丝却在笤帚扫地的唰唰声里听出了哥哥的声音,还在鸟儿掠过墙头的当口儿看到了哥哥的身影。小马抖动鬃毛,冰雹敲打窗棂,风儿吹进烟囱,她那小安乐窝上的灯芯草顶棚沙沙作响——所有这些都能让她想起哥哥。

当然,这些她都没跟别人讲,只是装在肚子里。她闭上眼睛,让自己在内心静静地说,我看见你了,我听见你了,你在哪儿呀?

苏珊娜发现,继续待在这座房子里简直是一种煎熬。弟弟用过的床垫斜靠在墙上，椅子上还放着他穿过的衣服，椅子下摆着他穿过的鞋。他装鹅卵石的罐子没人敢动，他那绺头发还保存在壁炉架上。

她把自己的梳子、内衣、裙子都拿到旁边的大房子里，睡在姑姑们曾经睡过的床上。她什么也没说，就把母亲和妹妹撇在痛苦之中，独自住到了手套作坊楼上的房间里。

艾格尼丝好像换了个人，完全变了。她记得自己也曾自信自立，知道生活能给她带来什么；她有自己的孩子，有丈夫，有家。她能探知他人，预测他们的境遇，也知道如何去帮助他们。她行走世间，充满自信和优雅。

这样一个人已离她而去，不复存在了。她成了一个任自己在生活中盲目漂移，不识生活究竟为何物的人。她离开了港湾，迷失了方向。一只鞋找不见了，汤煮过火了，或不小心让地上的锅绊了一下，她都会伤心落泪。琐碎的小事足以让她情绪失控。一切都变得无法把握。

艾格尼丝销上窗户，关上门。晚上或早晨有人敲门，她一概不予理睬。

要是上街遇到寻医问药的，说什么地方疼了，牙肿了，耳朵听不见了，腿上长皮疹了，头痛了，咳嗽了什么的，她只是摇摇头，自顾自走路。

她的药草园再也不浇水了，那些药草任其变黄、枯干。草药架子上的瓶瓶罐罐也都蒙上了一层白白的灰尘。

倒是苏珊娜还记得拿块湿布去擦擦那些药罐子，还从屋顶的椽子上摘下那些干瘪失效的药草，丢进火炉里。苏珊娜并不亲自去提水，而是叫朱迪丝每天提一罐水到鸡舍另一侧种药草的那一小片地里。记着，要浇遍了才行，苏珊娜对着朱迪丝远去的背影喊道。艾格尼丝听着，感觉大女儿也学起了祖母的腔调，就是祖母冲女佣们说话的那种口气。

苏珊娜还干起了配药的工作：将金盏花瓣弄碎，放在醋里，然后捣烂，再加上蜂蜜。她负责每天都要把这种药液摇动一次。

听见有人敲窗户，朱迪丝也开始拉起窗闩，打开窗户了。她踮起脚尖和外面的人说话。妈妈，她叫道，然后报告说，是河下游的洗衣工阿姨，是镇外来的一位先生，是替妈妈来买药的一个小孩，或者是牛奶场的老奶奶，等等，再问妈妈，您要见他们吗？

苏珊娜不会去回应敲窗户的人，不过一有人来到窗口，她总是观察着，听着，并招呼朱迪丝过去看看。

艾格尼丝一开始不想去接待窗外那些人，她摇摇头，女儿求她，也只是挥挥手就转身回壁炉边去了。但是，当牛奶场的老奶奶第三次上门的时候，艾格尼丝点头了。老妇走进来，坐在那张扶手已斑驳不堪的大木椅子上。艾格尼丝听她唠叨着，关节疼，胸口有痰，脑子越来越不好使，名字、日期记不得，该干什么事也常记不起。

艾格尼丝站起身，走到工作台前，从柜子里拿出碾槌和研钵。记得最近一次使用它们是为救儿子的命，当时手拿碾槌，觉得又冷又沉，怎奈那一切的努力都是枉然，于事无补。她不去再想这些，只顾将手中的迷迭香（可以治疗头胀的毛病）、聚合草、海索草的硬梗捣碎。

她将配好的药末递给老人，嘱咐说，一天三次，放少量在热水中，放凉即服。她不肯接受老人摸摸索索、犹犹豫豫掏出来的硬币，但却假装没看见放在桌子上的一包奶酪和一碗稠稠的奶油。

两个女儿送老妇出门，说了声再见。她们的声音如同欢快的小鸟振翅飞进屋里，绕了一圈，又飞上了蓝天。

她搞不懂，这两个孩子，这两个小小的女人，是她亲女儿吗？她们和那两个她曾经抱在怀里喂奶，放在膝上哄逗，放在盆里洗澡的小生命有什么关系？她越来越觉得，自己的生活变得有些怪诞，连她自己也不认识自己了。

午夜已过，艾格尼丝竟围着围巾站到了大街上。她是被一阵又轻又快的脚步声惊醒的，那欢跃的节奏十分熟悉。

睡梦中，她感觉窗外有脚步声，相信肯定有人在外面，便赶紧跑出来,一个人孤零零地等在大街上。

"我在这儿哪,"她大声说,这边听听,那边又望望,"是你吗?"

就在这同一时刻,也在这同一片天空下,她的丈夫正坐在大河转弯处的一只小船上。船逆流而上,但他感觉得到,潮水正在往下退去,河水有点犯糊涂了,犹犹豫豫,正试着同时朝两个方向流。

他打了个寒战,把斗篷往身上裹了裹。(他听见脑子里有个声音,轻柔而关切地责怪道,小心又要感冒了。)刚才出的一身汗现在冷下来了,夹在皮肤和衣服之间,湿乎乎的,让人不舒服。

船上的剧团同事大部分都睡着了,四仰八叉躺在船舱里,帽子压在脸上。他睡不着。这样的夜晚,他一向都无法入睡,血液仍在脉管里激荡,心脏仍在剧烈跳动,耳畔仍回响着各种音响、吼叫声、喘息声,也有短暂的停顿。他当然也巴不得回到床上,回到他密闭的小房间里,让头脑静下来,让身体意识到,工作结束了,需要马上睡觉了。

他蜷缩着坐在硬硬的船板上,看着河水,看着缓缓向后移去的房屋,看着其他船上的灯光上下起伏,左右摇动着,也看着奋力划船的船夫的肩膀。小船冲过险恶的激流,船桨起处搅起阵阵浪花,船夫口中呼出团团白气。

泰晤士河现在已经解冻（上次给家里写信，他还在说河水结冰了）；又可以直达皇宫了。一时间，他脑海里又浮现出舞台下——也就是他和他的朋友们所跻身的这个世界之外的——那一双双烛光中显得有些模糊的眼睛。每当那样的时刻，那一张张注视着他的脸庞，就像用蘸湿的画笔涂上去的斑斓色彩。他们的叫声、掌声，他们热切的表情，他们张开的嘴巴和一排排的牙齿，他们注视的目光——那一切都像是要把他一饮而尽的架势（他们当然不能，因为他身上有戏装保护，像蛾螺包在壳里，他们可能永远也看不到他的真我）。

他们刚才演的是一出历史剧，说的是皇宫里一个死亡已久的国王的故事。他发现，对这类主题，他处理起来很有把握。这类故事中，没有险恶的圈套，不会让他想起什么人或物，也不会遇到什么拿不准的东西。再现古代战争或宫廷的情景，让古代的统治者们开口说话——他在构思剧情的时候，不会遭到什么意外念头的袭击、困扰，不会被拖回不堪回首的那些事物上（如裹在白布里的遗体、留在椅子上的衣服、猪圈矮墙外哭泣的女人、门廊里削苹果的孩子，以及罐子里那绺金黄色的头发）。历史事件和喜剧因素，这些他应付自如。他乐此不疲。创作和演出这些剧本，能让他忘记自己是谁，忘记都发生过什么事。剧本是他寄托心灵的最安妥的地方（无论是同台的人员，还是其他任何一位演员，或是他最亲密的朋友,他们都不知道,每天晚上他都心不由己地扫视着观众席,寻找着一个特别的面孔,一个笑得不那么自然而又永远带着好奇表情的面孔;他仔细搜寻着,认认真真地看着,因为他仍然弄不明白,儿子怎么竟离他而去;一定能在什么地方找到他;他要做的就是找到儿子)。

他先是捂上一只眼睛,然后再捂上另一只,就这样交替着只用一只眼观察着河上的景象。这是他常玩的一种游戏。他的一只眼只看远处的景物,另一只则只看近处,合起来就几乎看全了,不过还是各看各的,各不相干:一只远景,一只近景。

近景:康德尔斗篷上紧紧相扣的针脚、浪花拍打的木头船帮,还有船桨搅起的漩涡。远景:冷冷的星光,像黑绸子上撒了无数碎玻璃碴;永远在捕猎的猎户星;一条驳船无情地划破水面;一群人蹲在码头岸边——有个女人带了好几个孩子,一个的个头快赶上母亲了(有苏珊娜那么高了吧?),最小的是个戴帽子的婴儿(多么可爱的孩子,他曾经有三个呀,但现在只剩两个)。

他赶紧换了一只眼睛,这样,那个女人和孩子——这么晚还在干活儿,离水面太近了,真的太近了——就只剩下一片模模糊糊的痕迹,像用笔尖无意涂抹了几笔似的。

他打了个哈欠,下巴嘎嘎直响,像压碎了个核桃。他要写信给家里,也许明天吧,但愿能抽出时间。剧本还有几页要写完，河对岸来的那个人也要见一见，房东那儿也该付钱了，还有个小男孩得试试角色，原来那个已经长得太高，声音发颤，下巴都长了胡子（看着一个孩子不经意中便从男童变成了男人，他内心不禁隐隐作痛，但他从来不说，从不告诉别人他如何如何躲着这个孩子，不和他讲话，也不愿看他）。

他突然感到浑身发热，便脱掉斗篷，两只眼睛都闭上。他要走的路现在已经很清楚。他知道他应该走下去。但有个什么东西在拖住他，像脚上拴了条链子。他在这里的工作——从写作到排演，到演出，再回到写作——环环相扣，一气呵成，忙得连个喘气的工夫都没有，常是三四个月不知不觉中就过去了。他无时不在担心，一旦脱离了这个呼呼转动的工作巨轮，就永远也不可能再回去。现在的地位就会丧失殆尽；他知道，这样的事在别人身上已经发生过。但是妻子丧子之痛之深、之烈无疑构成了一股致命的阻力，就像一股危险的暗流，游得太近了，就可能被吸进去，压到水下，再也别想浮上来；为了活命他必须与之保持距离。他要是沉了，别人也都会被他带下去的。

如果他继续以伦敦为生活中心，谁也奈何不了他。在这里，有这条船，有这个城市，有现在的生活，他几乎能让自己确信，假使现在回去，肯定会看到家人一切如常，没有变化，无羁无绊，还是三个孩子睡在床上。

他睁开双眼，举目望着高低错落的屋顶，黑压压一片，下面则是奔流激荡的河水。他闭上那只看远景的眼睛，低头看着近处的景物，视线模糊，泪水汪汪。

苏珊娜和祖母坐在客厅里，把床单裁成小块，钩上边做成手巾。下午的时光在慢慢流逝；穿针引线间，苏珊娜告诉自己，她离这一天的结束又近了几秒钟。针在她指间滑动；炉火即将烧尽；一阵睡意袭来，随后离去，过了一会儿又再次袭来。

这难道就是明知迫近却又无法避开的那种濒临死亡的感觉？她这个念头不知来自何处，就像一滴葡萄酒滴进水里，慢慢散开，染污了她的大脑。

她在座位上动了动，清了清嗓子，继续俯身干她的针线活儿。

"你没事吧？"祖母问。

"没事，谢谢您。"苏珊娜回了一句，也没抬头。真不知道，这手巾还要缝多久：她们从过午就缝，到现在也还没完的意思。母亲也在这儿待了一会儿，还有朱迪丝，但母亲因为有人来要治溃疡的药就去了旁边的房子，而朱迪丝反正能溜就溜，谁知干什么去了。跟石头讲话。用左手拿粉笔在地上画些令人不解的形状。到鸽子窝里捡掉落的羽毛，用绳子编在一起。

艾格尼丝走进屋来，冲着她们的背。

"把药给他了？"玛丽问。

"给了。"

"他给钱了吗？"

苏珊娜不用回头，只用眼睛的余光就能看到，母亲只耸耸肩就转身往窗户那边去了。玛丽叹了口气，把针扎进手里拿的那块布里。

艾格尼丝站在窗户前面，一手撑在腰上。这个春天，她身上的裙子显得肥了，她的手腕也细了，两手的指甲都快咬秃了。

苏珊娜知道，祖母玛丽的意思是：伤心归伤心，但现在也该振作起来了。她认为，有人做得过头了。生活总归还要过下去。

苏珊娜缝着，缝着。只听祖母问母亲：朱迪丝哪儿去了？女佣们的衣服洗得怎么样了？下雨了吗？白天是不是越来越长了？跑丢的那只鸡邻居家还没还，是不是太不厚道了？等等，等等。

艾格尼丝什么都没说，只顾朝窗外看着。

玛丽仍在说个不停：苏珊娜的父亲来信了，说又要巡回演出了，说得了气管炎——都是河上的烟雾闹的——不过已经好了。

艾格尼丝深深吸了口气，转身面向她们，神色警觉而紧张。

"哎呀,"玛丽叫了一声,用一只手捂着脸,"你吓着我了。究竟是——"

"你们听到了吗?"艾格尼丝说。

三个人都停下来仔细听,头扬着。

"听见什么呀?"玛丽问,不禁皱起了眉头。

"那边……"艾格尼丝伸出一根指头指了指,"……就那儿!听见了吗?"

"什么都没听见啊。"玛丽有点生气。

"啪啪声。"艾格尼丝大步走到壁炉前把手按在烟囱底部的墙上,"沙沙的声音。"她离开壁炉,走到长椅前,抬头看看,"就是有声音。你们听不见?"

玛丽愣了一会儿。"没事,"她说,"大不了是什么鸟飞进烟囱里了。"

艾格尼丝走出了房间。

苏珊娜一手拿布,一手拿针。如果她就这么一针一针、匀匀整整地缝下去,也许这一切就都会过去的。

朱迪丝跑到了街上,还带着埃德蒙的狗。那只狗趴在阳光下,一只爪子向上举着,任朱迪丝把一根绿色的带子编到它脖子上的长毛上。狗抬头望着小主人,满是信任和耐心。

太阳照着皮肤,亮光晃着眼睛,因此,有个人影沿亨利大街走过来,她也没注意。是个男人,帽子拿在手里,背上背着背包,朝她走来。

男人叫了她的名字。她抬起头。男人又挥挥手。心里还没来得及念叨出这个人的名字,两条小腿就已经向着男人奔过去。那条狗也一蹦一跳地跟着,心想,这比那条绿带子可好玩多了。男人一把抱起朱迪丝,叫着,我的小朱迪,我的小朱迪;朱迪丝双脚离地,笑得都喘不上气来了。她忽地想起,这个人有多久没露面了,自从——

"你到哪儿去了?"她冲着那人喊着,突然发起火来,一把把他推开,不知怎的,哭了起来,"你怎么走了这么久。"

他看出女儿是生气了,不过就当没看出来。他从地上提起背包,在狗的耳后摸了摸,领着女儿的手,朝家里走去。

"大家都在吗?"他用最大的嗓门、最响亮的声音叫道。

晚餐。他的父母、几个弟弟、伊莱扎和丈夫、艾格尼丝和两个女儿都挤挤插插地围坐在桌前。玛丽为给儿子接风杀了一只鹅——那尖叫声听着怕人——现在大卸八块地就摆在大家眼前。

他正给大家讲一个故事:一个店老板、一匹马和磨坊旁的一方水塘。几个弟弟笑着,他父亲用拳头直捶桌子;埃德蒙把朱迪丝逗得咿呀直叫;玛丽跟伊莱扎抱怨着什么;那只狗一跳一跳地接着理查德丢给它的食物,跳一下叫一声。故事讲到高潮了——好像和一扇有意留着的门有关,艾格尼丝搞不清是怎么回事——大家都哄堂大笑。艾格尼丝只是隔着桌子望着对面的丈夫。

丈夫身上有点异样,可她说不准是什么。头发比以前长,不是。多了一只耳环,戴在另一只耳朵上,也不是。皮肤给太阳晒黑了,身上的衬衣袖口拖得长长的,她过去也没见过。但这些都不是她感觉到的那个异样的东西。

现在伊莱扎在说话,艾格尼丝看了一会儿,又扭头去看丈夫。只见他一边听伊莱扎说话,一边用沾满鹅油的油亮的手指摆弄着盘子里的一块面包皮。这只鹅呀,指不定多不情愿呢,但也只有惨叫的份儿,艾格尼丝心里想着,然后掉了脑袋,还跑了一会儿,就好像相信还能逃掉,来个时来运转似的。她丈夫听着妹妹讲话,脸上现出急切的表情;身体微微前倾,一只胳膊搭在朱迪丝的椅子背上。

丈夫离家几乎整整一年了。夏天又来了,儿子的忌日也快到了。艾格尼丝真不知怎么会是这样,但事实就是事实。

她的目光盯着丈夫,盯着,盯着。现在他回来了,和大家拥抱,喊着大家的名字,从背包里拿出各种礼物:梳子、烟斗、手帕、一团色彩艳丽的毛线,还有一只手镯,纯银打制,扣环上镶着红宝石。

这镯子比她其他任何东西都更精致。光滑的表面上蚀刻着复杂的圆形图案,凸起的底座上镶着宝石。她无法想象这要花多少钱,也不知道丈夫为什么要花这个钱——他可是连一个便士都不肯乱花的,自从老爷子约翰损失了那一大笔家产,他一直在花钱上都十分谨慎。艾格尼丝坐在桌前,与丈夫隔桌相对,手里摆弄着镯子,这么转转,那么转转。

她觉察到,手镯上有什么不祥的东西正像蒸汽一样在向外散发。一开始,冷飕飕的,像冰一样无情地抓在她皮肤上。这会儿,又变得热乎乎的,紧逼过来。那颗红宝石独眼似的瞪着她,不怀好意。她明白,有个不幸的人曾戴过它,这个人不喜欢或讨厌她。这东西浸淫着厄运和歹意,日积月累,磨出寒光。那个曾经拥有它的人蓄意伤害自己。

这时,伊莱扎的话已经说完了,正坐在那儿微笑着。那只狗老老实实趴到了打开的窗户旁边。约翰正抓起啤酒瓶,往自己杯子里倒。

艾格尼丝还是目不转睛地看着丈夫,她突然明白了什么。她看到了,感觉到了,嗅到了,那个她觉得异样的东西是什么。丈夫全身,皮肤上,头发上,脸上,手上,就好像有只野兽爬过,留下了无数细小的爪子印儿。他这是,艾格尼丝意识到,被其他女人摸遍了。

她低头看着盘子,看着自己的手、手指、秃秃的指甲尖,看着手指肚上的涡纹和流纹,看着手上的关节、伤疤和血管,看着只要一长出来她就禁不住要咬的指甲。有那么一会儿,她觉着自己快要吐出来了。

她抓住手镯，从腕子上拽下来。她盯着那颗红宝石，凑到脸上看，心里纳闷，这东西都看到了什么，它来自何方，又怎么到了丈夫手里。它是那种从里往外透的红色，一滴凝固的血。她抬起头，见丈夫也正看着她。

她把手镯放在桌上，迎着丈夫的目光对视。丈夫一时间似乎有点蒙。他看看手镯，又看看她，再看看手镯；他欠了欠身，似乎想说什么。随后血一下子涌到脸上，脖子上。他抬起一只手，像是要朝她伸过来，但又缩了回去。

艾格尼丝站起身，无言，走出了房间。

那天晚上太阳落山前，他找到了她。她去了休兰兹农场，看看她那些蜜蜂，拔拔野草，采点洋甘菊花。

她看见丈夫沿小路走过来，精致的衬衣没穿，编织帽也没戴，穿的是一直挂在门后的那件旧坎肩。

丈夫走过来，她并没去看，只是扭着头，手指掐住那些黄心的小花，采下来放进脚下的编织筐里。

丈夫站在一排蜂巢的尽头。

"我给你带这个来了。"他说着双手捧出一条披肩。

她扭头看了看，什么都没说。

"我怕你冷。"

"我不冷。"

"那好，"他说完把披肩放在最近的蜂巢上，"放在这儿，你需要就拿。"

她转过身又去采她的花了，一朵，两朵，三朵，四朵。

丈夫的脚蹭着草地，窸窸窣窣又往她这边凑，直到站到她身边，低头看着她。她从眼角看到丈夫的靴子。她一时恨不得把那靴子头割开，用手中的刀尖戳，一下，两下，直到把脚指头都给他划破，看他怎么跳着脚哇哇叫。

"是聚合草吗？"他问。

她不懂他的意思，也不知他要说什么。你多厚的脸皮竟跑到这儿跟我说花的事？收起你的无知，她想对他说，拿回你的手镯，穿上你油光锃亮的大皮靴滚回伦敦吧。待在那儿，永远不要再回来。

可他呢，倒对着篮子里的花指指点点，问：这是聚合草吗？是堇菜吗？是——

"是洋甘菊。"她勉强回应着，声音自己听着都发闷、发沉。

"啊，是是是。那些是聚合草，没错吧？"他指着一束小白菊说。

她摇摇头。怎么觉得头这么晕，只轻轻这么摇一下，就快摔到草地上去了。

"不对，"她用染成黄绿色的手指指了指，"那些才是。"

他使劲点点头，用手指掐着一枝薰衣草，搓了搓，举到鼻子上，发出夸张的很欣赏的声音。

"蜜蜂养得不错吧？"

她点了一下头。

"产蜜多吗？"

"还得等等看。"

"那……"他一只手臂朝农舍那边扫了一下，"……你弟弟呢？他好吗？"

她扬起脸看着丈夫，他这次回来，她还没正眼看过他。这样的对话，她一刻也不想持续下去了。他要是再问一个有关花草，有关农场或蜜蜂的问题，她都不知道自己会做出些什么。用刀扎向他的皮靴。把他推进蜂巢。转身离开他，跑向农舍，去找弟弟巴塞洛缪；或者跑进森林中那片暗绿色的空地，不再出来。

他盯着妻子坦率的目光只那么一小会儿，就赶紧看别处了。

"你不敢看我的眼睛吗？"她说。

他摸摸下巴，叹了口气，颤抖着，一屁股坐在妻子身旁，双手抱着头。艾格尼丝松开手让刀掉在地上，因为她觉得自己不能保证就这么一直拿着它。

他们俩坐了好一会儿，但背对背谁也不理谁。她对自己说，决不能头一个说话。倒要看看他说什么，他不是善于辞令吗，大家对他的美言妙语不是十分赏识吗。她不能先说出自己的想法。问题是他造成的，是他背叛了婚姻：解决问题当然也要看他。

沉默如同一团雾气，在他们两人之间膨胀，然后又扩散开来，把他们都包裹其中。雾气渐渐成形，伸出触须，探向空中，就像一只破蜘蛛网上飘散着的线丝。她觉察得到，丈夫在呼吸，一呼一吸，一呼一吸；丈夫的胳膊一动，交叉到了胸前；丈夫用手挠了挠胳膊肘，还用手指拨开了前额上的一根头发——所有这些细小的动作，她都感觉得到。

她盘腿坐在那儿，静静的，身体里却闷着一团火，心就要被耗尽，要被掏空了。她第一次没有了伸出双手去触碰他的冲动。恰恰相反，她觉着丈夫身上发出一股推力，把她推开，使她蜷缩在自我中。她无法想象，另一个女人摸过的地方，她怎么能再去摸。他怎么能这样做呢？怎么能儿子尸骨未寒就离家另寻新欢呢？又怎么能带着这些印迹就回到她身边呢？

她不明白他怎么能撇开她去找另一个女人。她就无法想象自己床上有另一个男人，不同的身体，不同的皮肤，不同的声音；想一想都令人作呕。他们就这样坐着，艾格尼丝在思考，她是否就此不再触摸他了，他们是否从此便会各奔东西，伦敦是否有那么个女人已将他的心掠去，占为己有。她不知道，这样的事丈夫怎么开口，能选择什么样的言辞。

她身旁，丈夫清了清嗓子。她听见他吸了口气，要说话了，她也做好了准备。来了。

"你会时常想念他吗?"他这么说。

一时间,艾格尼丝怔住了。她原以为,对她想象中已经发生的那些事,丈夫会给个说法,给个解释,或是给个道歉。她也鼓足了勇气听他讲:我们不能再这样下去了,我的心已属于另一个人,我去伦敦就不会再回来了,如此等等。可他却提到一个"他"? 问她:时常想念他吗? 简直不明白这个"他"指的是谁。

过了一会儿她才意识到,这个"他"指的是谁,便扭过头看了看,只见丈夫低着头,抱在胸前的双臂把脸也遮住了。这样子分明是极度悲伤,痛不欲生啊。她差一点就要起身去抱他,安慰他。但马上又想起来:她不会,也不能那么做。

于是,她动也没动,只是看着一只燕子俯冲下来,掠过灌木丛找虫吃,然后又飞上了树梢。他们俩身旁,树木吸气、呼气,沉重的枝叶在微风中抖动着。

"一直都在想,"艾格尼丝说,"他无时无刻不在身边,可是,当然,"她握着拳捶捶自己的胸,"现在不在了。"

没有回应,不过偷眼一看,她见丈夫在点头。

"我发现,"丈夫说,声音仍然很闷,"我无时无刻不在想,儿子在哪儿。他究竟去了哪儿。这念头就像潜意识里不停转动的一个轮子。不论做着什么,不论在哪儿,我总是在想:儿子呢,儿子在哪儿? 他不能就这么消失了。他肯定在什么地方。我要做的就是找到他。所以我到处找,大街上,人群里，观众席里。看着所有这些人，我要做的就是：找到儿子，哪怕只是他的一个变身。"

艾格尼丝点点头。那只燕子转了一圈又飞了回来，似乎有什么重要的事情要告诉他们，听得懂听不懂那再说吧。燕子从面前飞过，脸是猩红色，头是蓝紫色。她身旁小水罐的水面上，映出几丝游云，漠漠然，悠悠然。

丈夫用压抑、沙哑的声音说了些什么。

"说什么呢？"她说。

丈夫又说了一遍。

"我听不见。"

"我是说，"丈夫说着抬起头——她看见，丈夫满脸都是泪痕，"这么下去，我会疯掉的。即使现在已经过去一年了。"

"一年怎么会忘掉，"她说着拾起一朵掉落的洋甘菊花，"这是每时每日都在惦记的事。我们永远也不会停止寻找他。我想我也永远不愿意停止。"

丈夫伸出手，抓住妻子的手，小花在他们俩的手掌里压碎了。一股花粉味飞尘般充满空间。她想挣脱开，但丈夫抓得太紧了。

"我很抱歉。"丈夫说。

她扭了扭手腕，想从丈夫手里挣脱出来，让她吃惊的是，丈夫手劲太大，就是不肯松手。

丈夫用提问的语调叫了一声她的名字，"听见我说话了吗？我很抱歉。"

"抱什么歉？"她咕哝了一句，又最后抽了一下胳膊，想挣脱丈夫的手，但还是无济于事，只好就由丈夫攥着了。

"什么都抱歉。"丈夫叹着气，气息颤颤巍巍的，"你永远也不去伦敦安家了吗？"

艾格尼丝看着他——这个死死抓着自己的手不放的她孩子的父亲——摇了摇头，"我们不能去。朱迪丝适应不了。这你知道。"

"她会适应的。"

远处随风传来羊叫声，俩人都扭头顺声望去。

"你一定要冒这个险吗？"艾格尼丝问。

丈夫没说话，只是用两只手握着妻子的手。艾格尼丝的手使劲扭动着，直到手心向上顺势掐住了丈夫的虎口，眼睛死死盯着他。丈夫淡淡一笑，并没拒绝。他眼睛湿润了，打湿的睫毛一根根翘了起来。

艾格尼丝掐住丈夫虎口上的肌肉，左捏捏右捏捏，好像能掐出果汁来似的。她能探查到的大部分是噪音，一开始：无数声音在呼叫，有强有弱，语气有威胁有恳求。丈夫的脑子里充满各种杂音、冲突，以及重叠交织的说话声、叫喊声、吼叫声、尖叫声和低语声，真不知是怎么忍受的。她从丈夫的虎口上还能感知其他女人，女人们蓬松的头发、带着汗渍的手掌印。她一阵恶心，但还是坚持用手掐住丈夫的虎口，尽管真想放开手，把他一把推开。她还感觉到，丈夫心里有一种恐惧，一种巨大的恐惧，怕出远门，怕水，大概是海水；还有一个愿望，遥望远方的地平线，投去渴望的目光。而在这一切的下面，在隐蔽处，她能探查到某种空隙、空缺，那是个深渊，黑洞洞、空荡荡，嗖嗖作响；而在这深渊的底部她发现了从未觉察到的东西：丈夫的心——一团血红的强大肌肉，在胸腔里紧张、急切而稳定地怦怦跳动着。她觉得，这颗心那么近，那么现实，好像一伸手就能摸到。

她都把手松开了，可丈夫还仍然在盯着她看。她的手仍然在丈夫的大手里，很舒服，只是不再又捏又掐了。

"你都发现了些什么？"丈夫问。

"没什么，"她回答，"就是你的心。"

"这还叫没什么？"丈夫假装生气了，"没什么？你怎么能这么说？"

她冲丈夫笑笑，淡淡的。丈夫一把把她的手拉到自己的胸口上。

"这是你的心，"他说，"不是我的。"

夜里，丈夫把她弄醒了。当时她正做梦，梦见一颗鸡蛋，好大好大，潜在清澈的溪水下面；她站在一座桥上，往下看着，溪水流到这儿，也不得不沿着鸡蛋的边缘绕过去。

梦境太逼真了，她足足用了一分钟才走出来，才意识到发生了什么。原来是丈夫正紧紧抱着她,头埋进了她的秀发里,胳膊搂着她的腰,嘴里一个劲念叨着:抱歉,抱歉。

她没马上说话,对丈夫的抚摸,也没做出回应。丈夫却说起来没完,絮絮叨叨,像流水一样停不下来,而她则像梦里那个巨型鸡蛋,在话语的洪流中岿然不动。

过了一会儿,她抬起一只手放在丈夫肩膀上。她感觉到手掌下面所形成的空隙、空洞。丈夫抓起她的另一只手放到自己脸上。她感受着络腮胡子的弹动,还有持续不断、死乞白赖的亲吻。

丈夫停不下来了,什么都无法使他分心;他是那种认准一个目标、一个行动,就会一心一意去专注的人。他对着妻子的内衣又拉又扯,团在手里,一边使劲一边说着不雅的狠话,直到把衣服脱了下来,直到妻子冲他一笑,直到把妻子压在身下,动弹不得;艾格尼丝觉得自己成了另外一个人,另一个躯体,融化掉了,直到她已觉察不出哪儿是丈夫的皮肤,哪儿是自己的皮肤,分不出哪条胳膊腿是谁的,分不出自己嘴里咬的头发究竟是谁的,更分不出是谁的气息在谁的嘴里吸入又呼出。

"我有一个建议。"事后,丈夫躺在妻子身旁说。

艾格尼丝用手指捏着丈夫的一绺头发,在指头上缠着,绕着。刚才那番折腾,疑心丈夫还有其他女人的念头退去了,给暂时带走了,但此刻那些女人又返了回来,就站在床帏外面，互相争着、挤着，她们的身体和手蹭在帷帐上，她们的裙摆拖在地板上。

"是婚姻建议？"她问。

"是有关婚姻的，"他说着，不断吻着妻子的脖子、肩膀和胸，"我担心提得有点晚了，另外——哎哟！我的头发，老婆。你是要连根拔吗？"

"或许吧。"艾格尼丝又使劲拉了一下，"多亏你还记得你的婚姻。时不时地。"

丈夫从她身上抬起头来，叹了口气。"记得，当然会记得。"说着用手指抚平着妻子脸上的皱纹，"我这个建议你想听还是不想听？"

"不想听。"她执拗地想，管你说什么，反正我都不想听，不能这么轻易放过他，不能让他认为那一切既然他不在乎，你做妻子的也就应该不当回事。

"那好，不想听就堵上耳朵，因为不管你同不同意我都要说。喏——"

妻子想捂耳朵，但手被丈夫用一只手攥得紧紧的。

"放开。"她生气了。

"不放。"

"我让你放开。"

"我要你听听。"

"可我不想听。"

341

"我想好了,"丈夫说着,松开了她的手,但把她整个人都拉了过来,"我想买房子。"

她抬头想看看丈夫,但四下漆黑一片,伸手不见五指,"买房子?"

"为你。为我们。"

"在伦敦?"

"不,"他不耐烦地说,"当然是斯特拉特福镇了。你说过你愿意待在这儿,跟女儿一起。"

"买房子?"她重复着。

"是啊。"

"在这儿?"

"对呀。"

"你有买房子的钱?"

她听见身旁的丈夫咧嘴笑了,听见他的嘴唇离开了牙齿。丈夫抓起她的手亲着,亲一下说一个字。"我有。足足有余。"

"什么?"她把手抽出来,"真的吗?"

"真的。"

"怎么会呢?"

"你知道,"丈夫说着又躺平在床垫上,"总想给你一个惊喜,一个不寻常的、少有的惊喜。"

"你什么意思?"

"我的意思是,"丈夫回答,"你不知道跟你这样的人结婚是个什么感觉。"

"像我这样的人?"

"对,你这种人。人家的事,自己还没弄清楚,你却早知道了。只要看一眼,就只那么一眼,就能探查出别人最深的秘密。人家还没说出口,你就知道他要说什么,他不会说什么。"丈夫对她进行着描述,"你这本事是好事也是坏事。"

她耸耸肩,"这些事我也没办法。我从来——"

"我有钱,"他打断了妻子,嘴唇擦着妻子耳朵小声说,"我有很多钱。"

"你有钱?"她吃惊地坐起来。她知道丈夫的剧团经营不错,但听了这话还是觉得很新鲜。她忽然想起那只贵重的手镯,她已经用兽皮包起来,上面盖了火灰和碎骨头渣子,埋在了鸡窝边上。"你哪儿来的那么多钱?"

"可别告诉我爸爸。"

"你爸爸?"她重复着,"我——我不会,当然不会,但是——"

"你肯离开这里吗?"他问道,一只手搭到了妻子的脊椎骨上,"我想带你和两个女儿离开这儿,把你们连根拔起来,再种到别的地方。我要你们离开所有……这……要你们去个新地方。问题是,你肯离开这里吗?"

艾格尼丝考虑着,左思思,右想想。她设想自己来到了一座新房子,也许是一座农舍,有一两个房间,坐落在镇子边上,有两个女儿在身边,有一小块地,开成药草园,还有几扇窗户,正能看见这个园子。

"他不在了。"她思忖多时终于说这么一句。她背上的那只手僵住不动了。她尽力让声音平稳些,但是她吐出的每一个字都浸透着悲痛,"我到处都找过了。我一直在等。一直在观察。不知他去了哪儿,反正不在这里了。"

丈夫把她往身前拉了拉,轻柔地,小心翼翼地,生怕把她弄碎了,然后把毯子盖在她身上。

"我一定办得妥妥当当的。"他说。

他委托巴塞洛缪做他买房的经纪人。他写信给妻弟说,这事他不能让他自己的弟弟们去办,担心他们会把父亲扯进来。他问巴塞洛缪能不能帮个忙。

巴塞洛缪在考虑着这封信,信放在了壁炉架上,吃早餐的时候就时不时瞥见它看一看。

可他的后母琼自从在门口看见这封信就给搅得寝食不安起来,她在屋里来回踱着步,问信里写了什么,是不是"那个人"(暗指艾格尼丝的丈夫)寄来的? 她想了解信的内容,这合情合理。那家伙要借钱? 是不是? 是不是在伦敦混不下去了? 她早就知道那小子好不到哪儿去。第一眼看见他,就认定他不是个什么好人。艾格尼丝放着好人不嫁,偏找了这么个废物。这回是找巴塞洛缪借钱吧? 她希望自己这个继子一分钟都不要考虑这件事，一便士也不要借给他。他得顾及自己的农场、孩子，还有他的弟弟妹妹们。这事，他应该听她这个后妈的。可他听吗？听吗？

巴塞洛缪继续闷头喝他的粥，手里的勺子上上下下，舀了一勺又一勺，好像根本没听见琼的问话。他媳妇看了有点紧张，弄翻了牛奶，一半洒到地板上，一半浇到炉架上。琼一边骂着，一边趴到地上去擦。一个小孩哭起来。小媳妇赶紧去扇旺给牛奶浇得半熄半燃的炉火。

巴塞洛缪把吃剩的早餐推到一边，站起身，琼的话音还在身后响着，像只椋鸟在叽叽喳喳叫。他把帽子往头上一扣，离开了农舍。

他穿过农田走到农场东面，那儿的地面近来变得又潮湿又松软，然后便返回来了。

他的媳妇、继母和孩子们又围拢到了他身边。伦敦来信是坏消息吗？出了什么事吗？信在大家手里传来传去，琼自然更是把信看了个仔细，但她和儿媳都不认字。孩子里有认字的，但又认不出他们这个神秘的姑父的笔迹。

巴塞洛缪对女人们的问题仍是不理不睬。他拿出一张纸和一支羽毛笔。他挺费劲地在墨水里蘸了蘸，牙齿紧咬舌尖，开始给姐夫写回信，说，好的，我会帮忙。

几周后，他去找姐姐。先去家里，又去了市场，最后在面包店老板娘的指引下来到一间小房子，路边磨坊旁的一个又小又暗的地方。

巴塞洛缪推门进去的时候，艾格尼丝正往一个躺在草席上的老人的胸口上敷膏药。房子里很暗；他能看见姐姐的围裙，白色的帽子；能闻到刺鼻的黏土味，泥土地面的潮气，还有——久卧不起的病人的恶臭。

"在外边等吧，"艾格尼丝对弟弟轻声说，"我马上就出去。"

他站在街上，在腿上摔打着他的手套。等姐姐一出来，他便抬步离开了老人的门口。

他们向镇上走去，艾格尼丝看着弟弟。弟弟也觉察到姐姐在看他，是在揣测他心情如何。过了一会儿，他伸手拿过姐姐胳膊上挎的篮子，见里面有一个布包，几枝不知叫什么的药草的干茎支棱了出来，还有一只封了口的瓶子、几只蘑菇和一根烧了一半的蜡烛。弟弟忍住了一声叹气，快走到市场了才说："你不该到这样的地方来。"

她理了理衣袖，没说话。

"你不该，"弟弟接着说，虽然知道说了也白说，"你应该注意自己的身体才是。"

"他就要死了，巴塞洛缪，"她直截了当地说，"他没亲人。老婆、孩子都死了。"

"他既然要死了，你干吗还要给他治？"

"不是治病。"她看看弟弟,目光一闪,"但我可以减缓这个过程,消除疼痛。这难道不是我们每个人在生命的最后时刻应该得到的吗?"

她伸手想拿回篮子,但弟弟不给。

"你今天心情怎么这么糟呀?"她问弟弟。

"你说什么呢?"

"是因为琼吧,"她不再徒劳地去抢夺弟弟手里的篮子,而只是用如锥的目光盯着他,"不是吗?"

巴塞洛缪吸了口气,把篮子换到另一只手上,姐姐就更够不着了。他来找姐姐确实不是要谈继母的事,但是如果他以为姐姐看不出他心情不好,那可就大错特错了。他吃早餐的时候和继母吵了一架。多年来,他一直在省钱,想把农舍扩建一下,在顶上加一层,后面也再加几个房间 —— 他讨厌和那么多孩子、说变脸就变脸的继母,还有各类牲畜,统统睡在一个屋檐下。而琼从一开始就百般阻拦。这房子你爸爸住着挺好,早晨她把粥端上来,嘴里吼道,怎么到你这儿就不行了?你干吗非要掀了房顶,让我们头顶蓝天吗?

"你要听听我的高见吗?"艾格尼丝问。

巴塞洛缪一耸肩,嘴巴紧咬。

"对付琼,你必须虚晃一枪。"艾格尼丝说。这时他们已经能看到市场的摊位了。"你说要干这个,而其实想干的完全是另一件事。"

"嗯？"

艾格尼丝停下来，看了看摆成一长排的奶酪，又和一个披黄色披肩的女人打了个招呼，然后才接着往前走。

"让她相信，你已经改变了主意，"她一边说，一边在前面的人群里穿梭般地走着，"让她以为你不想扩建了，因为太麻烦，太费钱。"艾格尼丝扭过头瞥了弟弟一眼，"我向你保证，不出一个星期，她就会改口说，这房子是太挤了，得多盖几间房，而你不愿意盖的唯一原因就是太懒。"

他们走到市场的另一端了，巴塞洛缪思考着说："你觉得这法子能行？"

艾格尼丝等弟弟跟上来，并肩往前走，"琼从不知道满足，一看别人满意了，她就不高兴。唯一能使她高兴的就是让别人和她一样不高兴。她不但自己总是不快活，还希望有人跟她做伴，也事事都不快活才好。所以，你高兴要做的事必须瞒着她。让她相信你要做的是完全相反的另一件事。这样，你的愿望就会实现。不信，你试试看。"

艾格尼丝刚想拐到亨利大街上，弟弟拽了一下她的胳膊肘，挽住她的手臂，引她上了另一条街，朝行会会馆和埃文河走去。

"走这条路吧。"弟弟说。

她顿了一下，诧异地看看他，没说什么便跟他走了。

他们走过小学校舍的窗户，能听见孩子们在背诵课文、数学公式、动词结构，或是一首诗。巴塞洛缪也不懂那都是些什么，反正挺有节奏，抑扬顿挫的，就像远处湿地上的鸟叫。等他再看姐姐的时候，只见她头低着，肩膀向里缩着，像是在顶着风暴前行。她紧紧抓着弟弟的胳膊，弟弟明白她是想避开学校，于是便一起朝马路对面走去。

"你丈夫，"巴塞洛缪说，这时一匹马走过来，他们停下来等，"给我来信了。"

艾格尼丝抬起头，"是吗？什么时候？"

"他委托我给他买处房子——"

"干吗不早告诉我？"

"这不是说了吗。"

"可你为什么不早说，在我——"

"想看看吗？"

艾格尼丝双唇紧闭。他看得出姐姐想说不，不过同时也充满了好奇。

姐姐耸了耸肩，无所谓的样子，"你说看就看吧。"

"不，"弟弟回答，"是你想不想看。"

她又耸耸肩，"要不改天吧，等——"

巴塞洛缪用那只空闲的手指了指马路对面的一座房子。房子好大，是镇上最大的，三层，位于转角处，宽大的正门正对着他们，侧面则向远处伸展开去。

艾格尼丝向弟弟指的方向看去，弟弟则观察着她。他见姐姐看看房子，又朝两翼看了看，皱起眉头问：

"在哪儿？"

"就那儿。"

"那座房子？"

"对呀。"

姐姐满脸的糊涂，"那到底是哪一部分，哪几间房子呢？"

巴塞洛缪把手中的篮子放在地上，站直身体说："整栋房子。"

"你说什么呢？"

"整个这一栋，"弟弟说，"都是你的。"

这座新居充满着各种噪音，永无宁静。夜晚，艾格尼丝走在走廊里、楼梯上、房间里、过道上，光着脚，侧耳倾听。

新居里，窗户在窗框里颤动；一股风吹来，烟囱就变成长笛，把悠长而哀怨的音符送入客厅；入夜，木质墙裙发出咔咔的声响；篮子里躺的小狗翻来覆去，叹声不断；墙壁里，小老鼠尖爪乱抓，窜来窜去；后院狭长的药草园里，树木枝杈在风中摇曳，沙沙作响。

搬进新房子，苏珊娜睡在走廊尽头的房子里；晚上还把门锁上，以防母亲夜里乱闯。朱迪丝睡在母亲隔壁；她总是睡得很浅，睡会儿就醒，从来睡不踏实。艾格尼丝一开门，铰链的声响就足以把她吵醒，坐起来，问，谁在哪儿？两只猫睡在她的毯子上，一边一只。

住进新房以后，艾格尼丝总有种幻觉：假使她沿大街往下走，穿过市场，走上亨利大街，走进老房子的大门，就能看到原封不动住在那儿的仍然是：一个女人、两个女儿和一个儿子。而不是伊莱扎和她卖女帽的丈夫。绝对不是，而还是他们一家人，他们本应住在那儿，现在也还在那儿。儿子应该长大了，长高了，长壮了，声音也更深沉、更自信。他会坐在桌旁，靴子搭在椅子上，跟她说着话——现在儿子爱说了——谈白天上学的事，老师说什么了，哪个同学挨了鞭子，哪个受了表扬。他会坐在那儿，帽子挂在门后，说肚子饿了，问有什么吃的没有。

艾格尼丝可以让这种假想充斥整个大脑。这种意念就像包裹得严严实实的宝藏一样被她珍存在心里，只有夜里独自一人走在这座大新房里的时候才拿出来擦拭和欣赏。

艾格尼丝把后院的药草园当作自己的地盘，自己的领地；这座房子太大了，以致招来了不少议论、赞扬和嫉妒。她丈夫是谁，做什么的？经营得怎么样？是不是常常去皇宫？人们对这座房子是既喜欢又排斥。自从丈夫买下这份房产，人们的议论就没消停过。当着她的面，人们表示很惊奇，可她知道，背地里说的就是另外一套了：他怎么能买得起，他不就是个无用的狂人吗,头脑发热,眼睛看着天上的云彩,他哪儿来的那么多钱,是在伦敦不法经营吧,要是属实的话,那一点也不稀奇,你看他爸爸是个什么人,在剧院里干活怎么能挣那么多钱?根本不可能。

这些艾格尼丝都听到了。这个新家就像个果酱瓶,引来了不少嗡嗡叫的苍蝇。这个家可以住在里面,但永远不是她的。

不过,出了后门来到外面,她就可以自由呼吸了。她沿着高高的砖墙种了一排苹果树。主路两旁是两对梨树,还有李子、接骨木、白桦、醋栗丛和红茎大黄。她从河边剪了一枝犬蔷薇,种在了麦芽作坊那暖乎乎的墙外。后门附近栽了一棵花楸树苗。院子里满满种着洋甘菊和金盏花、海索草和鼠尾草、玻璃苣和白芷,以及蒿子和小白菊。在最靠外的墙边上,她还架起了七只蜂巢;温暖的七月,在房子里就能听见蜜蜂那无休无止的嗡嗡嗡的叫声。

她把原来的酿酒间改成了制药间。在这里,她把药草弄干,配成药剂,人们从侧门进来,向她求医问药。她叫人在大房子后面建了一间更大的酿酒间,全镇最大。她把院子里的一口老井清理一新。她还建了一座结纹园①,用黄杨树篱组成相互勾连的网格,空着的地方再种上长着紫色花序的薰

---

① 起源于伊丽莎白时代,花草树木和道路构成整齐的图案,设计精美如刺绣。

衣草。

孩子们的父亲每年回家两次,有时候三次。搬进新居的第二年,他回家住了一个月。伦敦有人哄抢食物,他告诉家人说,学徒们在南沃克区游行,洗劫商店。还有,伦敦又闹瘟疫了,剧场全部关门。当然,瘟疫这个词从不能大声嚷嚷。

朱迪丝注意到,父亲在家的这些天,就再没提过这个词。她还注意到,父亲喜欢这座新房子。他在房子里到处走着看着,走得很慢,走走停停。抬头看看烟囱和过梁,每扇门都要开开关关地试一试。他要是条狗的话,此时一定是欢快地摇着尾巴。清晨,他来到院子里,从井里打出第一桶水,尝一口。他说,这是他喝过的最清新、最甘甜的水。

朱迪丝还看到,父亲回来的头几天,母亲看都不看他一眼,他凑近了,还会闪身躲开;父亲一进屋,母亲就离开。

不过,父亲只要没关在自己的房间里工作,就总跟着母亲,跟到酿酒间,再到后面的药草园。他用一个手指勾住母亲的袖口;母亲在外面的小房子里干活的时候,他低着头去看母亲被帽子遮住的脸。朱迪丝蹲在两边种着洋甘菊的小路上,假装除草,看见父亲摘了一篮子苹果,微笑着送给母亲。母亲接过来,没说话,直接放到了一边。

但是,几天之后,俩人的关系就会缓和些。母亲坐在椅子上,父亲走过来把手搭在母亲肩上,母亲也不再反对。药草园里，父亲不断问起这花叫什么，那花叫什么，有什么用，母亲都一一回答。父亲拿着一本看上去很古老的书，告诉母亲她说的花名在书上的拉丁语里叫什么，母亲在一旁听着。母亲还会为父亲配制一种灵丹妙药，就是用欧当归和金雀花做的茶饮。她端着茶上楼，来到父亲伏案工作的房间，还随手关上门。上街的时候，母亲会挽着父亲的胳膊。朱迪丝还听到外面的小房子里传来父母说笑的声音。

母亲似乎是在等着父亲把伦敦以及他在那里所做的一切留在身上的痕迹统统消除干净，然后才肯接受他。

园子里永远不会停歇：一切都在生长。苹果树伸展着它们的枝干，树冠已经比墙还高。梨树第一年结果，然后隔一年，第三年再结果。金盏花舒展它们金黄色的花瓣，每年必开；蜜蜂离开蜂巢，飞到毯子一样密集的花丛上，一会儿钻进去，一会儿又露出来。结纹园里的薰衣草长得又高又密，但艾格尼丝不会把它们拔掉；而是削去疯长的枝叶，留下根茎，她手上沾满了清香的气息。

朱迪丝的猫下小猫了，到了一定时间，小猫又会有小猫。厨子想把它们都抓来淹死，但朱迪丝不让。有几只送去了休兰兹农场，另一些就放到亨利大街上，剩下的跑遍全镇。尽管如此，园子里还是成了猫的天下，有大有小，年龄各异，都长着又长又细的尾巴，脖子上一圈白毛，碧绿的眼睛，一个个灵活、健壮,肌肉发达。

房子里没有老鼠。厨子也承认,跟一个猫的王国生活在一起,好处多多。

苏珊娜长得比母亲都高了。她负责管着房子的钥匙,用小钩子把钥匙挂在腰间。她管着账本,给用人发工钱,监管着母亲给人治病和火爆的酿酒、麦芽生意的出账入账。如果有人不付账,她就派一两个叔叔上门去要。她把收入、投资、房屋租金收入,哪些房客交了房租,哪些迟迟不交等情况和父亲用书信沟通。她向父亲提出建议,要寄回多少钱,在伦敦存多少钱;一听说哪儿有土地、房屋或地块出售,她就通知父亲。她还遵照父亲的指示,自告奋勇地承担购置新家具的工作:椅子、床垫、衣橱,还有一张床。但母亲不愿换新床,说那是她的婚床。于是,新买的大床就放在了客房里。

朱迪丝如影随形,和母亲保持着同一轨道,好像紧紧跟着母亲就是一种保障。什么保障,她也说不清。为了安全,为了生存,还是出于什么目的?

朱迪丝负责在园子里除草,干点跑腿儿的活儿,还帮着清理母亲的工作台。如果母亲让她去摘三片月桂叶子或一朵马郁兰花,她很快就能找到。而对苏珊娜来说,那些花花草草长得都一样。朱迪丝喜欢和她的猫待在一起,给它们理毛,还跟它们用一种尖厉而恳求的语调轻声交流着。每年春天她都会卖小猫。她告诉人们,她的小猫都是捉老鼠的能手。苏珊娜觉得，妹妹天生一张令人信任的脸：离得远远的两只大眼睛，甜甜的、说来就来的微笑，警觉而诚实的目光。

园子里的所有活动都让苏珊娜感到不舒服；她大部分时间都待在房子里。那些植物需要没完没了地给它们除草、修剪和浇水；那些讨厌的蜜蜂总是嗡嗡乱叫，蜇人，还往你脸上撞；那些求医问药的人从侧门进进出出，也不管早晚，真快把她逼疯了。

她每天一次试着教妹妹学字母。这是她答应过父亲的。她尽职尽责地把妹妹从后院叫到客厅，让她坐好，面前摆上一张用过的小石板。不过妹妹可不怎么领情。她如坐针毡，不断往窗外看，拒绝用右手写字，说那不得劲儿，不断地用指头去拽衣服边儿上一根松动的线头，姐姐说什么她也不去认真听，即便在听，只要街上来个吆喝卖蛋糕的，她马上就走神。朱迪丝就是不愿意去记那些字母，也不愿意看它们是怎么组合起来表示某个意义的，而只是好奇，想找找哥哥哈姆奈特在石板上写字是不是留下了什么痕迹。过了一天又一天，还是记不住哪个是"a"哪个是"c"，分不出"d"和"b"之间有什么不同，因为在她眼里这些字母都一样，这太无聊，太难学了。她在字母的空隙里画上眼睛和嘴巴，把它们变成了各式各样的动物，有的悲伤，有的快乐，有的可爱。朱迪丝花了一年的工夫总算能写出个签名：是个歪歪扭扭的首字母，可惜还写倒了，弯弯曲曲像条猪尾巴。最后，苏珊娜也没了耐心。

她找母亲抱怨，说妹妹如何不想学写字，不愿帮助记账，家里的事一点也不愿承担。母亲只是微微一笑，说妹妹的技能和你的不一样，但那也是一种技能。

苏珊娜脚步噌噌地走回屋里，心想，怎么就没人看到生活对我来说有多么艰难？父亲在外面，很少回家，弟弟夭亡，整个家她得照看，仆人们她得盯着。这些她都得管，因为另外两个人都是……苏珊娜犹豫了一下没说出"弱智"两个字。母亲并不弱智，只是和其他人不一样。有点老派，乡下女人，墨守成规。她虽住在这儿，但感觉就像住在她当年出生的那间周围满是羊群的孤独小屋里一样；她举止言行仍然是一个农夫的女儿，在小巷里，在田野上，拖拖拉拉地走着，捡些草装进篮子里，裙子湿乎乎，脏兮兮，脸太阳晒得红扑扑。

苏珊娜一边上楼梯走向自己的房间，一边想，有谁为我考虑过，有谁又看到过我经历的考验和困苦。母亲在药草园里，整日埋头在她的花花草草里，父亲在伦敦，演了一出又一出的被人说成是猥亵无比的话剧，而妹妹整天待在房子里，唱着自己编的歌曲，调子弯来绕去，声音悠扬，带着微微的喘息。她一把推开屋门，又任它在身后砰的一声关上，她冲着空荡荡的屋子不禁问道，有这么一个家庭，还有人敢来向我求婚吗？我何时才能逃脱这个家？还有谁愿意和这一家子交往？

艾格尼丝眼看着稚气从小女儿的身上退去，就像斗篷从肩上滑了下来。女儿长大了，苗条得像柳枝，姣好的身材撑满了衣裙。她不再喜欢蹦蹦跳跳、满屋满院地乱窜乱跑，而是学起了女人的端庄步态。她的五官也分明起来，颧骨凸起，鼻子变尖，嘴巴也变成了应有的模样。

艾格尼丝看着这张脸；她左看看右看看。她想看清朱迪丝现在长什么样，想象着将来又会变得怎样，但时不时，她问自己的问题却变成：儿子的脸是不是也会长成这样？这张脸要是长在男孩身上会显得有什么不同吗？配上魁梧的身材，男人的下巴，还有络腮胡须，那将会是怎样一种模样？

夜色笼罩全镇。街上万籁俱寂，一片漆黑，只有一只猫头鹰低沉地叫着，在呼唤它的伴侣。一阵阵微风无形地、持续不断地从街上刮过，就像夜盗在伺机破门而入。它摆弄着茂密的树冠，让它们一会儿倒向这边，一会儿又倒向那边。风在教堂的大钟里打战，让这个铜家伙以单调低沉的音调振动起来。风吹皱了孤孤单单落在教堂附近一个屋顶上的猫头鹰身上的羽毛，还把沿街隔了几个门以外的一扇松动的平开窗震得咚咚响，睡在屋里的人不禁翻个身，梦中闯入了诸如骷髅乱晃、脚步逼近、马蹄嗒嗒之类的种种影像。

一只狐狸从一辆空马车后面蹿出来，斜着身子在黑暗、冷寂的大街上跑着。在行会大厅外，临近一所学校（哈姆奈特和他父亲都在此学习过）的地方，它停了一下，一只爪子离开地面，似乎是听到了什么声音。随后，又一溜小跑，向左一转，消失在两座房屋的空隙间。

这块地原先是一片沼泽——潮湿、多水，半是河流，半是陆地。为了建房子，人们得把水抽干，然后铺设一层灯芯草和树枝，像海上的大船一样托住上面的房子。到了阴雨天，这些房屋的记忆被唤醒了，旧时的记忆诱使它们嘎吱嘎吱地往下沉。墙裙嘎嘎响，烟囱断裂，门框松动开裂。该发生的都发生了，什么也躲不掉。

镇子上一片寂静，像一个人屏住了呼吸。再过一个来小时，夜色将退去，光明将来临，人们将从床上醒来，准备好（或许还没准备好）迎接新的一天。不过，眼下镇上的人们还都在梦乡。

朱迪丝是个例外。她此时披着斗篷，兜帽罩在头上，正沿大街走着。她走过那座刚才还有狐狸出没的学校；她没看见狐狸，不过狐狸从藏身的小巷里看到了她。它睁大瞳孔看着小姑娘，她的斗篷、她迅速迈动的脚步和匆匆忙忙的步态。突然冒出这么一个小生命来分享它的夜间世界，它着实吓了一跳。

她快步穿过市场广场,紧靠着房子走,然后拐进了亨利大街。

秋天的时候,一个女人来找母亲,说关节红肿,手腕疼痛。母亲打开侧门的时候对朱迪丝说,是接生婆来了。母亲似乎认识这个女人,她看了女人一会儿,然后笑了笑。她握住女人的手,轻轻地反过来观察。女人的指关节红肿、变形。艾格尼丝在关节上敷了聚合草叶子,用布包好,然后说出去拿些药膏。

女人把包扎好的双手放在膝上,盯着她们俩看了一会儿,然后头也没抬地开始说话。

"有时候,"她似乎是在跟自己的手说话,"我不得不深更半夜就跑到大街上。孩子说生就生啊,你们知道。"

朱迪丝礼貌地点点头。

女人冲她笑笑,"生你的时候,我记得。我们都以为,你活不了。可现在不是好好的。"

"我不是在这儿吗。"朱迪丝咕哝着。

"有好多次,"女人继续说,"我经过亨利大街,路过你出生的那座房子,看见了——"

朱迪丝看了她好一会儿,想问她看见了什么,但又怕她说出那个答案。"您看见什么了?"她还是脱口问道。

"是个什么东西,或者我应该说是个什么人。"

"谁?"朱迪丝问,但答案她是知道的,早就知道。

"跑,他在跑。"

"在跑?"

老接生婆点点头,"从大房子门口跑到那座窄窄的小房子的门口。看得十分清楚。是个人,跑得像风一样快,就好像被鬼追着似的。"

朱迪丝觉着心跳加快,就好像那个受罚在亨利大街上跑来跑去的幽灵应该是她,而不是哥哥。

"总是在夜里,"女人说着,一只手在另一只手上一挥,"白天从没见过。"

于是,从那以后,朱迪丝每天夜里都会在黑暗中溜出家门,到这儿来等候,观望。老房子那边出现哥哥身影的事,她没跟母亲讲,也没告诉姐姐。接生婆也只告诉过她,没和别人说过。这是她的秘密,事关她的亲人,她的孪生哥哥。有几天早晨,她觉得母亲在看自己,在盯着自己疲惫、消瘦的脸,她担心母亲都已经知道了。母亲对这事是不会感到意外的,只是她不想和任何人谈及,因为她担心,一旦事情成不了真,一旦见不到哥哥,或更糟的,哥哥就不愿见她,那可怎么办。

这些日子,她一直在观察着那座狭长的房子,那间哥哥去世的房间(哥哥曾在那里颤抖、抽搐,瘟热的毒素流遍全身),发现里面有许多戴着女式帽子的头,说不上有什么特色,都冲着门口的方向,默默地,呆呆地,观望着什么。朱迪丝也看着那扇门；目不转睛地盯着。

求求你了，她心里在想，请你出来吧，就这一次。不要让我孤零零一个人待在这儿。我知道，你是替我而死的，但没了你我只是半个人。让我看看你吧，哪怕是最后一次。

她想象不出再见到哥哥会是怎样的情景。哥哥还是个孩子，而自己已经长大，几乎是个女人了。哥哥会怎么想？哥哥是永远也长不大了，要是街上碰到了，还能认出妹妹吗？

几条街以外，那只猫头鹰离开它待的地方，乘着一股清冷的气流，双翅无声地划过空中，眼睛警觉地注视着前方。对它来说，这座小镇就是一排排的屋顶，中间夹着深沟一样的街道，是需要用心识别方向的。它看到一片片树木，还有即将熄灭的炉火中飘散出的缕缕烟雾。它看得清那只狐狸的行踪，现在狐狸正在过河；它看到一只啮齿类动物，大概是老鼠，窜过一个院子，钻进一个洞里；它看到一个男人，睡在旅店的门洞里，给跳蚤咬了，正伸手去挠；它看到一家人房后的笼子里有几只兔子；旅店旁的围栏里站着几匹马；还看见朱迪丝走出家门。

朱迪丝对头上掠过的猫头鹰并无觉察。她急促地喘着气，似乎看到了什么，有个什么东西一闪，是暗示、是有人活动，看不清，但肯定有，就在那儿。就像微风刮过玉米地，像你拉开一扇窗户时玻璃上的闪光——那一道出其不意地划过房间的光亮。

朱迪丝走过马路，头上的兜帽滑落下来。她站在原来住的房子的外面，从门口走到祖父母住的大房子的门口。空气中有种混合的味道，气氛有些紧张，就像暴风雨要来了。她闭上眼睛。她感觉到他来了。很确定。她手臂和脖子上的皮肤一缩，真想伸出手，摸摸他，握住他的手，可是她不敢。她听得到自己的脉搏在涌动，听得到自己急促的呼吸声，她知道，她听到了，就在自己的呼吸声下面还有另一个人在呼吸。她听见了。真的听见了。

她浑身战抖，头低着，紧紧闭着眼睛。她脑子里就一个念头：我想你，我想你，只要你能回来，我什么都可以付出，什么都可以。

随后，这一刻就过去了，一切就都结束了。紧张的气氛像幕布一样落下了。她睁开眼，一手扶着房屋的外墙站稳。他不见了，都结束了。

清晨，玛丽打开前门，把狗放出去，突然发现门前有个人倒在那儿，头放在膝上，蜷缩着。一开始，她以为是夜里倒在这儿的醉汉。然后才认出了孙女的靴子和衣服。是朱迪丝。

她围着小姑娘忙了好一阵，总算把冻僵的孩子弄到屋里，叫道，快拿毯子和热汤来，看在上帝的分上。

艾格尼丝正在后院花坛上俯身干活，这时女佣走过来，说她的继母琼来了。

那天风高雨大，大风吹进药草园，蹿上高墙，再裹挟着雨点和冰雹砸向她们，似乎是她们做错了什么事，惹老天发怒了。艾格尼丝天刚亮就出来了，用小棍儿把不禁风的植物绑一绑，好抵挡暴雨的袭击。

她放下手中的活儿，手里仍攥着刀和绳子，瞥了女佣一眼，"你说什么？"

"琼夫人，"小姑娘说，她眯起眼，皱着脸，一只手捂在帽子上，这大风似乎是下了决心要把她这帽子给掀走，"在客厅等您。"

苏珊娜沿小路跑过来，头低着，速度很快。她在冲母亲喊着什么，但话声给风一吹，都卷到天上去了。她指了指房子，先用一只手，然后又用另一只手。

艾格尼丝叹了口气，又想了一下，然后把刀放进了口袋。可能是有关巴塞洛缪的事，要么就是哪个孩子，或有关农场、房屋扩建的事；琼恐怕是想要她干预一下，她一定得拿好主意。休兰兹农场的事她不想介入。她自己的房子和丈夫、孩子还管不过来呢。

她一进屋，苏珊娜就开始在她帽子上、围裙上一个劲儿地摘着脏东西，还把散乱的头发也理好，艾格尼丝挥挥手说不用。苏珊娜跟着她走过过道，走进大厅，压低声音说，这副样子怎么好见客人,她会不会想先去整理一下。还答应,她会替母亲先招呼一下。

艾格尼丝没理她,只是果断地快步穿过大厅,打开了房门。

艾格尼丝见继母端坐在丈夫的椅子上,对面是朱迪丝,坐在地板上,膝上趴着两只猫,还有三只围在身边,尽情地在小主人的身侧、后背和手上蹭着。小朱迪丝正在侃侃而谈(可真有点不像她了),从猫的种类到名字,从猫都爱吃些什么到爱在哪儿睡觉,不一而足。

艾格尼丝刚巧知道,琼是特别讨厌猫的 —— 常抱怨说,猫让她喘不上气来,浑身发痒 —— 所以进屋时强忍住没笑出来。

"……而且,最让人惊奇的是,"朱迪丝说,"这一只是那一只的哥哥,离远了你看不出来,是不是,但是凑近了,你会看到,它俩眼睛的颜色一模一样,一点不差。看到啦?"

"嗯。"琼用手捂着嘴,站起身去迎艾格尼丝。

两个女人都走到屋子中间,琼迅速而有力地抓住继女的手臂,在脸上吻了一下;艾格尼丝强忍着才没把她推开。她们相互问好,问家里人好。

"我怕,"琼回到座位上说道,"我怕是打扰……你干什么活儿了吧?"她特意瞄了一眼艾格尼丝脏兮兮的围裙和满是泥土的衣服边儿。

"哪里的话，"艾格尼丝答道，说完用手抚了抚朱迪丝的肩膀，走到座位上，"我在院子里瞎忙，救救那些倒伏的花草。怎么这么糟的天气您还到镇上来？"

琼一时似乎不知如何回答才好，好像没预料到会这么问她。她用手把衣裙上的褶皱抚平，紧咬着双唇，"来看一个……一个朋友。一个身体不太好的朋友。"

"哦？真遗憾。是什么病？"

琼挥挥手，"不是什么大问题……就是有点风寒。不用——"

"我愿意送您朋友一些接骨木和松枝制成的酊剂，刚刚做好的。对肺非常好，特别是在冬季——"

"不用了，"琼赶忙说，"谢谢你，不过用不着。"她清清嗓子，不住朝四下看着。艾格尼丝见她的目光直射天花板，然后又落在壁炉架上，看着那些火钳子、火铲子什么的，最后又盯在墙上挂着的彩绘壁饰上。上面的图案是森林，茂密的枝叶，点缀着跳跃的小鹿的身影，是丈夫在伦敦请人绘制送给她的礼物。艾格尼丝近来出人预料地阔起来了，这让琼好不舒服，看到继女住在这么阔气的大房子里，简直让她忍无可忍。

"你丈夫好吗？"琼好像是在循着自己的思路发问了。

艾格尼丝盯着继母看了一会儿才回答道："挺好的，我相信。"

"剧院的事还是忙得他脱不开身?"

艾格尼丝双手交叠在一起放在腿上,先冲琼笑笑,然后点点头。

"我想,他常给你写信吧?"

艾格尼丝微微一颤,有一种微妙的感觉,身体里就像有个焦虑的小动物在翻滚。"那是自然。"她说。

然而,朱迪丝和苏珊娜的表情却露了馅儿。姐妹俩迅速地扭头望望母亲,太迅速了,就像小狗在期待着主人发出指令。

琼自然是觉察到了。艾格尼丝见继母像是在品尝什么好东西似的抿了抿嘴唇,美滋滋的。这让她想起了几年前在市场那儿跟弟弟巴塞洛缪说过的话:她不但自己总是不快活,还希望有人跟她做伴,也事事都不快活才好。现在琼是多么想把她击垮呀!在这座房子里,在这间屋子里,她和女儿们克服着因丈夫长期在外所带来的巨大困难,力争活出精彩。而现在这个女人掌握了什么信息,竟要像一把利剑一样挥舞着它,把她这个家砍倒呢?琼到底知道了些什么?

实际情况是,丈夫已经几个月没像样地写过信了,只来过两封短信,一封说他很好,另一封是让苏珊娜再买下一块地。艾格尼丝曾对自己和孩子们说,这没什么不正常的,他又要忙了,再说信在路上也会遗失,他现在抽不出空,说不定什么时候就冒出来了,但虽然这么说,她心里还是十分不安。丈夫在哪儿，在干什么，为什么不好好写封信呢？

艾格尼丝指头交叉，将手埋在围裙的褶皱里。"大约一周前来过一封信，说很忙，正准备上演一出喜剧，还有——"

"他的新剧肯定不是喜剧，"琼打断了她的话，"不过，我想你早该知道的呀。"

艾格尼丝沉默了。她身体里那只小动物又在躁动，开始用尖利的爪子抓她的内脏。

"是出悲剧，"琼继续说着，龇牙一笑，"我敢肯定他已经把名字告诉你了，在信里。因为除非事先告诉你并得到你的同意，他是不会给剧本起那样一个名字的，是吧？我相信你们都看过戏单啦。他可能给你们寄来了吧。镇上的人都在议论呢。我表兄刚从伦敦回来，带来一份。我知道你们有，不过我还是带了一份给你。"

琼站起身，像张满风帆的小船一样走过来，把一个纸卷丢在艾格尼丝大腿上。

艾格尼丝看了看，用两根手指夹起来，在溅满泥土的裙子上把它展平。一开始，她没搞懂这究竟是什么。纸上印着字，好多字母，一排排的，组成一个个单词。最上面是丈夫的名字，还有"悲剧"这个词。中间部分字体最大，印的是儿子的名字，就是教堂洗礼时大声叫出来的那个名字，就是孩子墓碑上的那个名字，就是那个她亲自给孩子起的那个名字——那时双胞胎刚出生不久，丈夫还没来得及赶回来把双胞胎儿女抱在膝上。

艾格尼丝不明白这意味着什么,不明白发生了什么事。儿子的名字怎么跑到伦敦的戏单上去了？一定是搞错了,错得奇,错得怪。儿子死了,这名字是儿子的,而他死了还不到四年。那时他还是个孩子,就将长成一个男子汉,却偏偏死了。他就是他,不是一出戏,不是一张纸,不是可以拿来讲述、表演或展示的。他死了。丈夫是知道的,琼也知道。艾格尼丝怎么也想不明白。

她意识到,朱迪丝正靠在她肩上,在问,什么,这是什么？当然,朱迪丝看不懂,她还不会把那些字母连在一起,读出它们的意思——也真怪了,她怎么认不出双胞胎哥哥的名字呢——她还意识到,苏珊娜在紧紧捏着戏单的一个角；她也意识到,自己的手指就像是被外面进来的风吹得一直在抖,只是将就着把戏单看完。苏珊娜试图把戏单从母亲手里夺走,可艾格尼丝不肯松手。她怎么能松手呢,不能让人把戏单夺走,不能把这个名字夺走。琼一直在看着,嘴巴张得老大,她的来访竟导致如此局面,着实把她惊呆了。她显然低估了戏单造成的后果,没想到艾格尼丝竟有如此的反应。艾格尼丝的两个女儿已经在送客了,说母亲不大舒服,让琼改日再来。琼跟她们道别,还假惺惺地表示了关切。艾格尼丝尽管受了戏单和儿子的名字的刺激,还是听出了琼的假惺惺。

艾格尼丝一下子卧床不起了，这在她生命中还是第一次。她躺在自己房间里，不肯起床，不吃不喝，不见客人，有人敲旁门来看病，她也不理。她衣服不脱，直接躺在毯子上。光线从格子窗上透进来，照进床帏的褶皱里。她把戏单折好，一直就这么用两只手夹着。

街上的声音、房子里的噪音、用人们在走廊里出出进进的脚步声、女儿故意压低的说话声，她都听得到。她就像沉在了水里，其他人都在她上面，在水面上朝下望着她。

入夜，她起身来到外面，在用柳条编的蜂巢间坐下。摸上去粗糙不平的蜂巢里面，从天蒙蒙亮开始，蜜蜂就开始嗡嗡叫，在她听来这就是最动听、最清晰、最完美的语言了。

苏珊娜满腔怒气，坐在她的文具盒①前，摆好一张白纸。您怎么能这样？她给父亲写道。您为什么，您怎么都不告诉我们一声？

朱迪丝给卧床的母亲端来汤，还拿来一束薰衣草、一枝插在花瓶里的玫瑰和一篮子新鲜的外壳紧闭的核桃。

---

① 一种便携式木盒，里面放笔、墨、纸等文具，有的打开后还可构成一个斜坡式小桌面。

面包店老板娘来了，带来了小面包和蜂蜜蛋糕。她假装没注意艾格尼丝的外表——那蓬乱的头发，那憔悴、疲惫的脸庞。她坐在床边，将裙摆在身子四周摆好，把艾格尼丝的手握在自己暖乎乎、干巴巴的手里，说：他就是个怪人，这你是知道的。艾格尼丝没说什么，只是凝视着绣着花的床帏顶子——又是一片树，有的枝头上还点缀着苹果。

"你没想过这里面有什么问题吗？"老板娘问道，说着撕下一块面包，递给艾格尼丝。

"哪里面？"艾格尼丝没去理会递过来的面包，只是听她说话。

老板娘把面包塞进自己嘴里，嚼着，吞咽着，又撕下一块面包，这才说："那出新戏呀。"

艾格尼丝看着她，头一次这么看着她。

那么，只有去伦敦了。

她谁都不带，女儿、朋友、妹妹、小姑子、小叔子，就连亲弟弟巴塞洛缪也不行。

玛丽说这是疯了，还说艾格尼丝要么会在路上遭抢，要么就会在沿路的旅店里被人杀死在床上。朱迪丝一听就哭了，苏珊娜试着安慰妹妹，可自己也同样担心。约翰摇摇头，告诉艾格尼丝这样做太愚蠢。艾格尼丝坐在公婆的桌子前，神情自若，双手放在膝上，似乎听不见大家的话。

"我一定要去。"这是她说的唯一一句话。

只好去把巴塞洛缪找来了。他陪着艾格尼丝在园子里转了一圈又一圈,走过苹果树,走过支着棚架的梨树,穿过蜂巢,走过金盏花花坛,然后又绕回来。苏珊娜、朱迪丝和玛丽在苏珊娜的房间,站在窗口远远望着。

艾格尼丝的手挽着弟弟的胳膊。俩人都低着头。他们在酿酒间旁停了一下,时间很短,似乎是在查看路上的什么东西,然后就又继续走了。

"她会听她弟弟的,"玛丽的语气比自己感觉的更为肯定,"他不会允许姐姐去的。"

朱迪丝将手指压在满是水汽的窗玻璃上。只需用大拇指一挡,就能把外面的两个人给抹去。

后门砰的一声响,大家都跑下楼去,可过道里只见巴塞洛缪一个人,正往头上戴帽子,准备离开的样子。

"谈好啦?"玛丽问。

巴塞洛缪抬头望着站在楼梯上的三个人。

"把她说服啦?"

"说服什么?"

"让她别去伦敦呀。让她别发疯。"

巴塞洛缪理了理帽子顶。"我们明天走,"他说,"我这就去准备两匹马。"

玛丽说:"你说什么?"朱迪丝又开始哭起来,苏珊娜把双手合在一起,说:"两匹? 您要跟她一起去吗?"

"是的。"

三个人一起围上来,就像云朵包住了月亮,又是反对,又是质问,还有恳求,但巴塞洛缪挣脱开她们,仍然朝门口走去。"明天见,要起个大早。"说完就出门走到街上去了。

艾格尼丝骑马虽不是专长,但还是蛮能应付的。她喜欢马匹,不过发现高高骑在上面可不是个多么舒适的体验。嗖嗖后退的大地让她有些眩晕;胯下这个东西起起伏伏、高高低低地动个不停,皮质的马鞍子吱吱呀呀作响,马鬃上发出焦煳的尘土气味,这些都意味着,她必须伏在马背上的时间将越来越短,伦敦指日可待了。

巴塞洛缪坚持说,走牛津这条路既安全又快捷。这是听一位羊肉商人讲的。他们走过蜿蜒起伏的奇尔特恩丘陵地带,还遇上了一场风暴,夹杂着少量的冰雹。在基德林顿,艾格尼丝的马瘸了,换了一匹花斑母马,窄臀,每当遇见有鸟飞过,就会把蹄子抬得老高,像要飞起来似的。他们在牛津的客店里住了一晚。墙里的老鼠吱吱乱叫,加上隔壁鼾声震耳,艾格尼丝几乎没睡。

到了第三天上午,艾格尼丝看到了一大片雾气,像一块灰色的布挂在半空。到了,她对巴塞洛缪说,弟弟点了点头。他们离伦敦越来越近,听见了它洪亮的钟声,捕捉到了它的气味——新鲜的蔬菜、各类动物、石灰,还有艾格尼丝叫不上名的不知什么东西;也看见了那四下蔓延的一片房屋,这一堆那一块的一座城市,一条河蜿蜒流过,地上升起缕缕烟雾,聚成一片片的云。

他们骑着马,走过一个叫牧羊人树丛的村子,巴塞洛缪看看这名字,不禁笑了笑,还走过了肯辛顿的沙砾坑,越过了玛丽伯恩的小溪。到了泰伯恩绞刑架那儿,巴塞洛缪在马鞍上俯身问主教门的圣海伦教区怎么走。几个过路人都没搭理他,有个小伙子笑了笑,光着受伤的脚跑进一个门洞里。

再往前就到了霍尔本,街道变得更窄更暗了。噪声盈耳,臭气熏天,艾格尼丝简直不相信还有这种地方。到处都是商店、院落、客栈,门口拥挤不堪。小贩们凑过来,举着商品兜售,有土豆、蛋糕、沙果,还有一盆栗子。人们隔着街大呼小叫的;艾格尼丝看得真真的,一个男人和一个女人正挤在两座房子之间的夹缝里做爱。再往前,一个男人正往沟里方便,他下面那家伙艾格尼丝都看见了,皱巴巴,灰乎乎的,她赶紧转过脸去。几个小伙子,估计是学徒吧,站在店门外,招揽着过路的行人。还没换牙的小孩子沿街推着手推车叫卖,年老的男人和女人坐在那儿,身旁摆着长得疙疙瘩瘩的胡萝卜、去了壳的坚果,还有一条条的面包。

街上散发着圆白菜、烧焦的皮子、做面包用的面团,还有各种污物的气味，直冲艾格尼丝的鼻孔，她骑在马上，双手紧握缰绳。巴塞洛缪伸手拉了拉她的马笼头，以免俩人离得太远。

艾格尼丝把马朝弟弟那边带了带，脑子里涌现出一连串的问题：要是找不到他该怎么办，迷路了怎么办，天黑前还找不到他的住处怎么办，该怎么做，该去哪儿，现在就要找旅馆吗，我们为什么而来，是疯了，是我疯了，都是我的错。

他们来到他所属的教区——他们认为应该是了，巴塞洛缪向一个卖蛋糕的问路。他们把地址写在一张纸上，但那个人把纸一推说用不着，然后微笑着，露出稀稀拉拉的牙齿，告诉他们先这么走，再那么走，然后一直走下去，往旁边一拐，过了教堂就到了。

艾格尼丝抓住缰绳，直了直身子。她巴不得这次旅行赶快结束，说什么也要好好歇一歇了。她的背，她的双脚、双手，两个肩膀，没有一处不疼的。她又渴又饿，总算来了，总算就要见到他了，可她却想拉起笼头，掉转方向，直接返回斯特拉特福镇。她这都是这么想的？她怎么就和巴塞洛缪一起跑到他的门口来了？这个想法太糊涂，这个计划太可怕了。

"巴塞洛缪。"她叫了一声，但弟弟在前面，早已翻身下马，把马拴在桩上，冲门口走过去。

她又叫了一声,但弟弟正在敲门,没听到。她觉得心脏在怦怦地冲撞着胸骨。见了他说什么呢？他又会对他们俩说什么呢？此时她已经记不起自己想要问丈夫的问题了。她伸手去摸摸放在鞍袋里的那张戏单,又抬头看着眼前的房子：有三四层,窗户大小不一,有的地方还脏兮兮的。一个女人倚在门框上看着他们,显然很好奇。再远处,两个孩子拿着一条绳子在做游戏。

想想也怪,他在这儿出出进进,或早晨离开的时候,这些人可是天天都能看见他呀。他会和他们说话吗？他没去哪个人家吃过饭吗？

头上有扇窗户开了；艾格尼丝和巴塞洛缪抬头看去,是个九岁或十岁的小姑娘,脸色蜡黄,头发整齐地垂在脸颊旁,怀里还抱着个婴儿。

巴塞洛缪说出了姐夫的名字,小姑娘耸耸肩,摇晃着正在啼哭的婴儿。"推门进来,"她说,"上楼梯。他住阁楼上。"

巴塞洛缪甩了一下头,示意姐姐上去,他在街上等。艾格尼丝骗腿下了马,他过去拉住马笼头。

楼梯很窄,上楼梯时腿直发抖,是因为一路骑马太累了,还是因为到一个陌生的地方感到一切都很怪,她也说不清。不过,只能拉着扶手硬往上爬了。

到了顶楼,她停了片刻,喘口气。眼前就是一扇门。门是用木板镶起来的,还留着一串串的节疤。她伸出手敲了敲,叫着他的名字，又叫了一声。

没动静，没回答。她回头看看楼梯，差点就跑下楼去。也许是不愿看到门里面究竟是什么样的吧。这里有没有迹象说明，他已和另一个女人过起了另一种生活？或许有一些东西，还是不知道的好。

不过，她还是又转回身，拉起门闩，走了进去。屋顶很低，角度不同地向内倾斜着。一张矮床紧抵在墙上，一块小地毯，一个柜橱。木箱上有一顶帽子，床上有一件坎肩，她认出来那都是丈夫的。窗下的光亮里摆着一张方桌，桌子底下塞着一把椅子。桌上的文具盒打开着，可以看到一只盛笔的盒子、墨水台和一把削笔用的刀子。几支羽毛笔摆成一排，放在三到四本丈夫亲手用针线装订的记事簿旁边，她认得出丈夫喜欢的那种针脚和打结的方式。一张纸铺在正对着椅子的桌面上。

艾格尼丝说不清自己期望看到什么，但也绝不是这个样子：这也太简陋，太朴素了。简直就是僧侣小屋、学者书房。她从这里的空气中也能感到，这儿没来过外人，连来看一眼的都没有。一个在斯特拉特福镇拥有最大住房和大片土地的人怎么竟住在这么一个地方？

艾格尼丝伸手摸摸床上那件坎肩和枕头，然后转过身，看了看整个房间。她走到桌子前面，俯身看着那张白纸，血直往头上冲。在纸的上端，她看到这样几个字：

我亲爱的——

她就像被烫了一下,身子向后一退,然后又看到下一行:

艾格尼丝

别的就没有了,就这几个字,其余都是空白。

他这是要给她写些什么呢?她用手指按着空白的地方,似乎是想收集一下他要是写的话,都会写些什么。她摸着纸张上的纹理和被太阳晒得暖乎乎的桌面;她的大拇指在拼成自己名字的几个字母上划过,感觉着丈夫的羽毛笔划在纸面上留下的浅浅的痕迹。

突然有人叫她的名字,她吓了一跳,赶忙直起身,手也离开了信纸。是巴塞洛缪在喊她。

她穿过房间,出了门,走下楼梯,见弟弟正在门口等她,说街上那个女人告诉他,他们要找的人在家里是找不到的,要夜里才回来。

艾格尼丝斜眼看了看那个女人,见她仍在门框上倚着,还冲艾格尼丝摇摇头。"你在这儿找不到他,我跟你说。想见他就去剧场找吧。"说着还伸手指了指,"河那边。就那边。他一准儿在那儿。"

那女人一缩身进了屋子,砰地关上了门。

艾格尼丝和弟弟互相看了看,然后弟弟就去牵马了。

站在门口的那个女人是对的:正如她所言,艾格尼丝的丈夫就在剧场里。

他正在乐师席后面的化妆间里，站在可以看到整个剧场的小窗口前面。其他演员都知道他这个习惯，所以从来不会把服装道具之类的东西放在那儿，总是给他空出那块地方。

他们觉得他站在那儿是为了观察来看戏的观众，估计一下来了多少人，上座怎么样，票房收入能有多少。

但事实并非如此。对他而言，这是演出前的最佳位置：下面是舞台，人们鱼贯而入，充填着半圆形的空地，其他演员在他身后，正化妆成小精灵、王子、士兵、贵妇或恶魔。在这么拥挤嘈杂的地方，这是唯一一个可以容身自立的地方。他感觉自己变成了一只小鸟，离开地面，悬浮在空气中。他不从属于此，而是高于这里，从一个距离之外观察着这里的一切。这让他联想起妻子过去养过的那只迎风展翅的红隼，那只大鸟会在高空气流中翱翔，高高凌驾于树冠之上，双翅伸展，俯瞰周围万物。

他双手扶着上面的窗框，等待着。他下面，远远的下面，人们在聚集。他可以听到人们的呼喊声、低语声，人们叫着，相互打着招呼，有人嚷嚷着要买坚果或果脯，有人突然争吵起来，然后又偃旗息鼓了。

他身后扑通一声，接着有人骂了一句，又有人笑起来。是有人让别人给绊了一跤。于是，又有人就此开起荤玩笑，说什么处女膜什么的。更多的人哄笑起来。这时又有个人跑上楼来,问,有人看见我的剑了吗,找不见了,是哪个婊子养的给拿走了?

过一会儿,他就要脱去他日常的普通衣服,换上戏装。他要照着镜子,把自己装扮成另一副模样。脸颊上、鼻子上、下巴上要涂一层白垩和石灰混合成的面膏,眼窝和眉毛要用碳涂黑,胸前佩上甲胄,头上扣个头盔,肩上披上裹尸布。然后就是候场了,他会仔细听着,跟着台上念的台词,直到听到提示,便走出台口,来到灯光下,进入另一个人的身躯。他将吸一口气,开始说出他的台词。

他站在那儿,说不准这出新剧是好还是坏。有时候,他听同事们说出那些台词,觉得差不多就是自己想要的了;可另外一些时候,他又觉得完全没有达到目标。是好,还是差,还是介乎两者之间。一个人怎么能说得清楚? 他所能做的也就是在纸上写呀写 —— 一周又一周,不断地写,几乎不离房间,不吃不喝,从不和别人讲话 —— 只希望总有那么几支箭能射中目标。这出戏,从头到尾的整个剧本,完全占据了他的大脑,就像指尖上顶着一只盛满东西的盘子,不断找着平衡;这出戏,比以往他写的任何剧本都更像血管里流动的血液,在他全身激荡。

泰晤士河正在向外抛撒它那张水雾大网。他从微风里就能闻得出,那种潮湿、充满水草味的雾气直朝他飘过来。

也许正是因为这种雾气——这种充满河水之气的空气——的缘故，他也说不清楚，让他觉得今天有些不爽。他惴惴不安，颇有不祥之感，就像有什么事情要发生似的。是演出吗？觉得会出什么差错吗？他皱着眉，思考着，脑子里一点一点地回忆着是否有还没排练好或没准备好的片段。没有。大家胸有成竹，就等登台亮相了。这一点他确信不疑，因为是他带着大家一遍又一遍地排练的。

那究竟是什么原因呢？他怎么总感觉有什么东西正向他逼近，总感觉有人要来找他算账，所以他总得不时地回头张望。

他打了个寒战，尽管屋里又闷又热。他用手理理头发，拉了拉耳朵上的耳环。

他决定，今晚他要直接返回住所，不能和朋友们去喝酒了，一定要径直返回。点上一支蜡烛，削好一支羽毛笔。不和剧团的同事们去酒馆了。他说到做到。他们要是强拉硬拽，那就果断地把他们的手推开。他要渡过河去，回到主教门，立即给妻子写信。这封信该写没写，已欠账太久了。他不会回避眼下的事，他要告诉妻子这出新戏是怎么回事，全盘托出。就在今晚，他是下定决心了。

大桥刚走到一半，艾格尼丝觉得走不下去了。她自己原来想象中的大桥是怎么样的，她已记不起，也就是个拱形的，大概是木头做的东西，架在水面上吧。不过可绝不是眼前这个样儿。这座伦敦桥简直就是个小镇子，而且污浊不堪，令人窒息。桥两边都是住房和店铺，有的都伸出到河面上；这些房子遮住了人行道，所以有时候就是一片漆黑，像是走进了黑夜。只有在房子的间隙里才能看见河水一闪一闪的。河水比她想象的要更宽、更深，也更危险。河水在他们脚下，在马蹄下流淌，而他们正走在人群中。

门脸上，商铺里，小贩们冲他们叫喊着，手里拿着布料、面包、珠子、烤猪蹄什么的朝他们跑过来。巴塞洛缪把马笼头往旁边一拉，样子有点粗鲁。艾格尼丝看看他的脸，还是像往常那样不动声色，不过看得出，弟弟和自己一样对眼前的景象感到有些不安。

"也许，"她冲弟弟低声说，这时他们正走过一堆像是粪便的东西，"我们坐船过河就好了。"

巴塞洛缪咕哝了一句，"也许吧，不过那样我们就——"他突然停住，话没说出口就消散了。"别看。"说着他抬眼望望天，再收回目光看着姐姐。

艾格尼丝睁大眼睛，盯着弟弟的脸。"什么？"她悄声说，"是他吗？你看见他啦？他和什么人在一起吗？"

"不是，"巴塞洛缪说着，偷眼看看那边的东西，"是……没事。别看就是了。"

可艾格尼丝哪里忍得住。她在马鞍上一转身，只见灰雾低垂,一根根长杆穿雾而出,在微风里晃动着,杆头上顶着一个个乍看上去就像是石块或芜菁之类的东西。她眯起眼细看。仍是黑压压一片,参差不齐,很笨重的样子,像困兽一般向她发出一种微弱无声的哀嚎。这是些什么呀?然后她看到离她最近的一个似乎有一排深嵌的牙齿。它们有嘴,有鼻孔,深陷的眼窝里曾经也是有眼睛的。①

她不禁叫出了声,转身对着弟弟,用手捂住嘴巴。

巴塞洛缪耸了耸肩,"我告诉你不要看。"

等他们到了河对岸,艾格尼丝俯身从鞍袋里取出琼给她的那张戏单。

她儿子的名字又一次出现在眼前,还有那些按一定顺序排列着的黑色字母,就像第一次看到时那样仍然让她感到心里一惊。

她把戏单从眼前拿开,紧紧攥在手里,朝马旁走过的一个人挥了挥。那人下巴上留着梳理整齐的尖胡须,肩上披一件斗篷。他指了指旁边的一条小街。往那儿走,他说,然后左转,再左转,就看到了。

她按丈夫的描写一下就认出了那座剧场:圆形的木质结构,坐落在河边。她滑下马背,弟弟接过缰绳。她感觉两条

---

① 这里描写的是把斩首犯人的头挂在伦敦桥上示众的情景,都铎时期很普遍。

腿上的骨头就好像是在哪儿跑丢了，周围的景物——街道、河堤、马匹、剧场——似乎都在摇晃，一会儿清楚，一会儿模糊。巴塞洛缪在讲话。他说，他就在这儿等她；待在这儿不动窝儿，直到她回来。还问她听明白了吗。弟弟的脸凑得很近，似乎是在等着回答。她点了点头，离开弟弟，穿过一扇扇大门，付了一便士，便走向舞台前的空地。

进了一座高高的大门，眼前现出一排又一排的面孔，有几百人吧，大家说着、叫着。她站在一个高高围起的空间里，见人们不断地拥进来。舞台直伸到聚集的人群里，而大家的头顶上，是天空做成的天花板，圆圆的一圈，上面有匆匆飘过的云朵，还有鸟的身影，箭一般从一边飞到另一边。

艾格尼丝擦着人们的肩膀和身体挤过去，有男人，有女人，有人腋下夹着一只鸡，一个女人用围巾半遮半掩地给孩子喂奶，还有一个男人端着个盘子卖馅饼。她侧着身往人缝里钻，直到离舞台不能再近了才站定。

人们从四面八方各个入口拥进来，你推我挤，手脚并用。站在舞台前空地上的人中，有的在冲着楼座上的人喊叫、打手势。人越聚越多，拥过来挤过去，一会儿往这边挤，一会儿又往那边拥。艾格尼丝被挤得一会儿往前冲，一会儿往后倒，但她总算站住了脚跟；诀窍是要跟着大家一起动，而不是顶上去。她觉得这就像站在河水里，要顺着水流，而不是逆着它。在最高一层楼座里的人张罗着系下了一条绳子。大家又叫又闹又笑。卖馅饼的小贩在绳子下端系上一个装得满满的篮子，楼上的人便往上拉。人群中有人跳起来去抢，也许是闹着玩，也许是真的饿了；小贩冲上去就是一拳，谁抢揍谁。楼上扔下来一枚硬币，小贩跳起来去接，却被刚才挨了他一拳的一个人接了去，小贩掐住了那人的脖子，那人又朝小贩的下巴上回敬了一拳。俩人滚打在一起，在一片叫好和喧闹声中湮没在人群里。

艾格尼丝身旁站着的一个女人耸耸肩，冲她咧嘴一笑，露出黑黑的、歪歪扭扭的牙齿。她肩上骑着一个小男孩，一手抓着母亲的头发，另一手拿着在艾格尼丝看上去像是羊腿骨的东西，正旁若无人般啃得带劲。他毫无表情地看看艾格尼丝，骨头夹在两排尖尖的小牙中间。

突然，一阵刺耳的响声把艾格尼丝吓了一跳。是哪里吹起了喇叭。人群中涌起一片嘈杂，又聚合成一阵高低不齐的欢叫。人们举起手臂；有稀稀拉拉的掌声，几声欢呼，几声尖厉的口哨。艾格尼丝身后传来粗鲁的骂声，有人大声嚷嚷着，说看在上帝的分上，赶紧开演哪。

喇叭声又起，重复着同样的旋律，在最后一个音节上展开，止住。人群安静下来，两个人走上了舞台。

艾格尼丝眨了眨眼。她到这里看戏这个事实不知怎的已离她而去，脱离了她的意识。不过事实仍然是，她就在这里，在丈夫的剧场里，戏就要开演了。

一对演员登上了一个木质台子，互相说着话，好像台下根本没人观看，就他们两个人似的。

她看着这两个人，他们说话也认真听着。这俩人挺紧张，一副心神不定的样子，手握利剑，四下张望。那边是谁？一个冲另一个喊道。告诉我你是什么人，另一个应道。又有两个演员登上了舞台，个个神情紧张，百倍警觉。

她注意到，周围的人群鸦雀无声。没人说话，没人走动。大家全神贯注，看着这些演员，听着他们说话。刚才还在推推搡搡、吹口哨、打斗闹事、大嚼馅饼的那群人不见了，取而代之的是安安静静、满怀虔敬之心的一堂会众。就好像有个魔术师或巫师把手中的魔杖一挥，这些人就都变成了石头。

既然她已经站在舞台下，表演也已经开始，她在路上和丈夫寓所里那种迷惑和疏远的感觉，就像污垢一般一下子从身上给洗刷掉了。她觉得已经准备好，已经怒火中烧，来吧，她想，倒要看看你都干了些什么。

台上的演员互相交换着台词，比比画画，指指点点，迈着小碎步来回走动着，但武器一直紧握手中。一个先说几句，另一个再说几句，然后又是第一个说。她用心看着，感到有些不解。她本以为会看到某些和儿子有关的她所熟悉的东西，不然的话，这出戏要讲什么呢？但眼前看到的只是城堡里来了不少人，站在城垛子前面，互相争论着不知什么事情。

看来，只有她一个人没中巫师的魔法，那股魔力根本就没触到她。她真想喊个倒好，对这样的表演她只能嗤之以鼻。她的丈夫写了这么多话，这么多台词，可这和他们的儿子有什么关系？她想对台上的人喊。你，还有你，跟我儿子比起来，你们什么都不是，这出戏什么都不是。你们胆敢说出他的名字吗！

一阵强烈的倦意向她袭来。她感觉腰酸腿疼，是骑了几个小时马的缘故，加上没睡好觉，还有这光线，刺得她眼睛疼。她再没有气力和耐心在这儿受罪了，周围人挤人，台上长篇大论，说起来就没完没了。她不能再站下去。她必须离开这儿，而她丈夫也不见得会有多么高明了。

突然，台上一个演员说他看到过一个可怕的影像，而她也忽然明白了什么。这些人正在搜寻、谈论，并希望再次看到的竟是一个鬼魂，一个幽灵。他们希望再见到它，但同时又害怕它，是既想见又怕见。

她一动不动地站在那儿，看着他们表演，听着他们说话。她把双臂交叉支在胸前，这样周围的人就碰不到也蹭不到她，她才好专心看戏。她必须全神贯注，一词一句也不能漏掉。

鬼魂出现了，观众中一阵惊叹。艾格尼丝倒没有那么害怕，她盯着鬼魂看。见它全身甲胄，头盔的面罩放下来，整个身体被裹尸布半遮半掩。艾格尼丝不再去听城垛子上那几个吓破了胆的人在那儿咋咋呼呼地抱怨，只是眯起眼睛看着台上。

她上上下下打量着那个鬼魂：他的身高，他手臂的动作，以及手掌向上、手指弯曲、肩膀晃动的样子。当他把面罩掀起的时候，她没感到意外，没感觉认出了什么，而只是感到有什么东西被毫无意义地证实了。他的脸涂成惨白，胡须染成灰白；全身甲胄，像是要去打仗，不过艾格尼丝可不会上当，她知道那一身戏装里面装的是什么人，全是障人耳目的。

她想：好哇，我可找到你了。你这是要干什么呢？

她这些想法似乎透过人群从自己头脑里传到了他的头脑里。此时，观众们大声叫喊着，让城垛子上的人注意，因为那个鬼魂突然扭过头来。面罩掀起来了，两只眼睛越过观众的头顶在四下搜寻。

好吧，艾格尼丝对他说，我就在这里。你想怎么样？

鬼魂离开了，似乎是没发现他要找的东西。观众也失望地低语起来。台上的人还在不停地说着。艾格尼丝把双脚活动了一下，踮起脚尖，盼着那个鬼魂再回来。她想让他待在自己的视野中，希望他能回到舞台上；想让他把自己的所作所为说清楚。

艾格尼丝伸着脖子，目光越过前面一个男人的头和肩看着舞台，一不小心踩了身旁那个女人的脚。女人尖叫一声，身子一歪，肩上骑着的孩子手里的羊骨头也掉了。艾格尼丝赶忙道歉，扶住女人的胳膊肘把她稳住，又弯腰去捡那块骨头。这时台上有人说到一个名字，令她不禁直起腰，刚捡的骨头又掉到地上。

哈姆莱特，其中一个演员说。

她听见了，就像远处传来的钟声那么清晰，那么洪亮。

哈姆莱特，这个名字再次传来。

艾格尼丝紧咬双唇，直到尝出了血的味道。她把两手紧握在一起。

他们说着这个名字，台上那些人，这个说了，那个又说，就像做游戏时在传递筹码。哈姆莱特，哈姆莱特，哈姆莱特，这好像指的是那个鬼魂，那个已经逝去的形体。

听到这个名字从这些她从不认识，将来也不会认识的人口中说出，而且用在一个死去的老国王的身上，她简直无法理解。她的丈夫干吗要这么做？为什么假装这个名字不过是一些字母的组合，和他并无关联？他怎么能盗用这个名字，又把它所象征的一切都与之剥离，从而抛弃它所曾经蕴含的小生命？他怎么能拿起笔，把它写在一张纸上，从而切断这个名字和他们的爱子的关联？这讲不通啊。这种做法刺痛了她的心，掏空了她的内脏，这存心是要把她与她的自身剥离，把她与丈夫，与他们曾经共同拥有的一切以及他们曾经的身份剥离。她不由又想起在伦敦桥上看到的那些可怜的人头，他们暴露的牙齿，他们孱弱的脖颈，以及他们脸上凝固着的恐惧表情，似乎自己也成了他们当中的一员。她感到河水在震颤，感到那些失去了身躯的人头在摇晃起伏，还感受到他们无声的、徒劳无益的懊悔和遗憾。

她要走，要离开这个地方。马上找到巴塞洛缪，跨上那匹疲惫不堪的马，一路赶回斯特拉特福镇，给丈夫写封信，就说：不用回来了，永远也别回来了，就待在伦敦，我们和你就此了结。现在，该看的她都看到了。正如她当初所担心的：丈夫窃取了那个最神圣、最亲切的名字，把它随便抛到一大堆乱七八糟的词语当中，正上演着一出辉煌的大戏。

她本想，到伦敦来，看看戏，这样就可以窥见丈夫心灵的一角，就可能让她重新理解丈夫。她本以为戏单上那个名字可能是丈夫用来向自己传递某种信息的，是某种预示、信号，或是递过来的一只手，一次召唤。在来伦敦的路上，她还在想，终于有机会弄明白丈夫为什么自儿子离世以来一直那么疏远，那么沉默了。而现在，她觉得丈夫的心里已经没什么东西好去理解了。他心里只有：一个木头舞台、慷慨陈词的演员、熟记在心的台词、痴迷的观众，还有穿着戏装的傻瓜。而她自己一直在追逐的只是一个幻影，一点鬼火而已。

她正收敛自己的裙摆，围好披巾，准备离开丈夫和他的演出团队，忽然一个男孩走上舞台，吸引了她的注意力。她把披巾解了解又系上，脑子里想：一个男孩。又想：不，是个小伙子，比孩子大，比男人小。

她觉得，皮肤上就像被鞭子抽了一下。这孩子的头发是金黄的，支棱在前额上，步伐轻快，充满活力，头一甩，显出急不可耐的样子。艾格尼丝的手放了下来，披巾滑落在地上，她也顾不得弯腰去捡。她盯着这个男孩看；她看啊看，好像永远也不会再把目光移开。她感到气息从胸腔里呼出来，感到血液在血管里凝结。头上那片圆圆的天空好像就要冲着她，冲着所有人像个大锅盖似的压下来。她全身都凝固了，热得透不过气来；她必须离开；不，她要永远站在这儿，一动也不再动。

当台上的国王对男孩说"哈姆莱特，我的儿子"的时候，她不感到有什么意外。本来嘛，这男孩就是我的儿子。天经地义呀。不然又能是谁？过去这四年里，她到处寻觅儿子的踪影，从未间断，今天在这里终于找到了。

这是他。这不是他。这是他。这不是他。这念头像把锤子一样敲打着她。她的儿子，她的哈姆奈特或哈姆莱特，已经死了，埋在教堂里。他还是个孩子的时候就夭折了，现在只是坟墓里的一具白骨。但是，舞台上这个男孩就是他，即将长成一个男子汉的他，如果他还活着就该是眼前这样，走路像儿子，说话的声音像儿子，说话的内容由儿子的父亲亲自为他写成。

她用两只手掌夹着头的两侧。这也太不可思议了：眼前这一切，她不知道该怎样去接受，又该怎样对自己解释清楚。这太神奇了。一时间，她觉得自己就要站不住了，就要跌进这片由头和身体组成的人海当中，躺倒在压实的硬土地上，被上百只的脚所践踏。

此时，鬼魂又回来了，那个叫哈姆莱特的男孩正在和他讲话。哈姆莱特惊恐万状，义愤填膺，几近癫狂；而艾格尼丝的心里就像泉水涌进干涸的河床一样，充满一种古老而熟悉的冲动。她想用手去触摸男孩，将他搂进怀里，抚摸他，安慰他——她必须这样做，如果说这是她要做的最后一件事情的话。

台上，年轻的哈姆莱特正在听老哈姆莱特，也就是那个鬼魂，讲述自己被害的故事：毒草汁如何"像水银一样"流遍他的全身；而一旁聆听的哈姆莱特，样子像极了自己的孩子哈姆奈特：都是那样歪着头，把一个指关节抵在唇上——儿子在听不能马上理解的事情的时候就是这个样子。这姿态怎么这么惟妙惟肖？她弄不明白，她百思不得其解。这位演员，这个年轻人，连哈姆奈特的面都没见过一次，怎么会知道如何复现他的姿态呢？

她开始朝着演员们的方向挤过去，心里就像沐浴了一场甘霖似的明白了许多：是她丈夫施了魔法。他先要找一个合适的男孩，然后又是指导又是演示，教给他怎么说话，怎么站立，怎么抬起下巴，这样，就这样。是丈夫点拨、指导了他，为他写了他要说和要听的那些台词。艾格尼丝努力想象着他们排练的情景：丈夫是如何做出如此精准的指导的，而当那个演员心领神会，从走路的姿态到那令人动心的摆头回首都做得无不酷似的时候，丈夫又是一种怎样的感受。丈夫是不是要说，记住紧身上衣一定要敞开怀，让衣襟上那些带子都垂下来，靴子一定要擦亮点，头发要蘸湿，好让它支棱起来，或诸如此类的话呢？

台上的哈姆莱特实际是两个人，活着的年轻人和死去的父王。他既生亦死。丈夫让儿子复活了，这是他能实现心愿的唯一方式。她看到，丈夫为鬼魂写台词，扮演鬼魂的角色，是在和儿子交换位置。他替儿子死去，成为鬼魂，沦入死神之手，从而让儿子在他的位置上复活。"可怕啊，可怕！"她丈夫扮演的鬼魂哀鸣着，回忆着他中毒身亡时所经历的痛苦。艾格尼丝看明白了，丈夫是在做任何一个父亲都愿意去做的事情：甘愿为儿子受苦，不惜一切，舍身为子，只要儿子能够活着。

她要把所思所想对丈夫一吐为快。等演出结束后，等最后的寂静降临，等死去的角色都一跃而起，站到台前谢幕演员行列自己的位置上；等她丈夫和那个男孩手拉手鞠躬致谢，面对暴风雨般的掌声；等舞台变得空荡荡，不再是城垛子，不再是坟场，也不再是城堡；等丈夫不顾脸上还挂着白粉的痕迹，就穿过人群，找到她，拉起她的手，让她的身体紧贴在他甲胄的搭扣和皮面上；等他们一起站在圆形剧场的台前空地上，直到整个剧场变得像头上的天空那样静谧——那时，她一定要对丈夫倾尽心声。

现在,她站在观众的最前列,靠着舞台,双手抓着舞台的木头边缘,一臂(或许是两臂)之外就是哈姆莱特,她的哈姆莱特,如果他活着就应该是现在这样;还有那个鬼魂——长着她丈夫的手,留着她丈夫的胡须,操着她丈夫的声调。

她伸出一只手,像是要和他们打个招呼,也像是要感觉一下三个人之间的空气,要刺穿观众和演员、生活和演戏之间的屏障。

鬼魂准备下台前把头转向了她。他直勾勾地望着她,和她的目光相会,然后说出了退场前的最后一句台词:

"记着我。"

后　记

　　本书是一部小说作品，创作灵感来自于1596年夏在沃里克郡斯特拉特福镇夭折的一个小男孩的短暂人生。我尽可能忠实于真实生活中哈姆奈特及其家庭的有限史料，但对一些细节——特别是人名——做了某些改动或替换。

　　许多人知道男孩的母亲叫"安妮"，但她在父亲理查德·海瑟薇的遗嘱里是被称为"艾格尼丝"的，我据此决定使用这个名字。有人认为琼·海瑟薇是艾格尼丝的母亲，其他一些人认为只是继母，支持和否定任何一种观点的证据均显不足。

　　哈姆奈特唯一一位存活下来的姑姑并不叫小说中的名字伊莱扎，而是叫琼（与先于这个姑姑去世的大姐同名）；我冒昧地做此改动，是为了避免小说读者弄混，尽管在当时的教区档案中使用重名是司空见惯的。

　　莎士比亚出生地基金会的导游曾告诉我，哈姆奈特、朱迪丝和苏珊娜是在亨利大街祖父母的房子里长大的；而其他人却很有把握地说，孩子们住的是相邻的一座较小的房子。不管是哪种情况，这两座房子应该是紧紧相邻的，我在小说里采用了后一种说法。

最后，哈姆奈特·莎士比亚究竟因何而死，我们不得而知：他的葬礼史料有所记载，但没提及死因。黑死病，或按十六世纪晚期说法叫"瘟疫"，莎士比亚在任何一部剧或任何一首诗中都没提到过。为什么从未提及，这其中又可能有何深意，对此，我一直有所思考；这部小说是我个人遐思迩想的成果。

鸣　谢

感谢玛丽－安妮·哈林顿。

感谢维多利亚·霍布斯。

感谢乔丹·裴福林。

感谢乔治娜·穆尔。

感谢黑兹尔·奥姆、耶蒂·兰姆布拉格茨、艾米·珀金斯、维基·阿博特，及火种出版社诸位朋友。

感谢莎士比亚出生地基金会全体人员，以及斯特拉特福镇圣三一教堂各位导游，是他们不厌其烦、慷慨而耐心地解答了诸多问题。

感谢布里奇特·欧法洛将厨房餐桌借我使用。

感谢夏洛特·门德尔森和朱尔斯·布拉德伯里提供有关药草和植物方面的咨询。

小说写作过程中，下列书籍提供了极大帮助：《植物志》，约翰·杰拉德著，1597（由马库斯·伍德沃德编排、博德利半身像出版社再版，1927）;《莎士比亚的动荡世界》，尼尔·麦格雷戈著，艾伦·雷恩出版社出版，2012；《莎士比亚植物志》，玛格丽特·威尔斯著，牛津大学博德利图书馆出版，2015；《鹰猎手册》，乔治·特伯维尔著，伦敦出版，1575；《莎士比亚的妻子》，杰曼·格里尔著，布鲁姆斯伯里出版公司出版，2007；《莎士比亚》，比尔·布赖森著，哈珀出版社出版，2007；《莎士比亚传》，彼得·阿克罗伊德著，复古出版社出版，2006；《都铎王朝生活指南》，鲁思·古德曼著，企鹅出版社出版，2015；《1599年威廉·莎士比亚生命中的一年》，詹姆斯·夏皮罗著，费伯出版社出版，2005；莎士比亚文献网站：shakespearedocumented.folger.edu/。

特别感谢亨德森先生。1989年在他的英语课上，我第一次听说有个叫哈姆奈特的男孩。希望他能给我这本小说评一个"还不错"。

感谢SS、IZ和JA。

感谢威廉·萨克利夫所做的一切。